新潮文庫

ポーツマスの旗

吉村 昭著

新潮社版

3010

ポーツマスの旗

一

明治三十八年六月中旬、東京市は梅雨に入った。十一日から降りはじめた雨はほとんどやむこともなく、道路はぬかるみ、わずかに陽が雲間からもれると町々に洗濯物が一斉にひるがえった。

十六日から五日間にわたって間断なく降りつづいた雨は土砂降りに近く、溝《みぞ》の汚水はあふれ、低地の家屋密集地帯では出水騒ぎもあった。中旬の降水量は例年の倍以上で、それは下旬にもひきつがれた。

二十六日夜、にわかに風雨が強まって雷鳴がとどろき、稲光がひらめいた。雨が瓦《かわら》や道路に飛沫《ひまつ》をあげ、随所に落雷があった。

梅雨があけ、暑熱が訪れた。道を往《ゆ》き交う人々は扇子を手にし、手拭《てぬぐい》で汗をぬぐう。蠅《はえ》が旺盛《おうせい》な繁殖力をしめし、夜になると家々に蚊遣《かや》りがたかれた。

六月三十日、日本橋を中心に店をかまえる人形商に、早朝から旗売り商人の出入りがみられた。かれらは国旗や旗竿《はたざお》を争うように買いもとめると大八車にのせ、さらにまとまった数量を注文して去る。また、附近の住民たちの中にも店にきて旗を購入する者が多かった。

その現象は、新聞の朝刊に掲載された短い記事によるものであった。前年の二月に日露戦争が勃発《ぼっぱつ》したが、日本軍は、開戦直後からロシア軍を終始圧倒し、その年に入ると難攻不落と称された大要塞《だいようさい》の旅順《りょじゅん》を激戦の末占領することに成功、遼陽《りょうよう》、沙河《さか》の戦いにも勝利をおさめ、奉天《ほうてん》の大会戦でもロシア軍を敗走させた。その頃から新聞紙上に、ヨーロッパ方面からの情報として、アメリカ大統領テオドール・ルーズベルトの斡旋《あっせん》による日露両国の講和の気運がきざしているという記事がみられるようになっていた。が、ロシアは、日本にうばわれた制海権を取りもどすため本国から新編成の第二、第三太平洋艦隊を出発させ、艦隊はアフリカ南端をまわる長い航海をへて日本近海に近づいていた。世界各国は、やがて開始される大海戦の予想に興奮し、自然に講和論は立ち消えになっていた。

五月二十七日、ロシア艦隊と日本艦隊が対馬《つしま》海峡で接触、二日間にわたって激烈な戦闘を海上一帯にくりひろげた。海戦の結果は史上類のない日本艦隊の一方的な勝利に終り、ロシア海上兵力は潰滅《かいめつ》した。

この海戦により講和論が再び起り、それに関する欧米各国からの情報がひんぱんに報道されるようになった。

六月十二日、新聞に日本政府がルーズベルト大統領の講和会議開催の提議を受けいれたことが発表された。アメリカ駐在公使高平小五郎《たかひらこごろう》を通じてルーズベルトの勧告をうけた首相桂太郎《かつらたろう》は、日本政府の決議としてそれに応じ、ロシア政府代表と講和条件を協議するため全権委員を派遣すると回答したという。

さらに会議開催地がアメリカの首都ワシントンに内定したことが報じられ、六月三十日の朝刊に、「我媾和《わがこうわ》全権大使小村外相一行は、七月四日横浜出帆米船コプチック号にて出帆することに決定し、横浜四番館太平洋汽船会社支店は、同船室を用意したり」という官報が発表された。その記事は、旗幟《きし》小売商人を刺戟《しげき》し、大量の仕入れ注文になってあらわれたのだ。小村全権が出発する日には家々に国旗がかかげられ、全権一行が通過する沿道にも国旗を手にした市民がむらがることは確実で、かなりの需要が予想された。

国旗は、国民になじみ深いものになっていた。

幕末に薩摩《さつま》藩主島津斉彬《しまづなりあきら》が西洋型帆船「昌平丸」を建造して幕府に献上する折、異国船と見まちがえられぬよう日の丸の幟旗《のぼりばた》を日本国の船印にしたいと申出《もうしい》で、幕府はそれをいれて日本の総船印に定めた。維新後、明治政府は、明治三年日章旗の制式をきめ、国旗とすることを布達した。その後、国旗は公的機関に掲揚されるにとどまっていたが、明治二十七年、日清《にっしん》戦争の勃発と同時に国民の間に普及するようになった。成歓《せいかん》の役、黄海《こうかい》海戦、旅順戦、威海衛《いかいえい》戦にそれぞれ勝利をおさめる度に、家々には国旗がかかげられ、軍旗である旭日旗《きょくじつき》も掲揚されるようになった。

明治三十七年二月、日露戦争が開始されると、国旗は各家々に不可欠のものになった。緒戦の仁川沖《じんせんおき》海戦、九連城《きゅうれんじょう》戦の勝利が号外でつたえられると、強大国ロシアへの畏怖《いふ》が大きかっただけに喜びを国旗に託し、人々は旗を手に行列を組み、夜にはほおずき提灯《ぢょうちん》も手にして万歳を叫びながら町々を練り歩いた。その熱狂ぶりは勝利がつたえられるにつれてたかまり、五月十日の東京市でおこなわれた祝勝会では十万におよぶ市民が旗や提灯を手に繰り出し、大混乱が起きて二十名が圧死したりした。

その頃から、家々では国旗が連日かかげられるようになった。朝、人々は旗竿を軒に立て、日没時に取りこむ。日章旗と旭日旗を交叉《こうさ》させてかかげる家もあり、白地に赤の旗が全国にあふれた。

旗作りの専門業者はなく、もっぱら人形商がそれにあたっていた。武者人形などに附属する幟旗を作ってきた技術を生かして、製造販売に従事していたのである。

日清戦争当時の旗は、膠《にかわ》をまぜたベンガラで日の丸を染めつけていたが、戸外にさらされると色が褪《さ》め、雨にあたるとにじむ。その後、ドイツから化学染料が導入され、日露戦争が開始された頃には、洋名スカーレットの朱の染料が使われていたが、依然として染料としての定着度は弱かった。雨が落ちてきた折、取り入れることを忘れた家の国旗は、朱の染料が幾つもの筋になって流れおち、中には白地に朱の色が薄くひろがっているものもあった。

そのため、旅順開城、奉天大会戦、日本海海戦の折に新しく国旗を買い替える家が多かったが、小村全権の出発の折にも同じ現象が起き、さらに前例のない旗の需要がみられるにちがいなかった。開戦後、一年四カ月の間に古びた旗の朱の色はほとんど流れ落ちていて、勝利による戦争の終結を意味する全権の出発を、白地に鮮やかな朱の色を印した旗で歓送することが予想された。

国旗の注文は、翌日になるとさらに増し、日を追うにつれてその傾向はつのった。人形作りの仕事は閑散期にあったので、店々では旗作りに専念した。家族たちは寝食を惜しんで仕事にとりくみ、臨時に多くの人もやとわれた。綿布を裁断して縁を縫う者、土間にすえた釜《かま》で染料を固定するコンニャク糊《のり》を煮、染料にまぜて攪拌《かくはん》する者、布に円型の型紙をのせ、竹の皮のバレンで朱色の染料をこすりつける者などが、あわただしく家の中で動きまわっていた。

下請けからは、オガ屑《くず》を膠でかためた球がはこびこまれ、金色の塗料がぬられる。大八車で竹竿がとどけられ、幹に黒色塗料がだんだらに塗られた。その模様は、鉄道開通の祝いに国旗を測量棒にとりつけたことから一般化したものであった。

旗が天日に干され、染料が乾くと小売商人が争うように持ち去る。人形商の干場には、日章旗がつらなり夏の陽光を浴びていた。

欧米列国間での講和勧告のきざしは、すでに前年の明治三十七年十二月中旬にあらわれていた。

その頃、乃木希典《のぎまれすけ》大将のひきいる第三軍が、満州軍総司令部の命令で旅順要塞に対する総攻撃をくりかえしていた。旅順攻略が成功するか否《いな》かは、日露戦争の勝敗を左右するもので、陸戦のみならず海上兵力の存亡にも重大な関係があった。

開戦直後の仁川沖海戦につぐ黄海海戦、蔚山《うるさん》沖海戦で日本海軍は制海権を獲得、旅順港内に「レトゥイザン」をはじめロシアの戦艦五隻《せき》、巡洋艦二隻その他砲艦、駆逐艦十余隻をとじこめることに成功していた。が、制海権奪回をくわだてたロシア皇帝は、戦艦七隻を主力とした第二太平洋艦隊を編成、本国を出発、東洋海域にむかって回航させていた。

第二太平洋艦隊が日本近海に接近すれば、当然、日本艦隊の旅順港口の監視はゆるみ、港内のロシア艦艇が封鎖線をやぶって脱出し、来航してくる第二太平洋艦隊と合流することはあきらかだった。もしも、それが実現すれば、ロシア側は戦艦十二隻を擁した大艦隊となり、わずか戦艦四隻を主力とした日本艦隊を潰滅させ、日本と大陸との補給路を断って日本陸軍を孤立させるにちがいなかった。それは、すでに弾薬をはじめ軍需品の補給に苦しんでいた日本陸軍の全滅を意味していた。

日本陸海軍の唯一《ゆいいつ》の期待は、旅順を攻略し、港内にひそむ旅順艦隊を潰滅させることで、その重大使命をになった第三軍の精鋭が八月十九日に総攻撃を開始したのである。

しかし、旅順要塞は予想を絶した堅固さで、守備隊の戦力は世界最強のロシア陸軍にふさわしい頑強な抵抗をしめし、総攻撃は四、八〇〇名の死傷者を出しただけで失敗した。その後、第二、第三回の総攻撃がくりかえされたが、結果は同じで、満州軍総司令官大山巌元帥《おおやまいわおげんすい》は、総参謀長児玉源太郎《こだまげんたろう》大将を旅順に急派し、乃木の指揮権を児玉に移譲させた。児玉は、積極戦法に出て、旅順要塞の要衝である二〇三高地に攻撃を集中させ、多くの犠牲を出しながらも十二月五日、高地の占領に成功した。それによって、旅順要塞の攻略作戦は新たな展開をみせた。

そのような時期に、日露両国の講和をくわだてた斡旋案が、突然のようにフランスから日本側にしめされたのである。

フランスは、植民地政策でイギリスと対立関係にあり、また隣国ドイツとも歴史的に敵視し合っていたので、それら両国の脅威からのがれるためにロシアの軍事力にたよって露仏同盟をむすんでいた。

フランスにとって、日露戦争は、自国の存立に重大な影響があるとされていた。ロシアは日本との戦争で、兵力をヨーロッパから極東に移動させていて、もしもフランスが他国におびやかされた場合、ロシアの軍事力に多くを期待することはできなかった。また、フランスはロシアに多額の戦費を貸しあたえていて、もしも戦争が長期化し、しかもロシアの敗北によって終れば、それらの資金を回収する可能性はほとんどなくなる。このような事情から、フランスは、日露戦争の終結を強く願い、講和斡旋をすることによって国際間の自国の立場もたかめようとくわだてたのである。

フランス政府は、実行方法について検討した末、ロシア駐在フランス大使ポシパールに、フランス駐在日本公使本野一郎との接触を命じた。ポシパールは、ロシアの首都ペテルスブルグからパリにもどってきて、十二月十四日、本野公使を訪れ、講和に対する日本側の意向をただした。

本野は、意見を述べることを避けたが、ポシパールが、

「日本の立場もあるだろうが、一応本国政府の意向をただして欲しい。もしも、その意向があるならペテルスブルグにもどり、ロシア政府と交渉してみる」

と、言った。

本野は諒承《りょうしょう》して、その旨《むね》を本国につたえた。それに対して小村外相は、

「日本政府側から講和を口にすべき時ではない。ロシアはしばしば戦争継続を声明しており、もしも誠実な態度で講和を乞《こ》うてくるならば、その時にはじめて考えるべき問題である」

と、回答した。

本野がそれをポシパールにつたえると、ポシパールは落胆しながらも、講和会議の開始は旅順陥落前におこなうのが良策だろうと意見を述べた。が、本野は、旅順陥落前に講和会議をおこなえば、旅順はそのままロシアが租借地として保有することになり、そのような条件は論外だ、と一蹴《いっしゅう》した。

その間に、日本陸軍は二〇三高地を攻略した後、旅順要塞の堡塁《ほうるい》をつぎつぎに占領し、明治三十八年一月一日、旅順市街に突入するまでになった。その日の午後三時三十分、ロシア軍の軍使が日本軍陣地を訪れて降伏を申出、旅順は日本側の手に落ちた。

その攻城戦で、旅順港内にあったロシア戦艦四隻のうち三隻を撃沈、一隻を大破し、旅順艦隊を全滅させた。

旅順陥落の報が世界各国につたえられると、講和論が公然ととなえられるようになった。旅順が難攻不落の大要塞であっただけに、その陥落が欧米各国にあたえた衝撃は大きかった。

ヨーロッパ情勢は、日露戦争によって一層複雑化していた。ロシアが兵力を極東方面に投入し、しかも連敗をくりかえしていることが、辛うじて保たれていた各国間の均衡を乱していた。

最大の危機を感じていたのはフランスで、ロシアの軍事力の弱化にいらだち、孤立することを恐れてイギリスへの接近をはかった。イギリスは明治三十五年（一九〇二）一月に日本と同盟をむすんでいて、ロシアの同盟国であるフランスのイギリスに対する働きかけはロシアに対する背信でもあった。

イギリスが日本と同盟をむすんだのは、清国《しんこく》、韓国をはじめ極東地域に対するロシアの積極的な権益拡大を、日本を利用して阻止しようとしたためであった。また日本も、世界屈指の軍事大国であるイギリスと手をむすぶことによって、地勢上、日本の安全をおびやかす清国、韓国へのロシアの軍事的進出を牽制《けんせい》しようとする意図をいだいていた。日英同盟は、日本またはイギリスが一国と交戦状態におちいった時は中立を守り、二国以上と開戦した折には参戦するという協約をふくんでいた。そのためイギリスは、もしもフランスが同盟国ロシアに加担して日本に宣戦布告した場合、協約にしたがって軍事行動に出なければならなかった。フランスとは植民地問題でしばしば摩擦を起しており、参戦すればフランスとの植民地戦争に拡大する。むろんそれは回避することが好ましく、イギリスは、日露戦争が勃発《ぼっぱつ》してから二カ月後の明治三十七年（一九〇四）四月八日、フランスとの間に英仏協商を締結した。

ドイツは、ロシアの日本に対する戦争を強力に支持していた。ロシアの極東地域における植民地政策に便乗して権益の分け前を得ようとしていたからで、同時にイギリスを牽制し他地域での植民地拡大競争でも優位に立とうとくわだてていた。が、イギリスがフランスと協商を締結したため、ドイツはイギリス、フランス両国に脅威を感じ、一層ロシアとの結びつきを強めていた。

そうした情勢の中で旅順要塞《ようさい》の陥落がつたえられたのだが、その報はヨーロッパ諸国に反響をまき起した。新聞には、旅順はロシアの極東政策の象徴的存在であり、その陥落はロシアの敗北を決定づけたもので、これ以上戦争を継続させることは無意味であり、講和をむすぶ時機がきたという論調がしきりだった。が、その一方では、軍事大国ロシアの名誉のため講和を勧告するような軽率な動きをとるべきではない、という慎重論もみられた。

このような動きに対して、日露両国政府は、いずれも、戦争は第一段階を終えただけで、今後、勝利を期して戦いつづけるだろうと声明し、講和勧告に応ずる気配は全くなかった。

しかし、日露両国とも戦争継続には大きな不安を感じていた。

日本は、戦前、ロシアの露骨な極東政策に危機感をいだき、戦争回避のため外交交渉を通じて妥協点を見出《みいだ》すことに全力をかたむけた。それは、ロシアの軍事力とそれを支える工業力、経済力に脅威を感じていたからであった。が、ロシアは、日本の交渉を無視して清国との間に約束した満州からの撤退に応じず、逆に兵力を増強し、韓国への圧力もたかめていた。

そのため、日本政府は自国の存亡を賭《か》けて開戦にふみ切ったが、政府首脳者をはじめ陸海軍の上層部の者たちは最終的な勝利を信ずる者はなく、短期決戦に唯一の期待をかけていた。満州軍総司令官の大命を受けた大山巌元帥は、戦場におもむく折り海相山本権兵衛《やまもとごんべえ》に、

「戦さはなんとかやってみますが、刀を鞘《さや》におさめる時期を忘れないでいただきた

い」

と、長期戦の勝利がおぼつかないことをもらしたが、それは大山のみの感慨ではなかった。

事実、ロシアの総兵力は日本のそれをはるかに上廻り、日本が本土に三個師団を残すのみであったのに対して、ロシアはヨーロッパからの大増強が可能で、欧米諸国は日本の敗戦を予想していた。が、予測に反してまず日本海軍は、ロシアの東洋に配置されていた海上兵力を潰滅《かいめつ》させ、日本陸軍も連戦連勝の末、旅順要塞を陥落させた。それは、欧米各国はもとより日本の為政者、軍人にも信じがたいことであった。

しかし、相つぐ戦闘で日本のこうむった犠牲は甚大《じんだい》だった。旅順攻撃では約四万の兵力を失い、特に将校の死傷者が多く作戦を進行させる上に重大な支障になっていた。また、弾薬不足は長期にわたった旅順戦で深刻化していた。

開戦以来、陸軍省は、東京、大阪両工廠《こうしょう》に徹夜作業を命じて弾薬の生産量を増加させ、さらに民間工場も動員していた。が、開戦後四カ月たった頃には、すでに戦場からの要求量に応じることが不可能になり、七月下旬にはドイツのクルップ会社その他の外国の会社に砲弾の弾体を発注しなければならなかった。

そのような中で、旅順要塞への攻撃がはじまったが、第一回総攻撃が失敗に終ったた頃、早くも攻撃を担当する第三軍は砲弾不足におちいった。第三軍参謀長伊地知幸介《いじちこうすけ》少将は、砲一門に対して二百発ずつの砲弾を急送して欲しいと陸軍省に要求したが、陸軍省は、

「最早此《もはやこれ》以上重砲弾ヲ送ルベキモノナシ。偏《ひとへ》ニ節用ヲ乞フ」

と、返電した。

陸軍省は、内地の弾薬をかき集めて戦場に送ろうとしたが、それを許せぬ事情があった。すでに、ロシア本国から第二太平洋艦隊が出発し、東洋に向いつつあって、当然、陸軍省は、海軍の迎撃作戦に呼応して日本各地の海岸に据えられた砲台を強化し、応戦準備をととのえる必要にせまられていた。が、各砲台の砲弾は最小限の量しかなく、それを大陸の戦場に送ることは不可能であった。

旅順要塞への第二回総攻撃は、十月二十六日朝からおこなわれた。攻撃開始にあたって第三軍参謀長伊地知少将は、砲一門に対して三百発の砲弾の発送を満州軍総司令部に要請したが、児玉総参謀長は、

「貴軍ニ野戦砲弾ノ充分ナラザルコトハ固《もと》ヨリ承知ス。然《しか》レドモ当方面（満州戦線）ニ於《お》ケル此《この》砲弾ノ不充分トソノ需要ノ急ナルコトハ到底貴軍方面ノ比ニ非《あら》ズ。……故《ゆゑ》ニ貴軍ニ野戦砲弾ヲ補給スルハ目下ノ場合絶対ニ為《な》シ能《あた》ハザル所ナリ」

と回答した。

満州軍総司令部では、旅順総攻撃の相つぐ失敗にいらだちながらも、ロシア満州軍総司令官クロパトキン大将指揮のロシア軍主力と激烈な戦闘をくりかえしていた。旅順総攻撃がおこなわれた頃、日本軍主力は、北進して日露両軍の決戦場と予測されていた遼陽にせまっていた。が、日本軍の弾薬をはじめ軍需品の不足は深刻で、さらに兵員殊《こと》に将校の補充も困難であった。海上輸送は、船舶不足とウラジオストックを基地としたロシア艦隊におびやかされ、さらに揚陸した軍需品の陸路輸送も難航していた。

遼陽に軍を進めることは補給路をそれだけ伸ばすことであり、大山総司令官は、日本軍の現状からみて遼陽戦が日露戦争の限界であるとひそかに考えていた。

八月下旬、大山は、補給に不安をいだきながらも、遼陽への攻撃開始を命じた。ロシア軍二十二万五千、日本軍十三万五千で、日露戦争開始後、初めての大軍の激突であった。

クロパトキン大将は自ら指揮にあたり、総攻撃を命じた。戦闘は世界戦史上前例をみない熾烈《しれつ》さで、八日間にもおよんだが、クロパトキンは決戦を避けて全軍を退却させ、日本軍は九月四日、遼陽城内に突入、占領した。

劣勢の日本軍は勇戦奮闘したが、それだけに損害も大きく、ロシア軍の死傷一万六千に対し、戦死五千五百、戦傷一万八千計二万三千余にものぼった。

この戦闘前、大山は砲弾発射量を節約するよう厳命したが、戦闘が終った時には銃砲弾特に砲弾はほとんど射《う》ちつくされていた。そのため、ロシア軍を追撃することはできず、陸軍参謀本部次長長岡外史《ながおかがいし》少将は、弾薬が補充されるまで二、三カ月間は休戦もやむを得ない、と進言したほどだった。

日本軍は遼陽の戦いに勝ったが、戦力はさらに弱まっていた。

満州軍総司令部では、各地に諜報員《ちょうほういん》を放っていたが、それらのもたらす情報は、ロシア軍の兵力増強をつたえるものばかりであった。ロシア軍は、九月中旬までにヨーロッパからの増援軍の到着によって日本軍の三十八個師団に相当する兵力にふくれあがり、日本軍は後備兵力を加えても二十個師団を維持するにすぎなかった。士気の点についても、日本軍将兵の中には遼陽戦が日露戦争の最後の戦いであるという気配がみられ、ようやく弛緩《しかん》の風潮も濃くなっていた。兵の間に、「補充兵は消耗兵、進軍ラッパは冥土《めいど》の鐘」などという言葉も交されるようになっていた。

ロシア軍は、日本軍の追撃を予想していたが、密偵を放った結果、余力を失っていることを知り、クロパトキンは、十月初旬、反攻に転ずることを命じた。

日本軍は、攻守両様の作戦方針を立ててこれを迎え撃ち、各地で激戦が展開された。児玉総参謀長は最前線で指揮をとり、十月十日から逆襲に出たが、ロシア軍の抵抗は激しく、沙河河畔の万宝山《ばんぽうさん》では第四軍の山田支隊と第三師団の一部が三方から包囲されて日露戦争はじまって以来の敗北をこうむり、甚大な損害をうけて敗走した。

しかし、大勢は日本軍側が優勢で、猛攻の末、ロシア軍を撃退することに成功した。満州軍総司令部の高級幕僚の大半は、この好機に乗じてロシア軍を追撃すべしと主張し、数回にわたって意見書を児玉総参謀長を通じて大山総司令官に提出した。が、弾薬の枯渇《こかつ》と兵員不足によって追撃は大敗北につながると判断した児玉は、意見書を大山に渡すことなくことごとく握りつぶした。

日本軍の進撃はやみ、ロシア側も攻勢をしかけることなく、戦線は膠着《こうちゃく》状態に入った。その間、児玉は総司令部をはなれ、乃木から指揮権を得て旅順要塞攻撃の積極作戦を成功にみちびいたのである。

旅順要塞の陥落は、欧米諸国に衝撃をあたえたが、ドイツ皇帝ウイルヘルム二世は、ひそかに講和方法について画策していた。友好関係にあるロシアの利益を前提にフランス、アメリカを誘って独仏米三国の圧力で日本に講和を強要し、日本とイギリスの結びつきに楔《くさび》を入れ、イギリスを孤立させようとしたのだ。この動きに気づいたイギリスは狼狽《ろうばい》し、ルーズベルト大統領と親交のある外務省職員をアメリカに急派した。

イギリスも、ドイツ、フランスと同じように日露戦争によって東洋での自国の権益を失うことをおそれ、逆に日露戦争を利用してその拡大を願っていたのである。

日本政府は、それら諸国の意図を察知し、干渉されることを極度に警戒していた。そして、植民地政策に最も淡泊と思われるアメリカに接近し、ひそかに戦争終結への道を見出そうと願っていた。

しかし、日本としては、遼陽、沙河戦につぐ旅順戦に勝利をおさめたものの、現状で講和をむすんでは戦勝国としての有利な条件を得ることが期待できぬ、と判断していた。それは、ロシア政府がしばしば強硬な戦争継続の声明を発し、敗戦国としての意識を少しもみせないことによるものであった。ロシア政府は、本国を出発したロジエストヴェンスキー中将指揮の第二太平洋艦隊の強大な戦力が日本艦隊に潰滅的な打撃をあたえるにちがいない、と言明し、また遼陽、沙河の戦いに敗れはしたが数十万に増強されたロシア陸軍が、戦力の低下した日本陸軍を潰滅させるはずだ、と公言していた。

アメリカ大統領ルーズベルトは、旅順陥落後、フランス大統領エミール・ルーベを

通じて、

「現在、和議をおこなえばロシアの損失条件は軽くてすむだろう」

と、ロシア皇帝ニコライ二世に勧告した。しかし、ニコライ二世は、

「本国を発したロシア艦隊と奉天附近に集結する数十万の陸上兵力の勝利を確信し、あくまで戦争を継続する」

と、きびしい態度で拒否した。

これによって、講和への列国の動きは絶え、ひたすら奉天附近でおこなわれると予想される日露両国陸軍の決戦と、ロシア艦隊と日本艦隊の海戦結果を静観する態度をとった。

日本政府首脳は、戦争の将来に不安をいだいていたが、ロシア国内の社会混乱が増していることに一つの望みを見出していた。

ロシアは、議会政治が欧米諸国に根を下している中で、ドイツとともに皇帝国家として時代に逆行した専制政治を固守しつづけていた。皇帝は、政治をはじめ学問、思想、教育を強力に統制し、一方では軍備拡張につとめていた。農奴解放後、フランス資本の導入によって急速に資本主義的大経営が発展し、貴族階級を中心とした資本家と労働者階級の対立がいちじるしくなっていた。議会は開設されず、政府は貴族に特

権をあたえ、かれらの支持によって政策を推しすすめていた。

　抑圧された民衆の不満は次第に増していたが、それに拍車をかけたのが日露戦争であった。戦費調達の結果、紙幣が濫発《らんぱつ》されたので物価は高騰《こうとう》し、失業者が増した。民衆にとって、日本との戦争は理解しがたいものでもあった。遠い極東の地である満州、朝鮮を支配するためロシア政府の起した動きは、あきらかに植民地政策にもとづく領土的野心をもつものとして映り、社会主義思想の指導者であるレーニンは、日本との戦争をロシア皇帝の「厭《いと》うべき犯罪戦争」と規定したが、それは民衆の意識を代弁したものでもあった。

　日露開戦後、ロシア軍の敗報が続々とつたえられるにつれて、かれらの政府に対する反感はつのった。皇帝とそれを取りかこむ為政者、軍人によってはじめられた対日戦争は、民衆の望まぬ侵略戦争であり、生活の困窮と出征兵の死傷という犠牲に不満をいだくようになっていた。

　遼陽、沙河の敗北につづいて、旅順要塞の陥落を知った民衆の憤《いきどお》りは激化し、首都ペテルスブルグの一工場でストライキが起ったのをきっかけに、それはたちまち各工場にひろがっていった。不穏な社会情勢を憂《うれ》えた工場労働者の指導者である青年僧ゲオルギー・ガボンは、大衆の苦しい生活を皇帝ニコライ二世に訴えようとし、一月二

十二日の日曜日、十数万の民衆を集合させた。かれらは、聖像と皇帝の肖像をかかげ請願書をたずさえ、

「神よ、皇帝陛下にお恵みをあたえたまえ」

と、となえながら冬宮にむかった。

かれらは秩序正しく列を組んで進んでいったが、前方に武装兵があらわれ、発砲した。民衆は逃げまどい、たちまち千人余が射殺され約二千人が傷を負った。この虐殺《ぎゃくさつ》事件は「血の日曜日」と称され、民衆の反政府運動をさらにつのらせた。

日本政府は、戦場のみならずヨーロッパ方面にも大規模な諜報網をはりめぐらせ、ロシア国内の世情不安の動きを敏速にとらえていた。諜報員の中には、参謀本部から特命をうけた明石《あかし》元二郎《もとじろう》歩兵大佐もいて、かれは、オーストリア公使館付武官としてロシア政府に反抗する多くの革命家と親しく接していた。そして、革命家を支援し、ロシア国内の革命運動を発展させ、社会混乱を増大させてロシア政府の戦争継続の意志を失わせることに力をつくしていた。

しかし、ロシア政府は、人心を鎮《しず》めるためには日本軍を潰滅させることが最良の方法と考え、奉天附近に集結しているロシア陸軍兵力を増強させ、さらに回航中の第二太平洋艦隊の戦力を一層たかめるため、ネボガトフ少将指揮の戦艦一隻《せき》をふくむ第三

太平洋艦隊も出発させていた。

沙河の戦いを終えた日露両国軍は、対峙《たいじ》しながら明治三十八年を迎えた。

諜報員からロシア軍の増強がしきりにつたえられている中で、一月二十五日、第二軍司令官グリッペンベルグ大将指揮の十万におよぶ強力な部隊が、黒溝台《こっこうだい》守備の日本軍に攻撃を加えてきた。グリッペンベルグは、本国の革命気運を鎮静させるため独断で出撃したのだ。

日本軍守備隊は包囲されたが辛うじて脱出し、急派された援軍とともに戦い、苦戦の末ロシア軍を撃退した。日本軍五万四千で、九千三百の死傷者を出した。

その戦闘が奉天大会戦の前哨戦《ぜんしょうせん》となり、日露両国軍は続々と兵力を集結した。ロシア軍約三十二万、日本軍約二十五万で、両軍とも全兵力を会戦にそなえた。諜報員から、クロパトキン大将が、退却する者は斬《き》るとの強い訓示を全軍に発し、必勝を期しているという情報もつたえられ、大山総司令官は各軍司令官を集め、

「目前にせまる会戦に於て、我軍はほとんど帝国陸軍の総力をあげ、敵も満州に用い得べき最大の兵力の軍隊を提《ひっさげ》て、互に勝敗を賭《か》けて戦わんとしている。この会戦に於て勝を制したものはこの戦役の勝者となるべく、実に日露戦争の関ヶ原というべき大会戦とならん」

と、激励した。

二月二十日、最右翼の川村景明《かわむらかげあき》大将指揮の鴨緑江《おうりょっこう》軍が行動を起し、奉天大会戦が開始された。攻撃態勢をととのえた日本軍は、三月一日、全線にわたって総攻撃を開始した。大山総司令官の作戦方法はロシア軍の背後をつく迂回《うかい》作戦で、各部隊は忠実にその命令に従って行動した。

随所で激戦がくりかえされたが、大山の作戦は効を奏し、ロシア軍は退却をはじめて三月十日大勢が決した。その日の午後九時、大山総司令官は戦闘の終結を宣した。日本軍の損失は死傷約七万、ロシア軍十二万、捕虜となった者四万におよんだが、日本軍は兵員、武器、弾薬の不足で退却するロシア軍を追撃する余力はなかった。

奉天戦でロシア軍が大敗した報が欧米につたえられると、またも講和説が起った。ロシアは敗北をつづけ、これ以上戦争を継続することは無意味だという声が支配的であった。殊に、ロシアの戦費を負担するフランスでは、戦争終結を望む声が高かった。ロシアがさらに敗北をかさね、軍事力を失えば露仏同盟も空文同様になり、ドイツのヨーロッパでの勢力が強まることはあきらかだった。

フランス政府は苛立《いらだ》ち、駐米フランス大使ジュセランに命じ、アメリカ大統領にしきりに働きかけ、日本政府に講和条件をただし、それをロシア側につたえて打診して

はどうか、とすすめた。が、その動きを知ったドイツ政府は、ルーズベルト大統領に対して、

「ロシアはなお一年間交戦する戦力をもつが、日本は長期戦に堪える力はない」

と告げ、フランス側の講和促進の動きを牽制《けんせい》した。

ルーズベルトは、日本側の意向をさぐるため、三月十六日、駐米公使高平小五郎に、

「日本に講和に応ずる意志はあるのか。もし意志があるなら列国に公表し、その条件をしめせば国際的に日本の立場は有利になるだろう」

と説いた。

高平は、ただちにその勧告を暗号電文で小村外相につたえた。

日本政府は、ひそかにルーズベルトの講和斡旋《あっせん》に期待していた。奉天戦に大勝はしたが、日本陸軍に前進する余力はない。遼陽、沙河、奉天戦は、常に日本軍の兵力が劣勢で、勝利をおさめることができたのは旺盛《おうせい》な兵の士気と巧妙な作戦によるものであった。

しかし、戦争が長期化すれば、人員と物量の差が表面化することはあきらかであった。殊《こと》に、奉天戦後、兵力の質の低下が限界に達し、予備兵、後備兵までが召集されていた。新兵の徴兵検査の合格身長基準も、奉天戦後、陸軍省令第五号で四尺九寸五

分（一・五メートル弱）まで引き下げられ、新聞にも「寸足らずの兵隊さん」という見出しの記事も出た。それら体格の劣った兵が大量に徴集されたが、訓練期間も乏しく、戦力として期待することはできなかった。また、軍馬の体長基準も五尺三寸から四尺六寸までさげられていた。

総司令官大山巌元帥《げんすい》は、奉天会戦の勝利を大本営陸軍部参謀総長山県有朋《やまがたありとも》元帥宛《あて》に電文で報告したが、

「今後ノ作戦ノ要ハ、政略ト戦略ノ一致ニアリ」

という意見書を添えていた。政略とは戦争の終結、つまり外交的な働きかけで講和への努力を推しすすめて欲しい、という意味であった。

さらに天皇に奉天戦の戦果を報告するため帰国した児玉総参謀長は、新橋停車場に出迎えた大本営参謀次長長岡外史少将に、

「おれは、戦争を止《や》めさせるため上京してきたのだ」

と、語った。

大山も児玉も、日本陸軍の戦力が到底長期戦に堪えられるものではなく、これ以上の戦闘は危険だと冷静に判断していたのである。

大本営の山県有朋参謀総長の意見も、現地軍の大山、児玉と一致していて、戦争の

継続が不可能であることを認めていた。かれは、桂首相に対する一般報告の中で、
一、敵は、其《そ》の本国になほ強大な兵力を有するに反し、我陸軍は、すでにあらんかぎりの兵力を用ひつくしをるなり。
二、敵は、いまだ将校に欠乏を告げざるに反し、我は、開戦以来すでに多数の将校を失ひ、今後容易にこれを補充すること能《あた》はざるなり。
と、率直な意見を寄せていた。

日本政府と軍部内に、講和を望む声が大勢を占めていた。日本がロシアに宣戦布告をしたのは、ロシアが満州を占領し、さらに韓国に軍事基地を設置する意図を露骨にしめしたからであった。つまり、ロシアの軍事力を背景にした極東政策は日本の国防上重大で、存亡をかけて戦争にふみ切ったのである。この事情は、欧米各国にも十分に理解され、ロシア政府内でも皇帝を中心とした武断派の行為を批判し、日本との戦争をロシアの不法行為だと非難している者も多かった。

そのような中で、アメリカ大統領の講和勧告があったのだが、政府は慎重に協議をかさねた末、小村外相から高平駐米公使に対し、

「我が国は、現在の情勢からみて講和を口にする意志はない」

という趣旨の回答を発した。それは、ロシアに対して強硬な姿勢をしめすことが、

ロシア側に講和の気運をうながす効果があると判断されたからであった。
ロシアは、依然として日本の財政が壊滅寸前にあり、戦争をつづける力を失ってい
る、という声明をくりかえしていた。もしも、日本政府が講和勧告に応ずる意志を表
明すれば、ロシア側は、その表明を日本が戦力を失った結果だとして宣伝し、国内に
戦争継続の空気をあおり、それによって講和の時期も遠くなるおそれがあった。
日本政府は、四月八日に閣議を開き、今後、戦力を充実させることに努めるととも
に、講和を早めることに力をつくすことを決議し、天皇の裁可を得た。
ルーズベルトは、それでも諦《あきら》めずタフト国務長官に指示し、駐米日露両大公使に予
備会談を開く意志はないか、とただした。これに対して、日本政府は、
「和議を必要とする事情なし」
と、回答しながらも、ロシア側から講和の希望が表明された場合には、それに応ず
る十分な意志があることをつたえた。
またロシア皇帝からもルーズベルト宛に、勧告に応ずる意志は全くなく、東洋に向
って回航中の第二太平洋艦隊とそれを追う第三太平洋艦隊に大きな期待をかけている
という回答が寄せられた。ロシア側の強い姿勢については、駐米フランス大使からも
ルーズベルトに、

「ロシア政府、軍部、国民は、第二、第三太平洋艦隊の大勝利を確信し、戦争継続の意に燃えている」

と、報告された。

ルーズベルトは、講和斡旋にはまだ機が熟していないと考え、すべては回航中のロシア第二、第三太平洋艦隊と日本艦隊の決戦結果を待つ以外にないことを知った。

眼前に迫る日露両艦隊の接触は全世界の注目を集め、その結果が日露戦争の勝敗を最終的に決定すると考えられていた。アメリカの雑誌「サイエンティフィック・アメリカン」は、

「日露戦争の勝敗の定まる時期は、迫っている」

と書き、イギリスの雑誌「エンジニアリング」は、

「まさに開始されようとしている日露両艦隊の海戦は、歴史上かつてない大規模なものであり、世界の人々はこの海戦を今やおそしと待っている」

と述べるなど、興奮は日増しにたかまり、海戦の予測記事がしきりに新聞紙上に掲載された。それらの記事は、戦闘の主力となる戦艦がロシア艦隊八隻、日本艦隊四隻であることから、ロシア艦隊の圧倒的な優位をつたえるものばかりであった。

海軍次官の任にあったこともあるルーズベルトも、専門的な予測を周囲の者にもら

し、上院議員ロッジへの書簡には、日本艦隊が勝利を得る可能性は二〇パーセントと考えるのが妥当であり、日本艦隊が敗北を喫した折には日本は滅亡の悲運に遭遇するだろう、と記した。

日本国内でも政府、軍部の首脳者、国民すべてが、来攻するロシア艦隊に不安をいだき、日本艦隊の全滅を恐れていた。一年余にわたる戦争で貿易は低調をきわめ、株価は下落し、失業者は増して経済界の不振による国民生活の困窮が表面化している中で、ロシア艦隊の接近は、かれらに堪えがたい重圧となってのしかかっていた。

その間、フランスの提議で列国会議のもとに日露両国の講和をおこなっては、という声もたかまっていた。もしもそのようなことが実現すれば、フランスをはじめ列国は、清国にそれぞれ勢力圏を拡大し、清国の領土が分断されてしまうことはあきらかだった。日本政府は、ルーズベルトに対し、講和はあくまで日本とロシア二国のみで協議するものであると主張、ルーズベルトも列国会議には不同意であると回答を寄せてきていた。

三月上旬、第二太平洋艦隊はマダガスカル島を出発し、四月八日にはマラッカ海峡に偉容をあらわしてシンガポール沖を通過、仏領安南《アンナン》のカムラン湾に入った。その地で、後続の第三太平洋艦隊と合流、五月十八日、安南沖をはなれ、以後、消息を断った。

世界の関心は最高潮に達し、日本国内の空気は激しく揺れうごいていた。

五月二十七日午前二時四十五分、五島列島白瀬《しらせ》の北西方にあって哨戒《しょうかい》任務にあたっていた「信濃丸《しなの》」(六、三八七トン)が、左舷《さげん》方向に東へむかって動く燈火《とうか》を発見し、接近した。やがて、夜明けの気配がわずかにきざした頃、ロシア艦隊の黒煙を確認、午前四時四十五分、

「敵ノ艦隊、二〇三地点ニ見ユ」

と、打電した。

それによって日露両艦隊は接触し、その日と翌日にかけて対馬海峡を中心とした海域で激闘をくりひろげた。その結果は、予想に反して日本艦隊の勝利に終った。日本艦隊の勝因は、巧妙で周到な作戦行動、乗組員の練度の高さによるもので、海戦史上類のない圧勝であった。

ロシア艦隊は全滅状態で、戦艦八隻中撃沈六隻、捕獲二隻、装甲巡洋艦三隻すべて撃沈等、三十八隻の艦隊は撃沈十九隻、捕獲五隻、逃走中沈没または自爆二隻、抑留八隻計三十四隻という大打撃を受けた。これに対して、日本艦隊の損害は九〇トン以下の水雷艇三隻が沈没したにとどまった。人的被害も海戦の激しさをしめすもので、

ロシア艦隊の戦死者四、五四五名、捕虜司令長官以下六、一〇六名、日本側は戦死一〇七名であった。

その海戦は日本海海戦と呼称され、ロシア艦隊の来航におびえていた政府関係者、軍人、一般人の喜びは大きかった。人々は、日露両国陸軍の決戦ともいうべき奉天大会戦につづいて、日本海軍がロシア艦隊を潰滅《かいめつ》させたことに熱狂した。号外の鈴の音が町々を走り、家々には国旗がひるがえった。夜になると提灯《ちょうちん》行列が組まれ、人々は提灯をふり上げて万歳を叫び合った。

日本艦隊の勝利を知った世界各国の新聞は、この海戦によって確実に日露戦争に決着がつき、これ以上戦争を継続することは許されぬことである、と強い論調を一斉に掲載した。各国指導者も講和を主張し、ロシアと同盟をむすんでいたドイツすらも、講和を希望すると声明した。ドイツ政府の態度の変化は、ロシア国内の社会情勢が険悪化していることを憂《うれ》えていたからであった。ロシアの社会運動はロシア艦隊の敗報によって一層激化し、それが皇帝専制国であるドイツへの波及を恐れたのである。

日本政府は、それらの世界世論をうけて、日本海海戦の大勝が講和条件を有利にすると判断した。すでに奉天戦後、好機をつかんで講和するという閣議決定もあったので、それまでくりかえされてきたルーズベルトの勧告を受ける時機がきたことを確認した。

しかし、日本国内の新聞は、一部をのぞいて講和の気運に強い反撥《はんぱつ》をしめしていた。また各地で開かれる集会でもしきりに戦争継続が唱えられていた。それらは一様に、連戦連勝の勢いに乗じて陸軍部隊を進撃させ、ハルピンからロシア領ウラジオストックを占領せよ、という主張を繰返していた。

政府首脳者は、苦慮した。たしかに海軍は極東海域のロシア海上兵力を完全に一掃したが、問題は、奉天戦後ロシア軍と対峙《たいじ》している陸上兵力の戦力であった。現地軍の作戦指導をして帰国した児玉総参謀長の内情報告は、政府首脳者に恐怖に近いものをあたえていた。

奉天戦後、皇帝ニコライ二世はクロパトキン大将を極東軍総司令官の任から解き、リネウィッチ大将を後任に据えていた。リネウィッチはロシア軍の戦備をととのえることに努めていたが、兵力の強化に大きく貢献したのは、シベリア鉄道であった。シベリア鉄道は、日本軍首脳部をはじめ欧米各国の軍部から鉄道としての基本的な機能を軽視されていた。兵員、軍需物資をヨーロッパ方面から極東方面に送るには、二、〇〇〇哩《マイル》という距離は長すぎ、しかも単線なので負傷者などを後送する列車と遭えばそのまま立往生しなければならない。事実、開戦後、輸送はとどこおりがちであった。

しかし、奉天戦後、シベリア鉄道沿線に配置されていた日本人諜報員《ちょうほういん》からの報告は、輸送能力が飛躍的に向上し、続々と兵員、物資が送りこまれていることをつたえていた。

その原因について満州軍総司令部では究明につとめたが、やがて理由をつきとめることができた。

ロシア鉄道大臣ヒルコフは、壮年の頃、アメリカに渡ってニューヨーク中央鉄道会社に入社し、その後、各地の鉄道を巡視して鉄道についての知識を身につけた。日露開戦後、かれは鉄道大臣としてアメリカからレール、諸機関を購入し、シベリア鉄道の整備、車輛《しゃりょう》の改修につとめ、バイカル湖線も急設した。さらに、シベリア鉄道の最大の弱点が単線であることに着目、それをおぎなう大胆で巧妙な方法を実行に移した。

初めは所々に回避線をもうけて逆行してくる列車を待避させていたが、奉天戦後は回避線を使用せず、完全な一方通行にあらためた。つまり、モスコーを起点として兵員、軍需物資を満載した列車をハルピンに送り、その列車を返送させることなくそのままハルピンの原野に放置した。それらは兵士の宿所や倉庫にあてられ、老朽した車輛は惜しげもなく解体して燃料にされた。

ヒルコフは、続々と新しい車輛をハルピン方面に出発させ、それによって大増援部隊を送りこむことに成功したのである。

日露両国の兵力の差は日を追って開いていったが、日本の財政も決して楽観できぬ状態にあった。開戦後一年三カ月余の間に投入された戦費は二十億円近く、それは戦前の国家予算の八倍にもあたる巨額であった。政府は、増税、新税の創設をはじめ五回にわたる国債、四回の外債によっておぎなってきたが、財政政策上、これ以上の出費は不可能であった。

このような事情から、政府首脳者は、ルーズベルトに講和の斡旋《あっせん》を依頼することに決定し、天皇の裁可も得たのである。

五月三十一日、小村外相は、暗号電文によって駐米公使高平小五郎にその旨《むね》をつたえた。

高平は、翌六月一日、ルーズベルト大統領を官邸に訪れ、日本政府の決定をつたえて斡旋を要望した。

ルーズベルトは快諾し、ロシア側の意向をたしかめるため、翌二日駐米ロシア大使カシニーを招き、

「戦争継続はロシアにとって何の益もない。講和をむすぶべき時である」

と、熱意をこめて説いた。

カシニーは、

「大統領のお言葉は皇帝陛下につたえますが、陛下は応じないと確信します」

と断言し、本国から送られてきた電報をしめした。それは、五月三十日にロシア宮殿内で開かれた軍事会議の内容で、満場一致のもとに戦争継続を決議したものであった。

その決議の理由としてカシニーは、

「ロシアは、日本に講和を乞《こ》う理由はなにもないのです。日本軍は、まだロシア領土を一インチも占領しておらず、講和を乞うなどロシア国の名誉をおとしめるようなことはできぬからです」

と、述べた。

さらにカシニーは、ロシアから講和を申出れば、日本は過重な条件を要求するだろうと危惧《きぐ》の念も口にした。ルーズベルトは、

「誠意をもって日本全権委員に接すれば、日本側も苛酷《かこく》な条件を要求することはないだろう。ただし、一般常識としてロシアは或《あ》る程度の領土を譲り、償金も支払う覚悟は必要だと思う」

と、述べた。

カシニーは、ルーズベルトの勧告をロシア皇帝に打電すると告げ、去った。

ルーズベルトは、カシニーがロシア皇帝に私見をはさんだ報告をすることをおそれ、ロシア駐在のアメリカ大使メイヤーに対し、直接皇帝に会って講和勧告をするよう電報を打った。

この訓令については、ドイツ皇帝の支持もあった。ドイツ皇帝は、ロシア国内の社会運動の激化に不安を感じ、日露戦争を一刻も早く終結すべきだと考え、また講和の実現に力をかすことによって自国の国際的立場を有利にしようとくわだてていた。そのため、ドイツ皇帝は、ロシア皇帝に書簡を送り、講和をすすめるとともにメイヤー米国大使を引見するよううながした。

六月六日夜、ロシア大使カシニーが、本国からの回答をルーズベルトにつたえた。それは、きわめて要領を得ぬもので、依然としてロシア側から講和は望まぬという内容であった。

ルーズベルトは失望したが、翌日の夜、ロシア駐在のメイヤー大使から至急電報が入った。それはカシニーのもたらした回答とは逆で、

「ロシア皇帝ニコライ二世は、絶対秘密を前提に講和勧告を承諾した」

という電文であった。

ロシア政府部内と軍首脳者たちの間には、戦争を継続し最後の勝利を得ようという強い意志をいだく者が多く、それに皇帝も同調していた。ヒルコフ鉄道大臣の処置でシベリア鉄道の軍隊輸送は順調で、ハルピン周辺には数十万の精鋭部隊が集結し、老兵は後方勤務に移っていた。開戦後、ロシア陸軍は最強の兵力を配置し、最も高度な戦闘態勢を完全にととのえていた。

しかし、国内の革命運動は激化の一途をたどっていた。その年の四月には、ロンドンでレーニンを指導者と仰ぐ社会民主労働党が第三回大会をひらき、プロレタリアートの先導による全人民の武装蜂起《ほうき》を決議し、それに呼応してロシア領内の労働運動も尖鋭化《せんえいか》していた。ロシアではデモ、ストライキがつづき、官憲はそれにきびしい弾圧を加え、多くの者を殺傷していた。そうした中で日露戦争の敗報がつづいたが、多くの兵士の死傷、軍費の増大による生活の窮迫に国内の不満はつのり、戦争を強引に推しすすめるロシア皇帝と政府首脳部に憎悪《ぞうお》をいだき、運動は露骨な反帝政闘争の様相をしめしていた。奉天戦の大敗についで日本海海戦のロシア艦隊全滅の報がつたえられると、国民は嘆き悲しむと同時に、無謀な戦争をひき起し、その上多くの犠牲を国民に強いた皇帝政府に公然と反撥するようになった。

タルスコエ・セロから三〇キロの位置にある避暑地では、五百人の市民が集り、日本海海戦で戦死した水兵の追悼デモをおこない、前バクー市長が、

「戦争をやめろ、われわれはすでに十分な血の犠牲をはらった」

と叫び、警官隊と衝突した。

徴兵忌避が集団的におこなわれ、デモ隊に対するコサック騎兵、警官の鎮圧行為も日常化し、その度に死傷者が続出した。さらに首都ペテルスブルグをはじめ全国に大規模なデモ、ストライキがひろがり、六月六日付の「ニューヨーク・タイムズ」は、

「ロシア国内の戦争反対の声は高く、今やロシアには革命勃発《ぼっぱつ》の気配がきわめて濃厚になった」

と書き、ロシア国内の政府系新聞すらも、

「戦争によるおびただしい犠牲の責任と敗北の汚名は、政府がすべて負うべきものである」

と、きびしく批判した。

そうした険悪な空気に、皇帝の戦争継続の意志はくずれた。「ニューヨーク・タイムズ」の指摘したように革命運動は抑えがたいほどの勢いになっていて、もしも革命が成功すれば、むろん皇帝政治は崩壊し、皇帝自らも家族とともに追放、または殺害

される。満州方面のロシア陸軍は大増強されてはいるが、国内の革命運動を鎮静させることが急務であり、そのためには戦争を停止させる以外に方法はなかった。ニコライ二世は、やむなくルーズベルトの勧告を受け入れることを決意したのである。

ニコライ二世の勧告受諾を知ったルーズベルトは、日露両国に対して講和会議の全権委員を任命する準備をはじめるよう要望することを決意した。その伝達方法として、ロシアに対しては当然カシニー大使を通じておこなうべきだったが、前例もあるので意志が正確につたわらぬことをおそれ、日露両国にそれぞれ駐在するアメリカの大公使によってつたえる方法がとられた。

六月九日夜、駐日アメリカ公使グリスコムは小村外相を外務省に訪れ、またロシアでもアメリカ大使メイヤーがロシア政府に対し、ルーズベルトの公文書を手渡した。

その内容は、

「日露両国のみならず文明世界全体の利益のため、講和会議の開始を切望する」

というもので、会合の日時、場所の決定に力をかしたいとも記されていた。

日露両国は、公式に勧告に応ずると回答し、ルーズベルトは、気持の変りやすいロシア皇帝が回答をひるがえすことを恐れ、その内容を新聞に公表した。

小村外相は、ルーズベルトの周到な配慮に謝意をしめすとともに、講和について支持の態度をとったドイツ皇帝、フランス外相ルヴィエルにもそれぞれ感謝の電報を送った。かれは、列国の好意を日本にひきつけると同時に、米、独、仏三国の力でロシア皇帝の翻意を防ごうとしたのである。

ルーズベルトの斡旋によって講和への道がひらかれたわけだが、会議の開催地の問題で、早くも日露両国間に意見の対立がみられた。

日本政府は、中立を守る清国領の山東半島北海岸にある芝罘《チーフー》を適地と主張、ロシア政府は、芝罘は清国の首都北京《ペキン》に近く諜報活動にさまたげられるおそれがあるとして反対し、パリを希望した。が、フランスはロシアの同盟国であり、パリ開催はロシアに有利であるため、日本側は応じなかった。

ルーズベルトは、パリ、ロンドン、ベルリンを不適とし、奉天とハルピンの中間地で開いてはどうか、と日本側に打診してきた。が、日本政府は、対峙する日露両軍の軍人たちがそれぞれ自国の全権委員に圧力を加え、会議が決裂するおそれがあるという理由で、開催地を満州戦線区域以外にすべきだと回答し、依然として芝罘を主張した。ロシアは、パリ、ハーグなどヨーロッパの地を希望、双方ゆずらず対立した。

日本政府は、むしろアメリカの首都ワシントンにすべきだと提案したが、アメリカ人には日本に好意をもつ者が多いという理由でロシア政府は同意しなかった。またルーズベルトも、ワシントンを開催地とすることは、日露講和会議にアメリカが介入するような印象を世界にあたえるので好ましくないと考え、難色をしめした。

そのうちにロシア政府は、六月十三日、ワシントン案に同意することをルーズベルトにつたえ、ルーズベルトも諒解《りょうかい》し、ようやく開催地がワシントンに決定した。

そのような折衝をくりかえしている間、大本営は新しい作戦行動を起していた。それは、樺太《からふと》攻略作戦であった。

その計画は、すでに前年の六月下旬、新たに大本営陸軍部参謀次長に着任した長岡外史少将の主唱によって立案されていた。

長岡は、その頃、外電がしきりに旅順陥落後日露両国間で講和が成立するかも知れぬとつたえていることに苛立《いらだ》ちを感じていた。日本陸軍がロシア陸軍と戦っている地は清国領満州で、次々に要地を攻略しても、戦争が終結した折にはそれらの地をそのまま清国に返還しなければならない。むろん、長岡は、日本軍がロシア領に進撃する兵力を持っていないことは知っていた。

かれは、多くの犠牲を払って連戦連勝をつづけても、ロシア領を占領しなければ講和会議で土地の割譲を要求できぬと考え、樺太攻略を立案したのである。

樺太は、江戸時代後期、日本人、アイヌ、ロシア人が混住した地で、日露両国間で国境問題の紛争がくりかえされた。明治に入ってからも互いの主張は対立していたが、明治八年、千島樺太交換条約が締結された。日本は樺太全島を放棄し、その代りにロシアは千島列島すべてを日本に譲渡するという内容で、それは日本にとって屈辱的な条約とされた。長岡は、そのような歴史的意味をもつ樺太の攻略を思い立ったのだが、樺太守備のロシア兵力は弱小で、わずかな兵力でも占領が可能だった。

当然、上陸作戦になるので海軍の協力を得なければならず、かれは軍令部次長伊集《いじゅう》院《いん》海軍中将にその旨を申し入れた。伊集院は、目前にせまる旅順攻撃で艦隊に損害が生じない場合には、積極的に支援すると約束した。

しかし、旅順要塞《ようさい》は、度かさなる総攻撃でも陥落せず、長岡の樺太攻略の実施は延期になった。

年があけた明治三十八年一月、旅順は開城したが、海軍側は、本国を出発したロシア艦隊の迎撃準備で樺太作戦に協力する余地はなかった。また、寺内陸相、山県参謀総長らも、満州戦線に総兵力を集中すべきだとして、長岡の熱心な計画推進に強く反対した。

奉天戦後、講和論が外地からしきりに報じられ、長岡は熱心に政府、軍部首脳者を説いてまわった。が、ロシア艦隊との大海戦を前に山本海相をはじめ海軍首脳部は耳をかたむけず、陸軍首脳部も満州戦線のロシア軍増強を不安に感じ、兵をさくことをためらっていた。その中で、講和の近いことを予想していた小村外相のみが、樺太を占領しておけば講和会議を有利に進めることができると主張し、長岡の計画に賛成していた。

日本海海戦の大勝後、列国間に講和を望む声が一斉に起り、六月九日、ルーズベルト大統領の斡旋《あっせん》によって日露両国が講和勧告に応じた旨の発表がおこなわれると、長岡の動きはさらに活潑《かっぱつ》になった。日本の政治家の中心人物である枢密院《すうみついん》議長伊藤博文《いとうひろぶみ》は、長岡の主張に賛意をしめしたが、寺内陸相、山県参謀総長ら軍部首脳者は不同意であった。しかし、児玉総参謀長が、樺太出兵は満州戦線の情勢に変化をあたえぬという意見を述べて長岡の説を強く支持したため、樺太攻略作戦が決定した。

この決定にあたって、小村外相はその軍事行動が講和会議の開催に支障となることを恐れ、ルーズベルト大統領の意向を高平公使を通じて打診させた。ルーズベルトは、

「ロシアの講和受諾は、休戦を条件にしたものではない。現在でもロシア陸軍の増強はつづいていて依然として戦闘状態にあると考えられるので、ロシア側から抗議があっても容認しない」

と回答してきた。そして、ひそかに樺太占領は、日本の講和条件を有利にするだろ

うと述べた。

青森に集結した樺太攻略の先遣部隊は、六月十八日艦艇の護衛のもとに青森港を出発し、樺太南岸コルサコフに上陸した。ロシア守備隊の抵抗は微弱で、七月三十一日守備隊は降伏、日本軍は樺太全島を占領した。

二

講和会議にともなう日露間の諸問題も解決し、両国は全権委員の選定に移った。

桂首相は、伊藤枢密院議長とその補佐役として小村外相を全権に考え、天皇に内奏した。伊藤は、戦前、戦争の回避のため日露協商をむすぼうとしてロシアにおもむき、皇帝をはじめロシア政府首脳者に知己も多く、また小村も満州問題でロシア側とひんぱんに交渉したこともあり、全権として最適な人物と考えられたのである。

しかし、伊藤は桂の推薦をかたく拒絶した。かれは桂に対して、

「日清戦争の講和の折には、当時首相であった私が責任上全権になって処理した。今回の場合は、君が全権になるべきだ」

と言い、後輩にあたる桂はそれ以上伊藤に要望することはできなかった。

伊藤は、全権になった場合、どのような立場に身を置くかを十分に知っていた。日本は、陸海軍ともに勝利をおさめたが、ロシア側は日本陸軍の兵力がロシア軍と対決できぬほど弱体化していることを察知し、強硬な態度で会議を推しすすめるにちがいなかった。しかし、日本の民衆は戦争継続を叫び、講和がむすばれた折には多額の賠償を得られると信じている。もしも全権として条約の締結に当れば、国民の怒りを買うにちがいなかった。

知人の谷干城《たにかんじょう》は伊藤の身を案じて、

「もし老台（あなた）がおだてられて全権になれば、必ず槍玉《やりだま》にあげられる。この度の会議は、だれが全権になっても好結果は得られない。老台が出掛けてゆくことはなく、桂首相、小村外相で沢山である。いたずらに馬鹿者《ばかもの》のうらみを買うは愚かである」

という趣旨の手紙を寄せてきていたが、伊藤は、初めから自らをおとしめるような役目を引受ける気はなかった。

桂は、政府の最高責任者として日本にとどまらねばならず、結局、小村外相とその補佐役として高平駐米公使を全権に指名した。

小村は、即座に承諾した。明治維新を成就《じょうじゅ》させた薩摩、長州、土佐、肥前《ひぜん》四藩の藩士は、明治新政府が樹立された後も政府、軍部の要職を占めていたが、かれは日向国《ひゅうが》(宮崎県)飫肥《おび》藩五万二千石の小藩の出身で、家も十三石をあたえられていただけの下級武士であった。

かれは、藩閥外の官吏として不遇な境遇におかれていたが、ようやく外務官僚としての手腕を認められ、四十二歳の折に外務次官、明治三十四年、四十七歳で第一次桂内閣の外務大臣として入閣した。それは、長州閥の桂の大抜擢《だいばってき》によるもので、異例の入閣と言われた。

小村は、不遇時代にいつの間にか忍従の習性を身につけ、桂の恩義に対してもその指示にそむく気はなかった。それに、開戦前、ロシア側と妥協点を見出《みいだ》そうと執拗《しつよう》な交渉をつづけ、結局、ロシア政府の誠意のない態度に見きわめをつけ、時間の経過はむしろ日本の不利になると判断し、主戦論を支持した。開戦後、かれは、戦争終結の機会を得ようとして欧米各国の公使たちと綿密な連絡をとりながら、ようやくアメリカ大統領の斡旋による講和の道を開くことができた。外相としての責任上、国民の怒りを買うことを覚悟の上で、全権を引き受けたのである。

七月三日、外相小村寿太郎《じゅたろう》と駐米公使高平小五郎の講和全権委員任命が公式に発表され、同時に随員として弁理公使佐藤愛麿《よしまろ》、外務省政務局長山座《やまざ》円次郎《えんじろう》、公使館一等書記官外務省参事官安達峯一郎《あだちみねいちろう》、外務書記官兼外相秘書官本多熊太郎《くまたろう》、公使館二等書記官落合謙太郎、公使館三等書記官埴原正直《はにはらまさなお》、外交官補小西孝太郎、外務省雇ヘンリー・ウィラード・デニソンと米国公使館付に任命された立花小一郎陸軍大佐、公使館付武官として滞米中の竹下勇海軍中佐が任命された。また、桂首相が外相兼任となることも決定した。

国内の講和論議が、にわかに活潑になった。新聞は紙面を大きくさいて特別論説をのせ、多くの犠牲のもとに得た勝利にふさわしい名誉ある講和を強調し、各種団体は集会を開いて、過大な講和条件要求を決議し政府に要望した。

殊《こと》に際立《きわだ》った動きをしめしたのは、七博士会と称する有識者の集団だった。東京帝国大学法科大学教授法学博士戸水寛人《とみずひろんど》をはじめ富井政章《とみいまさあき》、金井延《かないのぶる》、寺尾亨《てらおとおる》、高橋作衛《たかはしさくえ》、中村進午《なかむらしんご》、小野塚喜平次《おのづかきへいじ》の七博士を中心に結成されたもので、会合をしばしば開き、最低限度の講和条件として償金三十億円、樺太、カムチャッカ沿海州すべての割譲を求め、それが容《い》れられない場合は戦争継続に徹するという結論をまとめ、決議書を政府に提出した。新聞は、その要求が国民の総意を代弁するものとして強く支持した。

政府は、苦況に立った。世論は、連戦連勝の当然の結果として多額の賠償金とロシア領土の割譲を要求している。が、国力はすでに尽き、それに気づいているロシア側は講和会議で強い姿勢をしめすはずで、国民が求めているような講和条件を受諾させることは不可能にちがいなかった。

もしも政府が、満州戦線の日露両国軍の戦力の差を公表すれば、国民の理解を得られ、どのような条件でも戦争終結を望む声が起ることはあきらかだった。が、そのような場合には、ロシア政府は日本の戦力がつきたことを確実に知り、最後の勝利を期して全軍に総攻撃を命じ戦争は長期化する。また、たとえロシアが講和に応じて会議が開かれても、終始、日本側を威嚇《いかく》する態度をとって逆に不当な条件を押しつけてくるにちがいなかった。

全権の公式発表に先立つ六月三十日、元老をまじえた閣議が開かれた。参席者に共通していることは、戦争を一刻も早く終結させることにつきていた。そして、講和会議を成立させるためには、ロシアが受諾可能の最低限の条件を要求する以外にないということでも一致していた。

それにもとづいて、

《絶対的必要条件》

第一、韓国カラロシア権益ヲ一切撤去シ、同国ハ日本ノ利益下ニオク。

第二、日露両国軍隊ハ、満州カラ撤兵スルコト。

第三、ロシアノ有スル旅順、大連《たいれん》ソノ他遼《りょうとう》東半島ノ租借権及ビハルピン以南ノ鉄道、炭坑ヲ日本ニ譲渡スルコト。

《比較的必要条件》

第一、ロシアハ、日本ニ対シ軍費ヲ賠償スルコト。金額ハ拾五億円ヲ最高額トスル。

第二、ロシアハ、中立国ノ港ニ抑留サレタ軍艦ヲ引渡スコト。

第三、ロシアハ、樺太及ソレニ附属シタ諸島ヲ日本ニ譲ルコト。

第四、ロシアハ、日本ニ沿海州沿岸ノ漁業権ヲ与ヘルコト。

《附加条件》

第一、ロシアハ、極東ノ海軍力ヲ制限スルコト。

第二、ロシアハ、ウラジオストックノ軍備ヲ撤去シ、商港トスルコト。


の九条件が提案された。

元老、閣僚たちは、第一から第三までの条件はロシア側が応ずる望みがあると考え、これを絶対的条件として決定した。問題は、樺太割譲と賠償金支払いをふくむ二条件であった。そのいずれもロシア側が承諾する可能性は少く、講和会議の争点になることはあきらかだった。

日本としてはあくまで講和をむすばねばならぬ事情にあり、「絶対的必要条件」以外の条件については、小村全権の外交手腕に一任することになった。

この決議は天皇の裁可を得て、小村全権に託された。

これによって、講和会議にのぞむ政府の態度も決定し、軍の最高首脳部にも最高機密事項としてつたえられた。

それを一読した児玉満州軍総司令部総参謀長は、

「桂（首相）の馬鹿が、償金を取る気になっている」

と、語った。戦争終結を強く望むかれは、元老・閣僚会議で決定した講和条件すらも過大なものと考えていたのである。


ロシア皇帝は、外交官中最古参の駐仏大使ネリドフを全権に任命したが、ネリドフは老齢と健康を理由に辞退した。そのため、七月三日、元外相ムラビヨフを任命、随員も決定し、近々ワシントンに向け出発することがつたえられた。

ロシア国内の混乱はさらに増し、民衆の騒乱が軍隊にもおよぶようになっていた。外電は、黒海艦隊の主力戦艦「ポチョムキン」で給与不足を訴えた水兵が士官によって射殺されたことがきっかけで、憤激した乗組員が士官を殺して艦を乗っ取り、オデッサ駐留の軍隊に砲撃を加えたことを報じた。それに応じたオデッサの革命論者たちも蹶起《けっき》し、暴動は拡大しているという。

伊藤博文ら元老と閣僚は、小村の送別会を開いた。参席者は一様に小村の立場に同情し、元老井上馨《いのうえかおる》は涙ぐんで、

「君は実に気の毒な境遇に立った。今まで得た名誉も地位も、すべて失うかも知れない」

と、述べた。また、伊藤博文も、

「君が帰国した時には、他人はどうあろうと私だけは必ず出迎えに行く」

と、言った。

わずかに山本海相だけが、

「訓令以外のことは、必ず日本政府の指示を仰いで会議を進めてもらいたい」

と忠告し、小村は、

「もちろん、そうする」

と、答えた。

山本は、時に鋭い毒舌を口にする小村が、独断で事をはこぶ性格の持主であることに不安を感じていた。かれは、日清戦争開始直前にとった小村の行動を思い起していたのである。

当時、駐清代理公使であった小村は、戦争回避のため清国側との折衝にあたっていたが、妥協は成立せず清国側から国交断絶を通告された。その報告をうけた日本政府は、小村に対して公使館の引き上げを電報で訓令したが、上海《シャンハイ》経由であったため翌日になってもとどかなかった。

小村は苛立《いらだ》ち、独断で公使館の国旗をおろすと、館員、在留邦人とともに公秘書類をたずさえて北京をはなれ、上海をへて帰国した。訓令を待たず公使館引揚げをおこなったことは重大な規律違反であり、もしも日清両国が開戦しなければ失脚させられたにちがいなかった。

しかし、陸奥宗光《むつむねみつ》外相は、その行動が小村の鋭い情勢判断のあらわれであると考え、責任を問うことはしなかった。山本海相が恐れたのは、そのような独断的行動が国家の存亡につながる日露講和会議にもあらわれはしないか、と危ぶんだのである。

七月六日午前十一時、小村は馬車で参内し、天皇から勅語を賜わった。七月四日に予定されていた出発日は延期され、それにともなって船便にも変更があった。

人々の興奮は増し、それは新聞にそのまま反映されていた。小村全権一行を激励する各種の会合の模様をつたえる記事が紙面をうずめ、全国民の輿望《よぼう》をになって出発する小村を歓送しなければならぬ、という社説が各紙に掲載された。

小村全権一行の出発地である横浜市の新聞「貿易新報」は、第一面の最上段に、「盛んに小村全権大使を送るべし」と題する社説をかかげた。その要旨は、小村全権一行を送るに際して「我横浜市民は波止場一面に帽子の海を作り万歳を連称、絶叫、大唱、盛呼して、……名誉の平和を齎《もた》らして帰らんことを望む」として、各町団体、有志ら官民こぞって旗を押したてて整列し、小村の乗る汽船を万歳の声で押し出そうではないか、と熱っぽい筆致で記していた。

外務省へは各方面から小村らの出発予定の問い合わせが殺到した。外務省では、用船をアメリカの北太平洋汽船会社（Northern Pacific Steam-Ship Co, Ltd.）所属船「ミネソタ号」に決定、同船は五日長崎を出帆、神戸に寄港後、八日午前八時頃横浜に入港予定だと回答した。また、「ミネソタ号」の出港は、石炭積込みもあってその日の午後二時から四時までの間と発表された。

東京、横浜両市では、各種団体の歓送準備を大々的にすすめた。それらの団体は、人形商に特大の国旗、旭日旗《きょくじつき》、歓送幟《のぼり》を発注し、人形商はそれに応ずるため徹夜作業をつづけていた。

町々には、国旗、旗竿《はたざお》、球をのせた小売商の大八車が往《ゆ》きかい、人々は車をかこんで争うように買い求めていた。

横浜市では、市参事会が会合を開いて歓送方法を決定した。参事会は商業会議所と協力し、市の吏員、市・県・区会議員一同が駅で全権一行を迎え、市長、議長、商業会議所会頭が代表して本船まで送り、花火をあげることなどを定めた。また、全市の家々は国旗を掲揚し、市民は沿道に整列して歓送することが指示された。

七月八日は、曇天で蒸暑かった。

小村と随行員一行は外務省に集り、桂首相ら閣僚と午餐《ごさん》を共にした後、馬車をつらねて新橋駅にむかった。

駅に近づくにつれて沿道の人の数は増し、駅前には群衆が集り各団体の幟と旗が隙《すき》間《ま》なく林立していた。馬車が駅前広場に入ると、人々の間から万歳の声が起り、国旗、旭日旗、団体名を記した幟が大きく振られた。大歓声に馬車の馬は驚き、御者はそれを制止するのにつとめた。

全権一行と閣僚が下車すると、歓声はさらにたかまった。

小村は、傍《そば》を歩く桂に視線を向けると、

「帰国する時には、人気は全く逆でしょうね」

と、低い声で言った。

桂は、口をつぐんでいた。

駅には、伏見宮《ふしみのみや》、閑院宮《かんいんのみや》、山階宮《やましなのみや》、梨本宮《なしもとのみや》の御付武官をはじめ伊藤博文、山県有朋、松方正義《まつかたまさよし》、井上馨の四元老、各枢密《すうみつ》顧問官、佐久間左馬太《さくまさまた》、岡沢精《おかざわくわし》両陸軍大将、伊東祐亨《いとうゆうこう》海軍大将、大隈重信《おおくましげのぶ》、板垣退助両伯爵《はくしゃく》、各省次官、貴衆両院議員、大本営陸海軍部幕僚、各局課長、各国公使、東京府知事千家尊福《せんげたかとみ》、市長尾崎行雄らが集っていた。

小村全権一行は、それらの人々と挨拶《あいさつ》を交しながらプラットフォームに入った。三輛《りょう》編成の特別列車が待っていて、小村は政府、軍部首脳者と乗車した。小村の長女文子をはじめ随員の家族も同行した。

午後一時五十分、列車が動き出すと、駅をとり巻く群衆の間から万歳の声がふき上り、旗や幟が振られた。

沿線には旗を手にした人々の姿がみえ、駅に停車する度にフォームや線路の両側で万歳が叫ばれ、町の代表者が歓送の辞を述べた。

横浜駅には午後二時四十八分着の予定であったが、各駅の送迎で二十分近くおくれた。フォームには、知事、市長、裁判所長、税関長、航路標識所長、市参事会員、商業会議所正副会頭、市・県会議員、区会正副議長その他百余名が整列、全権一行が下車すると一斉に万歳を唱和し、駅の内外からも万歳の声が起った。

小村一行は、知事の先導で駅前から県庁差廻しの馬車に分乗した。その時、花火が打ち上げられ、市と団体の楽隊が一斉に演奏をはじめた。

馬車の列につづいて、多くの人力車が本町通りを進んだ。

横浜の市内には、旗があふれていた。家々の軒には国旗がかかげられ、道の両側にひしめく群衆は旗をふり、大きな旗を数人がかりで振っている者たちもいた。

身長四尺七寸（一・四三メートル弱）の小村の体は馬車の座席に埋れていたが、シルクハットをかぶった顔は前方に向けられたまま動かなかった。他の者たちは、沿道の人の群に眼を向けたり、旗の列をながめたりしていた。

馬車と人力車の列が税関前を通り、西波止場前でとまった。下車した小村らは、税関長の案内で税関監視部の応接室に案内され、さらに別室の会議場にみちびかれた。シャンペンがぬかれ、知事の発声で全権委員万歳が三唱され、見送りの元老、閣僚らもそれに和した。

十分間休憩後、一行は満船飾をほどこした税関小蒸気船「織姫丸」に乗り、他の者は税関、県庁、商船会社の小蒸気船に分乗、港内防波堤近くに碇泊《ていはく》する「ミネソタ号」に向った。

波止場には幾重にもむらがる人々が、大歓声をあげていた。

随員の山座円次郎は小村に、

「あの万歳が、帰国の時に馬鹿《ばか》野郎の罵声《ばせい》ぐらいですめばいい方でしょう。おそらく短銃で射《う》たれるか、爆裂弾を投げつけられるにちがいありません」

と、暗い眼をして言った。小村は群衆に眼を向けながら、

「かれらの中には、戦場にいる夫や兄弟、子供が今に帰してもらえるのだと喜んでいる者もいるはずだ」

と、つぶやいた。

「ミネソタ号」のマストには大日章旗がかかげられ、満船飾がほどこされていた。小村一行をのせた小蒸気船が舷側《げんそく》につくと、波止場で十数発の花火がつづいて打ち上げられ、旗が波止場を白波のようにふちどってゆれていた。

小村ら一行は上等船客食堂に入り、元老、閣僚らとシャンペンで乾杯した。元老らは小村らの健康を祈る挨拶をし、小蒸気船に分乗して波止場に引返していった。

午後四時、「ミネソタ号」は抜錨《ばつびょう》した。

波止場から楽隊の奏《かな》でる旋律が流れる中を、船はゆるやかに港口に進み、汽笛をひびかせながら港外に遠ざかっていった。

三

「ミネソタ号」では、全権一行に一等船室が用意され、小村には特別室が提供されていた。食堂には一行の専用テーブルと椅子《いす》が据えられ、近くの壁ぎわには日章旗と旭日旗が交叉《こうさ》して立てられていた。

横浜出港後、気象状況は良好で海上はおだやかだった。船が進むにつれて暑熱が増し、海鳥が雪片の舞うようにむらがりながら船を追ってきていた。

小村は船室にとじこもりがちであったが、朝と夕刻、一等船客専用の最上層にある遊歩甲板を散歩した。遊歩甲板には外人の姿が多く、白い華やかなレースにふちどられた服を着た女や軽装の男たちが、歩いたりデッキチェアーに坐《すわ》ったりしていた。その中で、小村は常にフロックコートを着て、海に眼を向けたり、床に視線を落したりして歩いていた。

かれは、随行員と食事の折に顔を合わせるだけで話をすることもなかった。すでに会議に対する基本条件は決定しているし、かれらと打ち合わせることはなにもなかった。随行員たちは、病弱な小村の身を案じていたが、船旅に強いかれの食欲は旺盛《おうせい》だった。

送別宴で、元老井上馨が全権を引受けた小村に同情して名誉も地位も失うだろう、と言ったが、井上は、いずれの藩閥にも属さぬ小村が国民の期待に反した条約を締結することによって失脚するおそれがある、と予想したにちがいなかった。

藩閥政治の中で、小村が外務大臣の地位についたことは奇蹟《きせき》に近かった。すぐれた頭脳、強靱《きょうじん》な神経、大胆で周到な実行力が認められた結果ではあったが、偶然の積みかさねが、かれをその地位に押し上げたことは事実であった。

ゆるぎない藩閥を背景に要職につく政治家、軍人の間で、臆《おく》することなく生きてきたかれの姿勢は、宮崎県の飫肥《おび》生れであることと無縁ではないと言っていい。

飫肥藩は五万二千石の小藩で、藩主伊東氏の先祖は、日向（宮崎県）一国を領し、薩摩の島津と覇《は》を争っていた。島津と伊東の争点は飫肥で、その地をめぐって激しい戦いがくりかえされ、互いに奪取がつづいたが、天正五年（一五七七）伊東氏は大敗し、日向国一円が島津領になった。その後、秀吉《ひでよし》の九州征討に加わって、その功により飫肥に封ぜられた。島津との宿命的とも言える確執はつづき、藩境争いも起り、絶えず大藩の薩摩藩の重圧を受けた。

小村は、七歳で藩校振徳堂《しんとくどう》に入学し、家が貧しかったため寮の雑役をして十五歳で首席で卒業した。藩主伊東祐帰は、明治を迎えて学問振興のもとに五名の子弟をえらんで長崎へ遊学させた。小村もその一人で、藩屈指の俊秀小倉処平に引率されて長崎へおもむき、英語を学んだ。

小村は、明治三年春、小倉にともなわれてアメリカ汽船で東京に行った。小倉のすすめで大学南校に入学しようとしたのである。

小倉は、大学南校の学生が大藩の子弟に占められていることを知り、広く地方の人材を集めるべきだと考え、米沢《よねざわ》藩出身の平田《ひらた》東助《とうすけ》とともに貢進生制度を政府に建議し、容《い》れられた。その制度は、年齢十六歳から二十歳までの優秀な人材を教育するもので、十五万石以上の大藩から三名、五万石以上の中藩から二名、五万石未満の小藩から一名とし、学費は藩が扶助することになった。

それによって三百十名の貢進生が入学したが、飫肥藩からは小村一人が選ばれ、英語組に編入させられた。かれの学業成績は群をぬいていて、卒業成績も三浦（鳩山《はとやま》）和夫《かずお》についで二番で、明治八年、第一回文部省留学生として渡米、ハーバード大学で法律を修め、卒業後、ニューヨークにおもむき、前司法長官で弁護士として著名なピールポンドの事務所に勤務して法律の実際を学び、明治十三年、二十六歳で帰国した。

かれは、その間に、小倉処平が西南戦争に西郷軍の監軍として参加し、大筒の弾丸の破片を腿《もも》に受け、割腹自殺をとげたことを知った。秀《すぐ》れた人物であった小倉の死は、小藩出身者の宿命を象徴していた。

帰国してから一カ月後、小村は司法省雇として刑事局出仕となり、翌年判事に任ぜられて大阪控裁判所詰になった。かれは、司法官としては目立たぬ存在で、陰では無能な男と言われていた。それは、かれが国語、漢文の素養に欠け、その上悪筆であったので法文の論究、判決書の起草が拙《つたな》く、もっぱら英米の法律文書の翻訳に従事するだけであったからであった。さらに私生活でも、大酒し女遊びも激しく、先輩、友人は大学南校の秀才小村も凡物に化したと眉《まゆ》をひそめていた。かれは、旧幕臣朝比奈孝一の長女町子十七歳と結婚、一男の父になっていた。

明治十七年、外務省に転じ、外務権《ごん》少書記官として公信局勤務となり、さらに翻訳局に移って外国電報の翻訳、校正に従事した。

その頃、かれを最も悩ませていたのは債権者であった。かれの父寛は、明治四年、廃藩置県のおこなわれた後、旧藩士の出資のもとに旧藩の物産方をひきついだ物産会社を設立、明治六年には社長に就任した。経営は順調であったが、旧藩の事業を独占する物産会社への批判が起ったため、会社を飫肥地区の共同経営とした。この頃から社運は傾き、内紛もあって会社は解散した。

寛は家運の挽回《ばんかい》をはかって木材の伐採・販売に手を出したが、それにも失敗し、負債をかかえる身になった。家は没落し、妻梅子は家を去り、寛の負債は、官吏になった長男の寿太郎にふりかかった。二千円余の額であった。

小村は、債権者の追及に辟易《へきえき》して高利貸の融通を受けたためたちまち利息がふくれ上り、莫大《ばくだい》な債務を負うことになった。債権者たちは絶えず家に押しかけて怒声をあげ、役所にもやってきて小村を呼び出し、俸給を奪っていった。

生活は、窮した。家財はほとんど売り払われ、座ぶとんも二枚しかなく、客が二人訪れるとかれは畳の上に坐らねばならなかった。客が煙草《たばこ》をすいはじめると、煙草を乞《こ》うてもらいうけ嬉《うれ》しそうにすった。

衣類も質屋に運ばれ、役所通いに必要なフロックコートが一着あるだけで、それも色が褪《さ》めていた。外套《がいとう》は留学生時代にアメリカで買いもとめたものを着用していたので、繊維はすり切れていた。傘はなく、雨の日は濡《ぬ》れて歩く。散髪することも稀《まれ》であった。

かれは、借金返済の期日がせまると家に近寄らず外泊した。同僚や旧知の友人たちの家を泊って歩き、しばしば遊里にも行った。居つづけをしながら金も払わぬので、再び行くと素気なく追い払われる。役所で弁当を取ろうとしても支払いをしないので断わられ、茶を飲んですごすことも多かった。同僚と会食をしても会費を払うことはなく、それでも平然と出席するかれは敬遠された。

かれの大きな誤算は、妻の町子であった。かれが町子を妻にめとったのは、その美《び》貌《ぼう》にひかれたからであった。町子は、女子としては珍しく明治女学校卒の高等教育を受けた娘で、留学から帰国したばかりのかれには得がたい娘に思えた。

しかし、結婚後、かれは、妻が家事を一切せぬ女であることを知って愕然《がくぜん》とした。女として身につけておかねばならぬ裁縫の針をとることもせず、料理もできない。近くに実家があって、その仕送りで女中を雇い、すべての家事をやらせる。それに、感情が激することが多く荒い言葉を口にしたり物を投げたりして、小村が腹を立てると、実家の両親のもとに行って泣いて訴える。

結婚した頃は、アメリカで眼にした夫婦のように妻を連れて散歩することもしばしばだった。妻の方が背が高かったが、留学中、背の高い女の中で過したかれには気にならなかった。

子供が生れても、妻の生活態度は変らなかった。彼女の唯一《ゆいいつ》の趣味は芝居見物で、子供を女中に託して実家の母などとしばしば外出する。それをなじると、妻は泣きわめいた。

町子は、幼児のような女であった。食事も気の向いた折にすませ、小村と食膳《しょくぜん》に向い合って坐ることもない。小村は妻を持て余し、ほとんど口をきくこともしなくなった。

明治十九年、翻訳局次長に任ぜられ昇給もしたが、借財は利息が加算してさらに増し、かれは相変らず古びたフロックコートを着、破れた靴をはいて役所に通っていた。第一回文部省留学生として渡米した友人の鳩山和夫は外務省翻訳局長、斎藤修一郎は欧文局長の要職にあって、小村のみが下積みの仕事をあたえられ、その苛立《いらだ》ちと債権者の容赦ない催促に、酒を飲み女を買う荒れた生活がつづいた。

明治二十五年、小村は翻訳局長に昇進したがそれまで住んでいた水道町の借家を家賃がとどこおって追い立てられ、本郷新花町の小さな借家に移った。襖《ふすま》は破れ畳はすり切れ、庇《ひさし》も傾いている廃屋同様の家であった。かれは、ゴム靴をはき、破れ目をつくろったフロックコートを着て外務省に出勤した。

貢進生として共に大学南校に学んだ杉浦重剛《すぎうらじゅうごう》、菊池《きくち》武夫《たけお》ら七人は、小村の生活を見かねて救済方法を話し合った。その結果、かれらが連帯保証人になって債務を弁済することになり、小村の負債額を調べ、その額が元利とも一万六千円にも達していることを知って驚いた。

小村の月俸は百五十円で、それをすべて返済に廻しても利息にすら追いつかない。杉浦らは親しい有力者に無利息で四千四百円を借り受け、また、小村の旧藩主伊東祐帰に訴えて五百円を醵出《きょしゅつ》してもらった。さらに室田外務省会計局長の協力を求め、小村には月俸のうち五十円を渡し、百円を有力者からの借金の返済にあてることにした。そのような準備をととのえた上で、債権者二十数名を呼び集めた。杉浦らは、かれらに四千九百円の現金をしめし、債権額を割引けば即座に金を渡すと告げ、借用証の競売を提案した。債権者たちは異例の申出に驚き、中には反対する者もいたが、小村から金を取り立てることはほとんど不可能であることを知っているかれらは、全員がしぶしぶ同意した。金が分配され、その場で借用証は一枚残らず破り捨てられた。

杉浦らの尽力によって、高利貸からの借金はすべて消えたが、俸給の三分の一しかあたえられぬ小村の生活は苦しかった。かれは、相変らず色褪めたフロックコートで通勤し、わずかに民間会社の依頼による英文書の翻訳の謝礼で、酒を飲み女を買っていた。

そのうちに、かれの身に変化が起った。行政整理で翻訳局が廃され、かれは自然に退官されることになったのである。

あの時が自分の大きな岐路であった、と、かれは海をながめながらかすかに頬をゆるめた。

退官させられてしまえば、再び司法省に帰ることもできず、おそらく弁護士事務所にでも雇われて、拙い筆で書類作りなどをして過しているにちがいない。外相になり、全権としてアメリカ行きの巨船に乗っていることが信じられないような気がした。救ってくれたのは外相陸奥宗光で、かれがいなければ現在の自分はなかったのだ、とあらためて思った。

陸奥は、小村の不運に同情したが、省内でなんの業績もしめさぬかれを持て余し、考慮の末、北京公使館に代理公使として赴任させることを決定した。当時、清国では欧米諸国に二十余の港を開いて貿易を許していたが、日本にはその半ば以下しか許さず、清国での日本の存在は軽視されていた。領事館も上海、天津《テンシン》、芝罘《チーフー》に置かれているだけで、清国駐在の公使大鳥圭介《けいすけ》も韓国公使を兼ねて常に京城《けいじょう》にとどまっていて、いわば北京公使館への赴任は、大鳥の留守を守る役目に過ぎなかった。臨時代理公使の橋口直右衛門と交代するわけだが、橋口は三等書記官で一等書記官の小村の赴任はあきらかに左遷《させん》であった。

外務省の者たちは、欧米諸国に駐在することを望んで清国への赴任を嫌っていたが、それでも小村の任命に不賛成の声もあった。その中心人物は外務次官林董《はやしただす》で、翻訳局に長年いた小村が代理公使の仕事をこなせそうもないと疑問視し、異常なほど背が低く痩《や》せている小村が、外観からも外交官として不適だと反対した。

しかし、陸奥のとりなしによって、かれは単身で出発した。荷物はわずか行李《こうり》二個で、外務省ではフロックコートと大礼服を買いあたえ、陸奥は代理公使として恥しくないよう金時計を贈った。

かれが東京を出発した日、家主は家賃の滞納を憤《いきどお》って小村の家族を追い出し、貸家と記した紙を入口の戸に貼《は》った。また小村自身も所持金がほとんどなく、赴任途中で陸奥から贈られた金時計を売り払ってしまった。

小村は北京に着任したが、これと言ってすることもなく、あらためて北京代理公使の仕事が閑職であることを知った。かれは、持て余した時間を清国研究にあてるようになった。当時、清国通の第一人者と言われていた中島雄書記官が二十年間にわたってまとめた記録を読み、明治維新当時、日本、清国に滞在したパークスをはじめ欧米人の清国関係の書物を読みあさった。

かれは、無理に用件を作っては総理大臣李鴻章《りこうしょう》にしばしば面会を求め、各国公使を歴訪したり北京在住の欧米人が集る北京倶楽部《クラブ》に行って外国人と交わり、かれらの清国観をきくことにつとめた。

　小柄なかれの存在は、欧米人の眼をひいた。あらゆる所に顔を出し、せわしなく動きまわる小村に、かれらは鼠《ねずみ》公使（rat minister）という渾名《あだな》をつけた。

　赴任して半年ほどたった明治二十七年六月二日、陸奥外相のもとに京城の韓国駐在杉村濬《すぎむらふかし》代理公使から、東学党の乱の収拾に困惑した韓国政府が、清国に援兵を乞うたという至急電報が入り、にわかに清国情勢は緊迫した。日本政府は閣議をひらき、明治十八年に清国との間で締結された天津条約にもとづき、清国の韓国への出兵に応じて日本も軍隊を送ることを決議し、陸奥は、小村を通じて日本の意志を清国政府につたえた。

　小村は、清国政府の翻意をもとめたが、六月七日、韓国への出兵を通告、その前日、すでに清国艦隊に護衛された輸送船団が韓国にむかって出発していた。これに対して、日本軍も韓国に兵を送り、日清両国の武力衝突は時間の問題になった。

　その間、小村は執拗《しつよう》に清国政府と折衝をかさね、その結果を詳細に陸奥につたえた。かれは清国政府の強硬な態度に接して、開戦もやむを得ない、と意見具申し、また、列国の干渉を予測して、陸奥に列国の動きを十分に警戒するよう要請した。そして、自らは清国、韓国に利権拡大をねらうイギリスの干渉を防止するため、北京駐在イギリス公使オコーナーに接近し、日本の立場を熱心に説明した。そのためオコーナーはイギリス本国に、日本を苦境におとし入れるような報告はしなかった。

その間、陸奥は、小村の機敏で綿密な情勢報告と的確な予測を受けて、清国との開戦を回避不能と判断した。

やがて清国から最後通牒《つうちょう》が日本政府に告げられ、小村は、公使館を独断で閉じ北京をはなれた。その直後、日清両国は開戦した。

帰国した小村は陸奥に伴われて参内し、開戦に至るまでの交渉結果を上奏、清国の兵力を分析して日本が勝利をおさめることは疑いの余地がないと報告した。ついで、最も重要なことは、戦争をどのような形で終結させるかであり、講和条件について今から十分に研究しておく必要がある、と進言した。

日清戦争は、小村の存在をにわかに際立《きわだ》たせることになった。帰国後一カ月余たった明治二十七年九月、小村は、平壌《へいじょう》をおとし入れた日本軍が鴨緑江方面に進軍するのにともなって第一軍司令部付を命じられ、朝鮮を経て清国領安東《あんとう》県におもむき、民政庁を開設して長官に就任した。

日本軍の占領地域の住民は、日本軍に激しい恐怖をいだき、大半が家を捨てて姿を消し、その空屋に盗賊が昼夜横行していた。

小村は、民心を安んじることが先決と考え、「財物ヲ盗ム者、放火スル者ハ斬《ざん》ニ処ス」という告示を出し、通訳に命じて村々を巡回させて人々を説得、ようやく住民も家にもどり、市場も開かれるようになった。

日本軍は、補給路の伸長で不足しはじめていた食糧その他を占領地内で徴発することを望んでいたが、長年官兵の強奪にあってきた住民は応じようとせず、そのため小村は告示を出して、徴発と言っても正当な代価で購入するものだと説き、通訳を村々に派して懇切に説明させた。その入念な説得が効を奏し、軍の食糧、車馬の徴発も容易になり、作戦行動を助けた。

小村の動きは、第一軍司令官山県有朋大将の眼をひいた。山県は、小村が清国軍隊の内情を熟知していることに感嘆し、司令部に招いて小村の話に耳を傾けたりした。また、民政関係を担当していた第三師団長桂太郎中将も、小村の識見と行動力に敬意をいだき、小村の意見を求めることが多かった。山県と桂は長州藩出身で、小村はその後、かれらと親しく交るようになった。

民政官としての小村の業績は、山県司令官から陸相西郷従道《さいごうつぐみち》に報告され、さらに陸奥外相につたえられた。陸奥は、帰国した小村に第一軍民政長官の成績顕著なりとして勲五等に進級方を上奏し、ついで山県も勲三等を申請してそれぞれ授与された。

帰国後間もない明治二十七年十一月二十八日、小村は、外務省の要職である政務局長に任ぜられた。それは異例の抜擢《ばってき》であったが、北京代理公使以来のかれのいちじるしい業績があるだけに、その任命を不当に思う者はいなかった。

翌年三月、日清講和会議の開催が決定し、小村は、全権伊藤博文首相、陸奥外相の補佐役としてその重任を果した。

四月十七日、講和条約が成立したが、その直後、小村は腸チフスにかかり、東京慈恵会病院に入院、院長高木兼寛《かねひろ》の治療をうけた。入院中、かれは独、仏、露三国の干渉によって遼東半島が清国に返還されたことを知った。

一カ月後、退院したが、かれの頬はこけ、眼窩《がんか》はくぼみ、その後、体重は旧に復することはなかった。

その年の十月、小村は駐韓公使として京城に赴任、翌二十九年六月帰国し、原敬《たかし》の後任として外務次官に任ぜられた。

ついで、三十一年に駐米特命全権公使、三十三年には駐露特命全権公使に任命され、外務省内での重要な存在になった。アメリカでは、ハワイの併合にともなう条約が在留日本人を圧迫する結果を生んでいたので、条約改正を強くせまり、また日本から輸入される茶の関税廃止にも尽力した。その間、アメリカの史書に親しみ、かたわらフランス人教師についてフランス語の修得につとめた。また、ロシアでは皇帝をはじめラムスドルフ外相、ウイッテ蔵相、クロパトキン陸相とも親しく交わった。たまたま北清事変が起り、清国事情に無知なラムスドルフをはじめ外国大公使の乞《こ》いをいれて懇切に北清事変勃発《ぼっぱつ》の背景を説明し、外交官としての評価をたかめた。その間、イギリスをはじめ各地を視察、列国の情勢研究にもつとめた。

ロシアに赴任してから一年もたたぬ明治三十四年一月には、駐清特命全権公使に任じられ、その年の九月に本国へ呼びもどされて桂太郎を首班とする内閣に入閣、外相に就任した。

桂内閣は、それまでの内閣とは異って元老の参加がなく短命の二流内閣と称され、殊《こと》に政府の要職についたことのない小村の外相就任は世人を驚かせた。政界の人事に鋭い勘をもつ高級料亭田中家の女将《おかみ》は、小村が大臣になるとは思いもしなかったと語ったが、それは一般の人々の感想でもあった。大臣に推されるのは、背後に藩閥か政党が控えていなければ不可能で、かれは長州閥の山県、桂と親しかったが、飫肥という小藩出身の身で藩閥に縁はない。また、次官時代、外相大隈重信から憲政党への入党を執拗にすすめられ、進歩党からも強い勧誘があったが、かれはいずれをも固辞した。かれは、外国の政党には歴史があり、それが主義、思想によって構成された集団であることを知っていた。が、それとは異り、日本で新たに結成された政党は私利私欲のため人が寄り集った未熟なもので、藩閥同様、日本のために好ましくない存在と考え、終始反感をいだいていた。田中家の女将が、藩閥にも政党にもぞくさぬ小村の入閣をいぶかしんだのも無理はなかった。

短命と言われた桂内閣も、日露間の国際関係の悪化によってその問題に長期的に取り組むことになった。特に、小村は、駐露特命全権公使としてロシア事情に通じ、また日露間の紛糾が清国領満州と韓国を中心としたものなので、その方面の情勢に明るいかれの存在が重要視された。かれは、ロシアを牽制《けんせい》するため、伊藤博文の意見に反して日英同盟を実現させ、ロシアとの折衝を執拗にくりかえした。が、ロシア政府には妥協の気配は全くみられず、かれは外交交渉による解決は絶望と断定し、政府に開戦を決意させた。その間、日英同盟締結の功により勲一等旭日大綬章《きょくじつだいじゅしょう》を受け、男爵《だんしゃく》に推された。

開戦後、戦局は有利に展開し、一年六カ月をへて講和の道が開かれ、かれは全権に任ぜられたのである。

戦争に動員された兵力は一〇八万八、九九六名、戦死四万六、四二三、負傷約十六万、俘虜《ふりょ》約二千、費消した軍費は陸軍十二億八、三二八万円余、海軍二億三、九九三万円余、その他を合計すると十九億五、四〇〇万円にも達していた。それらの大きな消耗の末に講和を迎えたのだが、講和会議によってその損害をおぎなえるかどうかはきわめて疑問であった。

小村は、随員の選択にあたって実力主義に徹し、官の上下よりも自分を十分に補佐する者に限定した。

次席全権の駐米特命全権公使高平小五郎は、一関《いちのせき》藩の貢進生として共に大学南校で学んだ旧知の間柄であった。高平はオランダ弁理公使兼デンマーク公使、イタリア、オーストリア、スウェーデン公使をへて、青木周蔵《あおきしゅうぞう》外務大臣の次官を勤めた老練な外交官であった。

随員の佐藤愛麿《よしまろ》弁理公使は陸奥国弘前《ひろさき》藩の出身で、小村の次官を勤める珍田《ちんだ》捨巳《すてみ》とともにアメリカに苦学留学し、帰国後、外務省御用掛になった。その後、アメリカ、イギリス、フランス、ドイツ等の公使館に勤務し、弁理公使に昇進していた。かれは外務省内随一の暗号に豊かな知識をもつ人物で、日露講和会議ではむろん両国全権がそれぞれ本国との間に暗号電報をひんぱんに交すはずで、随員として不可欠の存在であった。

山座円次郎政務局長は、小村が最も信頼している外交官であった。かれは黒田藩の足軽の子に生れ、上京して第一高等中学校に入学、明治二十五年東京帝国大学法科大学を首席で卒業し外務省に入った。山座は、その後イギリス、韓国公使館に領事として在勤していたが、小村は、外相就任と同時に三十四歳の山座を本省政務局長に抜擢したのである。

安達峯一郎公使館一等書記官は、フランス大使館に在勤していたこともあるフランス事情に精通している第一人者で、フランス語がきわめて巧みであった。日露講和会議で、ロシア側はフランス語を多用するはずで、安達の語学力に期待するところは大きかった。それに、条文の作成に際立った才能をもち、会議を進める上で得がたい人材であった。

落合謙太郎公使館二等書記官は、小村の秘蔵っ子とも言える外交官であった。落合は東京帝国大学法科大学卒業で、小村の貢進生以来の親友である杉浦重剛の門下生でもあった。杉浦は大学南校を卒業後、第二回文部省留学生としてイギリスにおもむき、帰国してから教育者としての道を進み、日本中学校を創設、さらに私塾称好塾《しょうこうじゅく》を開いた。落合はその塾の初代塾頭をつとめ、杉浦の斡旋《あっせん》で小村の家に書生として住みこんだこともあった。その後、小村が駐露特命全権公使の任にあった時、書記官として小村に仕えた。ロシア情勢の知識は豊かで、ロシア語も巧みなことから随行員に加えられていた。

本多熊太郎外務大臣秘書官は、和歌山県那賀《なが》郡池田村の出身で、十九歳の折に外務省留学生、翌年外務書記生のそれぞれの試験に合格し、外務省へ入った。その後元山《げんざん》の領事館に赴任し、当時韓国弁理公使であった小村のもとで働いた。その後、清国、ベルギー公使館に在勤したが、小村は外相就任と同時に、本多を本国に呼び寄せ外相秘書官に任じた。小村は、本多の緻密《ちみつ》な頭脳と堅実な性格を高く評価していたのである。

埴原正直三等書記官は、山梨県中巨摩《なかこま》郡源村に生れ、東京専門学校英語政治科を卒業し、外務省に入った。かれは、英語に精通していることから、アメリカの日本公使館に勤務し、高平公使のもとで特に暗号電文の作成、翻訳を担当し、講和会議にのぞむ小村たちはその事務能力に期待していた。

小西孝太郎外交官補は三重県出身で、東京工業学校を卒業、帝国製麻会社をへて外務省に入省した異色の経歴をもつ外交官だった。かれは外交官試験に首席で合格し、フランスのリヨン領事館に四年在勤していたこともあって、フランス語が巧みだった。安達の補佐通訳として適任で、小村は小西の誠実さに好感をもち、随行員の一人に加えたのである。

武官として随行員にえらばれた立花小一郎歩兵大佐は、日清戦争に第一軍参謀、日露戦争には野津《のづ》道貫《みちつら》大将指揮の第四軍参謀副長として従軍、奉天会戦後大本営参謀の任にあった。かれは、大尉《たいい》の折にオーストリアに三年半留学したこともあって国際的視野が広く、小村が清国駐在公使の折に清国駐屯軍参謀であった関係で親しく、新たにアメリカ公使館付武官に任命され、随行することになったのである。

海軍側の武官としては、アメリカ公使館付武官として三年前からワシントンに駐在している竹下勇中佐が随行員に指名されていた。かれは、鹿児島出身で天性、語学の才に恵まれていた。かれは、柔道に関心をもつルーズベルト大統領に講道館の山下義韶《やましたよしあき》を紹介したことから個人的な親交をむすび、ルーズベルトは竹下をイサム、竹下はルーズベルトをテディーと呼ぶまでになり、竹下を随行員にすることは、ルーズベルトとの連絡をとる上で好都合だと考えられていた。

随行員中ただ一人の外国人ヘンリー・ウィラード・デニソンは、アメリカのヴァーモント州ギルドホールに生れ、明治五年来日して横浜の副領事になり、明治十三年お雇い外人として外務省に入省した。後の外務大臣石井菊次郎は「デニソンは、天が日本の外交に幸いして天降《あまくだ》らせたものだ」と評したが、日清戦争、三国干渉、日英同盟、日露戦争等の外交問題で、外務大臣の諮問《しもん》に応じ、適切な意見具申をし、外交文書の作成にも尽力した。かれは、自分の置かれた立場を自覚して職務を越えぬよう謙虚に行動し、殊に外交機密にぞくすことは一切口にせず、そのため無口な人間になっていた。

小村は、外務次官の折にデニソンの外交官としての能力を認め、外相に就任してからはかれを身近に置いて重用した。小村の外相としての年俸が六千円であるのに、デニソンのそれは一万円という高給であった。

小村がデニソンを高く評価したのは、日英同盟締結の折にしめした動きであった。桂内閣は元老をまじえていないため、政策決定は元老会議の意向を仰がねばならなかった。日露関係の悪化を憂《うれ》えた小村は、桂の強い支持を得てイギリスから提案された同盟の締結を推しすすめた。が、元老の伊藤博文はロシアと協商をむすぶことによって戦争を回避できると考えてロシアにおもむき、また井上馨《かおる》もロシアに好意をいだき、日英同盟をむすべば、イギリスに反感をいだくドイツが露仏同盟に参加し、日本に圧力をかけてくると予測し、桂、小村に強く反対した。

小村は、日英同盟の締結にデニソンが賛成していることを知り、かれを井上の邸《やしき》におもむかせて説得させた。デニソンは、ドイツは恐るべき軍事国だが海軍力は弱小で、東洋におよぼす影響は少く露仏同盟に参加したとしても日本の脅威にはならないと強調した。そして、日英対露仏独の海軍現勢力を数字をあげて比較し、日本とイギリスがむすべば、ドイツはむしろ脅威を感じ日本を刺戟《しげき》するような態度はとらないだろう、と予言した。かれの四時間におよぶ外交、軍事、商工、財政の各方面にわたる理路整然とした説得に、井上の態度はゆらぎ、その結果、日英同盟が、伊藤、井上の承認も得て決定したのである。

また、小村は、日露関係が悪化した折、ロシア政府に対して交渉の開始を提議する文章をデニソンに作るよう指示したが、その折のデニソンの態度にもすぐれた外交官の才能をみた。デニソンは、その日徹夜して文案を作成することにつとめたが一行も書けず、翌朝、小村のもとにやってきた。かれは、小村に、やむを得ない場合には戦争をも辞さないという覚悟をおもちなのですか、と問い、もしも覚悟があるなら特に温和な文章にすべきであり、戦争を絶対に回避したいと考えているならロシアを威嚇《いかく》するため強い語調の文章にした方がよいと思う、と言った。

小村は、交渉次第であると簡単に答え、デニソンは、小村が戦争を覚悟していると直感し、温和な文章で作成した。開戦後、その外交文書は世界に公表されたが、列国は、その文書で日本が最後まで平和維持を願っていたことを知り、ロシアの強引な挑発行為を非難し、日本への同情が集った。

そのような業績を認めていた小村は、デニソンを随行員に加えたのである。小村にとって一応満足すべき随行員をそろえたわけだが、会議のことを考えると気持は沈んだ。食事の折には、かれらと揃《そろ》って食堂に行ったが黙しがちで、随行員たちも口数が少かった。

横浜出港と同時に、無線電信の電波はとどかず一切の情報が絶えたことも、かれを不安がらせていた。ルーズベルトの斡旋で講和会議の開催は決定したが、ニコライ二世が突然意をひるがえし中止を宣言したかも知れなかった。ロシアの講和に対する熱意は低く、それはムラビヨフを全権に指名したことにもあらわれていた。ムラビヨフは、外務大臣の経歴はあるが現在はイタリア駐在大使でロシア政府内での発言力は低く、日本側が全権として外相を派遣するのに比べて余りにも不釣合であった。

随員たちは、ムラビヨフのような人物を全権に指名したロシア政府に対する憤《いきどお》りを口にすることが多かった。

横浜出港後六日目から気象状況が悪化し、船は大きくゆれはじめた。甲板に出る船客は少かったが、船旅に強い小村は、相変らずフロックコートを着て波の飛沫《ひまつ》を浴びながら朝夕の散策を欠かさなかった。煙突からは、火の粉まじりの黒煙がなびき遊歩甲板に流れてくることもあったが、かれは意に介する風はなかった。

小村は、開戦と同時に世界各国に情報網をひろく張りめぐらせたことが、講和会議を進める上でも好結果を生むはずだ、と思っていた。

開戦前から外務省は、陸・海軍省と協力して諜報《ちょうほう》組織を各国に設け、開戦後、その機能は十分に発揮された。

清国では、北京駐在の内田《うちだ》康哉《こうさい》公使と公使館付陸軍武官青木宣純《のりずみ》砲兵大佐が中心になって諜報活動を繰りひろげていた。開戦前、清国内には日本と同盟をむすびロシアと戦うべしととなえる者がいたが、小村はむしろ混乱を招くと考え、清国に対し厳正中立を守るよう勧告した。開戦後、内田は、小村の意図にしたがって清国政府に中立の態度を保持するよう内部工作をおこない、ロシア側の清国に対する働きかけを排除することにつとめた。それと平行して青木大佐は、清国政府の中心人物である袁世凱《えんせいがい》に情報の提供、馬賊の使用などを求めて快諾を得、また日本人四十七人で特別諜報任務班を編成、確度の高い情報を大本営に送っていた。

大本営自らも、参謀本部第二部が諜報関係を担当し、北京をはじめ天津、芝罘、上海、京城、元山などに佐官級の将校を配置し、将校や多くの清国人諜報員をロシア軍駐留地に潜入させていた。かれらは変装して鉄道、電線等の破壊、後方攪乱《かくらん》等をおこなうとともに情報蒐集《しゅうしゅう》を活潑《かっぱつ》におこない、ロシア側もこれら諜報組織の壊滅につとめ、多くの諜報員をとらえて殺害した。

欧米駐在の公使、武官の活動も活潑で、殊《こと》にヨーロッパには大規模な諜報網がはりめぐらされていた。

イギリス駐在公使林董《ただす》は、同盟国イギリスの世論を親日的にさせるようつとめ、ロジェストヴェンスキー提督のひきいる第二、第三太平洋艦隊の回航にともなう寄港地の問題で、イギリス側に牽制するよう働きかけるなど、積極的な動きをしめした。また陸軍武官宇都宮太郎《うつのみやたろう》中佐は、イギリス陸軍省諜報係からロシア陸軍の行動についての情報を得、海軍武官鏑木誠大佐も、イギリス海軍省から正確なロシア海軍の情報を得て、それぞれ大本営に送っていた。

駐仏公使本野一郎、駐独公使井上勝之助《いのうえかつのすけ》、駐米公使高平小五郎らも、それぞれ駐在国の国論を日本に有利にするようつとめるとともに、武官と協力して各種の情報を外務省、大本営に報告していた。

その間、開戦直後の明治三十七年二月二十四日には、二人の要人が横浜出帆のアメリカ船でアメリカへ出発していた。日本銀行副総裁高橋是清《たかはしこれきよ》と貴族院議員金子堅太郎《かねこけんたろう》で、その出発は内密にされ、新聞報道もされなかった。

高橋の渡米は欧米の市場財政状況視察とされていたが、実際は軍費を調達する外債募集が目的で、秘書として深井英五《ふかいえいご》をともなっていた。

開戦にあたって、政府は、戦争期間を一カ年とし、陸海軍は八億円、それを支える政府は四億円の戦費を必要とすると予想した。膨大な戦時予算が計上されたが、兌換《だかん》券《けん》を多く発行することでおぎなうとすれば物価の騰貴《とうき》をまねき、財政状態が危機におちいる。これを避けるため、増税と国債の発行をおこなうことになった。

また、軍需品等の輸入が激増すれば国内の正貨が国外に流出してしまう。それを防ぐためには外国で債券を発行する以外になく、外債額を二億五千万円と決定した。その使命を課せられたのが高橋で、かれは英語に通じ外国人との折衝にもすぐれた才があり、横浜正金《しょうきん》銀行支配人時代、当時の首相松方正義に金本位制断行を建言するなど財政通としての評価は高かった。

かれは、政府から命じられた外債額二億五千万円を不十分として三億円募集を決意し、ニューヨークにおもむくと有力な銀行家に協力をもとめた。アメリカの日本に対する同情は強かったが、アメリカは産業の発達を目ざして逆に外国資本の誘致につとめている状態なので、ロンドンの正金銀行支店長に打電し、イギリスの状況をただした。支店長からは見込みなしとの返電があったが、かれはロンドンにおもむいた。

かれは、正金銀行と取引関係のあるパース銀行、香港《ホンコン》上海銀行、チャーター銀行と交渉し、一億円相当の債券の募集を引受けて欲しいと頼んだ。しかし、開戦以来、日本の敗北を予想する声が支配的で日本の公債は暴落し市場人気がきわめて悪く、また日露戦争は白色人種と黄色人種の戦争で、日本の戦費を調達するのは白色人種として好ましくないという空気もあり、募集を引受ける銀行はなかった。

しかし、かれは精力的に折衝をくりかえし、ようやく年利六分で五千万円の外債を引受けさせることに成功した。残りの五千万円については絶望的であったが、たまたまイギリスに来ていたアメリカのクーンレーブ商会代表者シッフと交渉し、高橋の執《しつ》拗《よう》な要請によって五百万ポンドを引受けてもらった。シッフはユダヤ人でロシアに強い憎悪《ぞうお》をいだき、高橋の乞《こ》いをいれたのである。

その頃から日本の勝報が相ついでつたえられ、それにともなって日本の公債の人気も上昇し、ロンドンで計四回おこなわれた募集で七億余円の外債を得ることに成功した。

金子堅太郎の使命は、重大でしかも複雑だった。

明治三十七年二月四日、御前会議が午前十時四十分から開かれ、ロシアとの外交交渉を断念し、開戦が決定された。その席上、金子堅太郎を渡米させることが提案され、金子に対する説得を伊藤博文が一任された。

元老も閣僚も、開戦と同時にイギリス、アメリカ、フランス、ドイツなど列強がどのような態度に出るかを危惧《きぐ》していたが、それらの国々に駐在する公使たちからの情報で、各国とも中立を守るという確報を得ていた。結局、日露両国のみの単独戦争になるが、長期戦には勝算がなく、開戦と同時に和平の方法も考えねばならなかった。

作戦計画としては、陸軍は鴨緑江まで進撃してとどまり、海軍は旅順とウラジオストックにロシア艦を封じこめるだけにとどめ、それによって自然に戦線は膠着《こうちゃく》状態に入る。その間、アジアでの列国の貿易は困難になり、それを打開するため必ず和平斡《あっ》旋《せん》をする国が現われるにちがいない、と予測していた。

斡旋国として、まずイギリスは日本と同盟国であり、フランスはロシアと同盟をむすんでいるので、共に資格はない。またドイツもロシアと親しく、むしろ開戦をうながしているような状態なので可能性は薄く、日露両国に利害をもたぬアメリカの斡旋が期待できるだけであった。

金子は、若い頃八年間も滞米してアメリカ国内に知人も多く、殊にルーズベルトと個人的に親しいことで知られていた。アメリカ事情にも通じているので、金子をアメリカに派遣し、ルーズベルトに和平斡旋をさせるよう仕向け、また日本が開戦にふみ切ったのは、東洋の平和維持に重大な脅威をあたえるロシアに対する正当な戦いであることをアメリカ国民に徹底させ、世論を親日的なものにさせる運動をおこなわせたかったのである。

また、イギリスは同盟国で問題は少いが、一応日本に対するイギリス国内の空気を日本側に引きつけるため、男爵《だんしゃく》末松謙澄《すえまつけんちょう》の派英も決定した。

その日午後六時半、金子は、電話で霊南坂の伊藤の官邸に呼ばれた。

伊藤は、金子を一室に招き入れて御前会議の内容を告げ、ルーズベルトへの工作とアメリカ世論の操作のため渡米するよう求めた。

金子は、自分には負いかねる重大な使命であり、第一、アメリカ国民を親日的なものにさせることは不可能であるという理由から辞退した。歴史的にみても、アメリカは南北戦争で現在の合衆国を建設した折にロシアの援助を受け、現在でも恩義を感じているし、またアメリカの富豪の大半はロシアの貴族階級と姻戚《いんせき》関係にあり、貿易をはじめ財政、政治、経済の上でロシアとの関係は深く、軍需品もロシアに大量に輸出し、両国間に楔《くさび》を入れることなどできないという。まして、ルーズベルトに日本に有利な和平斡旋をうながすなどということは論外だ、と答えた。

しかし、伊藤は屈せず、

「もし君が行かない場合には、アメリカはロシアの完全な味方になり日本の生きる道はなくなるだろう。是非、渡米して欲しい」

と、強い語調で言った。

金子は、

「半ばぐらい成功する予測が立てられれば行きますが、全く見込みがありません。もしそれを可能とする人物がいるとしたら、それは伊藤公爵以外にないでしょう」

と、答えた。

伊藤は、

「自分は天皇のおそばにいてお仕えしなければならぬ身である。また、桂、小村も国事からはなれるわけにはいかぬ。是非行ってもらいたい」

と、くりかえした。

金子は頭をふりつづけ、結論が出ぬままに官邸を辞した。

翌朝、伊藤から再び電話があり、金子は邸《やしき》におもむいた。

「決心はついたか」

伊藤は、言った。

「御辞退いたします。熟考しましたが、自信はありません」

金子は、即座に答えた。

伊藤は、熱をおびた口調で説得をはじめた。

「戦争を決意はしたが、勝つ見込みは全くないのだ。しかし、私は、一身を捧《ささ》げる覚悟で、もしもロシア軍が大挙九州に上陸してきたならば、兵にまじって銃をとり戦うつもりだ。兵は死に絶え艦はすべて沈むかも知れぬが、私は生命のあるかぎり最後まで戦う。この度の戦さは、勝利を期待することは無理だが、国家のため全員が生命を賭《と》して最後まで戦う決意があれば、国を救う道が開けるかも知れない。君は成功する見込みがないといって辞退しているが、成功しようなどとは考えず、身を賭すという決意があれば十分なのだ。ぜひ、渡米して欲しい。私と共に生命を国家に捧げてもらいたい」

伊藤の眼は、光っていた。

金子は沈黙し、やがて、

「渡米します」

と、答えた。

伊藤は安堵《あんど》の色を顔にうかべ、すぐに傍《そば》の卓上電話で桂に金子が承諾したことをつたえた。

伊藤の邸を辞した金子は、使命を達成する上での参考として陸海軍の戦争に対する見通しをきくため、まず参謀本部に参謀次長児玉源太郎大将を訪れた。児玉は金子の質問に、

「対等の兵力では勝利を得る見込みがないので、ロシア軍の三倍の兵力をもって当るつもりです。それでも勝敗は五分五分と見ているが、せめて六分四分にしようとして、参謀本部で三十日も泊りこんで作戦を練っています」

と、答えた。

海軍については、山本海相を海軍省に訪れたが、山本は、

「日本軍艦の半分は撃沈させられると思う。勝利を得たいと思ってはいるが、これ以上話すことはない」

と、暗い表情で答えた。

その日、金子は帰宅してあわただしく渡米の準備をし、夜遅く就寝した。

翌朝、宮内省《くないしょう》から電話があり、午前九時三十分皇后が金子の家を訪れてきた。皇后は、金子が重大使命をおびて渡米することを知り、金子をねぎらうために訪れてきたのである。金子は感激し、力のかぎりをつくして努力します、と誓った。

……二月二十四日、金子は阪井徳太郎、鈴木純一郎をともなって横浜をひそかに発《た》

った。

小村は、金子と旧知の間柄であった。明治八年、小村が第一回文部省留学生として渡米しボストンのハーバード大学に在籍してから一年後に、金子が大学に入学してきた。金子は、福岡藩士の子として生れ、明治四年元藩主黒田長知に随行してアメリカの土を踏み、五年間とどまった後にハーバード大学法学部に入学したのである。

かれらは、学費節約のため狭い下宿部屋で同居し、大型のベッドで共に就寝した。

帰国後、金子は伊藤博文のもとで憲法起草に従事して憲法調査のため欧米各国を歴訪した。伊藤の信任は厚く、明治三十一年第三次伊藤内閣に農商務大臣として入閣、三十三年の第四次伊藤内閣でも司法大臣に就任、男爵の爵位も授けられていた。

小村は、日本の政治家で最もアメリカに知己が多い金子の派米を提案し、伊藤もそれに賛成したのだが、ロシアに好意をもつアメリカでの金子の任務は、きわめて困難になるだろうと予測していた。

小村は、渡米した金子からの電報で、かれが苦しい立場に身を置きながら運動をつづけていることを知った。

金子の乗った船がサンフランシスコに着くと、その地に駐在する領事上野季三郎が検疫船《けんえきせん》で船にやってきて、日露戦争に対するルーズベルト大統領の国民への布告文を掲載した新聞をみせた。そこにはアメリカが厳正中立を守り、国民は日露両国いずれにも加担するような言動をとってはならぬと述べられていた。布告文を読んだ金子は、ルーズベルトとの親交のみを頼りにしてきただけに失望は深かった。

かれは、サンフランシスコからシカゴにおもむき、世論工作に手をつけた。が、市の有力者はロシアと密接な間柄にある貿易関係者ばかりで、ほとんどの新聞もロシア系で対日感情がきわめて悪く、世論の好転をはかる余地などなかった。

シカゴ駐在領事清水精三郎は、シカゴよりもニューヨークにおもむく方が得策だと進言し、金子はそれにしたがって三月十八日にニューヨークに入った。

その夜、かれは人を介して実業家の晩餐会《ばんさんかい》に出席し歓談しようとつとめたが、出席者の大半がロシアびいきで、かれには冷い眼しか向けなかった。

翌日、金子が日本からやってきたことを知った新聞記者十六名がホテルにかれを訪れてきて、日本の戦争目的について問うた。かれは、

「日本は勝敗を度外視して全国民一致して戦っている。もしも日本が敗れれば、東洋文明は破滅し、東洋の平和は失われるだろう。文明を守り、平和を維持するために日本は戦っている。アメリカ国民は、正義と人道を愛する尊敬すべき国民である。日本の戦いを理解し、深い同情を寄せて欲しい」

と、二時間にわたって力説した。

それは、金子にとって渡米後初めての声明で新聞にも発表されたが、駐米ロシア大使カシニーは、ただちにロシア政府が買収した新聞「ウォールド」に、

「日本人は狡猾《こうかつ》きわまりない人種であり、その証拠にはロシアが戦備をととのえぬのに乗じて一方的に宣戦布告をした。yellow little monkey（日本人）になにができるか、ロシアは必ず日本をにぎりつぶすだろう」

という激烈な反駁文《はんばくぶん》を掲載させた。

すでにロシア政府は、カシニー大使に命じてニューヨークのほとんどの新聞に出資し、日本に不利な紙面作りをさせ、戦況もロシア側が優勢であるような記事を載せさせていた。日本の戦争は、黄色人種の白人種に対する挑戦であり、キリスト教を圧伏させようとする冒瀆《ぼうとく》的な異教徒国の暴挙であるという論説もみられた。

小村は、金子に三カ月分の機密費として一万三千八百円を託していたが、金子はその工作資金を駆使して新聞に働きかけ、日本の立場を訴える論文を書いたり、多くの会合に出席して演説したりしたが、反応はほとんどなかった。

金子は、唯一《ゆいいつ》の望みをかけたルーズベルトとの親交にたよる以外に打開策はないと考え、ニューヨークを去り三月二十五日にワシントンにおもむいた。ルーズベルトは、

金子が卒業した翌年ハーバード大学に入学したので学生時代に識《し》ることはなかったが、明治二十二年議会制度の研究調査のため渡米した時、日本美術愛好者のビゲローの紹介で文官試験委員会委員長の職にあったルーズベルトと交るようになり、帰国後もしばしば手紙をやりとりしていた。同窓生であり、しかも互いに要職につかぬ頃知り合った関係であったので、遠慮のない友人同士になっていた。

金子は、ワシントンに入ると駐米公使高平小五郎に会い、高平を通じてルーズベルトに面会を求めた。ルーズベルトは、二十六日午前十二時に会うと回答してきた。

金子は、高平と定刻にホワイトハウスを訪れ、受付に名刺を差し出すと、数十名の来訪者が待合所にいたが、ルーズベルトが直接出てきて金子の肩を抱いて大統領室に招じ入れた。前もって高平は、金子の使命がアメリカ世論の操作にあることをルーズベルトにつたえてあったので、金子は椅子《いす》に坐《すわ》ると日本の戦争目的についてルーズベルトに熱をおびた口調で説明した。

ルーズベルトは、ロシア側には極秘のことであるが、と前置きして、

「私は、専制皇帝政治をとるロシアの政治形態を政治家として容認していない。不快に思っている。それに比べて開国後五十年ほどしかたっていない日本が、積極的に欧米の新しい政治思想をとり入れ、立憲政治をおこなっていることに好感をもっている。

戦争の将来についてだが、私は、国防省や日露両国に駐在するアメリカ武官から情報を蒐集《しゅうしゅう》し、専門家に検討させている。その結果、国論が統一され厳しい軍律のもとに志気の旺盛《おうせい》な軍隊をもつ日本の勝利によって終る、と確信している。また、私をはじめアメリカ政府の上層部は、一様に日本に好意をもっていることを知って置いて欲しい」

と、言った。

金子は、大統領の言葉に明るい希望をいだき、その日、ルーズベルトとの会見を詳細に記した暗号電報を小村に打った。かれはその末尾に「以上ハ極秘ニ属ス。モシ一部分タリトモ世上ニ公表セラルルガ如《ごと》キコトアラバ、累《るい》ヲ大統領ニ及ボスニ至ルベシ」と附記した。

それまで金子から苦況をつたえる電報のみを受けていた小村は、金子が今後大統領に働きかけて和平斡旋《あっせん》を引受けさせる望みも出てきたことを知り、桂以下閣僚、元老にも報告し、さらに天皇にも上奏した。

小村は、折返し電報を打って天皇をはじめ閣僚、元老が喜んでいることをつたえ、また、慎重を期してルーズベルトには、金子が講和斡旋をうながす使命をいだいていることをさとられぬように、とも指示した。

翌二十七日、金子は国務長官ジョン・ヘイから高平公使とともに午餐に招かれた。ヘイも金子と旧知の間柄で、アメリカの日本に対する外交の基本方針は友好的であることを力説した。

さらに翌日には再びルーズベルトから官邸に招かれ、午餐を共にした。ルーズベルトは、くつろいだ表情で、日本に敬愛心をいだくようになったのは日本美術研究家フェノロサ、ビゲローから話をきいたことがきっかけで、海軍武官竹下中佐を通じて柔道も習ったことなどを口にした。かれは、現在、武士道について深い興味をいだいていると言い、金子は質問に答えたりして官邸を辞した。

金子は、本格的な活動に入り、ニューヨークにもどると、四月十四日夜、前スペイン駐在アメリカ大使スチュワード・ウォードフォードが大学倶楽部《クラブ》で開いてくれた晩餐会に出席した。会には前大蔵、海軍、逓信《ていしん》の大臣経験者、大学総長、銀行頭取らニューヨークの各界を代表する有力者百十九名が出席、金子は演説して日本に好意をいだかせることにつとめた。

その後、かれはさまざまな会を催して講演し、機会をとらえて各界の人たちに会い、新聞に論文を発表したりした。

やがて日本軍の勝報が続々とつたえられるにつれて、東洋の小国がヨーロッパの大国を終始圧倒していることにアメリカ人は驚嘆し、対日感情がにわかに好転してきた。その傾向を阻止しようとして、カシニー大使はさかんに対日非難をくりかえしていた。

金子は、四月二十七日にボストンへ行き、法律学校その他で講演会を開催、日露戦争下の日本の外相小村寿太郎、開戦時のロシア駐在公使栗野《くりの》慎一郎《しんいちろう》と自分が、ボストンのハーバード大学出身であることを述べて感銘をあたえ、聴衆の希望で講演内容を小冊子にまとめて配布したりした。

ニューヨークにもどった金子のもとに、五月三十日、ルーズベルトから書簡が寄せられ、六月六日官邸で午餐を共にしたいとつたえてきた。金子は、ワシントンに向い高平公使と官邸におもむいた。

その日、ルーズベルトは重大なことを口にした。食後、かれは金子と高平を別室にみちびき、駐米ロシア大使カシニーがルーズベルトに告げたことをつたえた。カシニーは、自分の個人的意見だがと前置きして、日本軍は旅順を攻撃目標にしているが、もしも旅順が陥落した場合はロシアも戦争の終結を考慮しなければならないだろう、と述べたという。

ルーズベルトは、

「ロシア国内には不穏な動きが激化している。その可能性は大であり、カシニーが言ったように戦争終結をロシア側も考えねばならぬ時がくると思う。そのような折には、自分が日本の勝利に価《あた》いするような条件で講和の斡旋のために尽力したいとも考えている」

と、言葉をえらびながら言った。

金子と高平はルーズベルトの言葉に眼をかがやかせたが、平静をよそおって官邸を辞した。そして、すぐにロシアに戦争終結の気配がきざしていることと、大統領に和平斡旋の意志があることを小村に至急電で打電した。

その電報をうけた小村の喜びは大きく、天皇、元老、閣僚に報告するとともに金子に対して日本政府の大統領に対する謝意をつたえて欲しいと返電した。

金子とルーズベルトとの談合はひんぱんになり、それを知ったロシア大使館側は会談の内容をさぐることにつとめ、金子が日本公使館を通じて本国との間に交す電文・書簡類の内容を入手する動きがみられた。ルーズベルトはその動きを察し、金子に対して本国政府との連絡は必ず特殊暗号によるものにすべきだ、と忠告し、さらに日本公使館から本国に送られる郵便物が開封されているおそれがある、とも言った。

その頃、新任のドイツ大使ゼドランドの動きが活潑《かっぱつ》になっていた。ゼドランドはルーズベルトと親しく、官邸を訪問しては、日本が勝利をおさめた場合、アメリカが米西戦争の結果領有したフィリピンを侵害し、またドイツが膠州湾《こうしゅう》で所有している権益も奪うおそれがある、としばしば警告した。

金子にとって、ドイツ大使の存在は危険なものになった。かれは、ルーズベルトもひそかに日本が将来フィリピンをうかがう可能性があると考えていることに気づいていた。

この点について、金子は日本政府がどのように考えているかをただすため小村に打電した。それに対して小村は、フィリピンを侵害するなどということは絶対にあり得ないと回答し、金子を通じて大統領との間に、将来日本がアメリカの権益を侵すことはないという仮の密約を交させた。と同時に、日本がドイツの権益を奪う意志がないこともつたえさせた。

明治三十八年一月一日、旅順の開城が成り、アメリカの新聞は旅順要塞《ようさい》の陥落を大きく報じ、対日感情がさらに好転した。

金子はニューヨークにとどまっていたが、一月六日、ワシントンの高平公使から緊急の用件があるのでワシントンに来て欲しいという電報をうけた。かれはただちにワシントンにおもむいた。駅には高平が馬車で迎えに来ていて、ホテルに同行した。金子は、高平のかたい表情に重大なことが起きたことを察し、二人で部屋に入ると錠をしめて用件をたずねた。

　高平は、

「実は、或《あ》る確かな人物から重大な情報を得たのです。かれは、ドイツ大使がドイツ皇帝のイニシャルの入った赤い封蠟《ふうろう》で封をした重要な親書を、ルーズベルトに贈ったというのです。ドイツ大使は、さかんに本国政府からの指令で日本を不利にさせるような動きをしていますし、皇帝がルーズベルトにひそかに送った親書は、日本に致命的な打撃をあたえるものにちがいありません。それで私は各方面を探ってその内容をつきとめようとしたのですがわからないのです。そのため、直接ルーズベルトに面会して親書のことを執拗《しつよう》にただしたのですが、大統領は親書など受け取っていない、そのようなことをつたえた或る確かな人物とはだれかと問うのです。私は、それは言えぬと答えると、ルーズベルトは機嫌をそこねて席を立ってしまいました」

と、暗い眼をして言った。

　高平はやむなく官邸を辞したが、情報を流してくれた人物に再び会い、大統領が受け取っていないと答えたと告げると、そのようなことは決してない、実際に親書を見たのだとかさねて強調した、という。

「親書が大統領に手渡されたことは確実です。しかもその内容は日本にとって憂慮すべきものにちがいありません」

高平は、息を大きくついた。

金子は、顔色を変えた。もしかすると、親書の内容は、ドイツがロシアに加担し講和に乗じて清国の山東省にあるロシア租借地を占領し、その地域の石炭採掘権を専有する、というルーズベルトに対する予告かも知れなかった。日清戦争後、ロシア、フランスとともに三国干渉をおこなったドイツが企てそうなことで、もし実行に移されれば、イギリス、フランス、アメリカも黙過するはずがなく、清国はそれら列強の要求に屈して領土を蚕食され、独立国としての存在を失うだろう。清国の独立を守ることがアジアの平和維持につながるという日本の基本政策は根本的に崩壊し、日露戦争は、逆に悪結果を招くことになる。

金子は、ドイツ皇帝とルーズベルトの間でそのような密約が交されれば、戦争の目的も講和の意味も失われる、と思った。ルーズベルトは、講和斡旋の意志があることを口にしたが、講和条約の締結と同時にドイツとともに清国の領土を侵害する行動に出ることも予測できた。

高平は、金子の顔を見つめると、

「再びルーズベルトに会ってききただすことも考えたのですが、情報提供者の氏名を告げなければならぬでしょうし、せっかく情報をつたえてくれたその人物に災いがふりかることは避けねばなりません。いかがでしょう、大統領に会って探ってみて下さいませんか」

と、言った。

「確かな人物とはだれなのか」

金子がたずねると、高平は、

「フランス駐米大使ジュセランです」

と低い声で答えた。かれは、親しいジュセランから巧みに情報を得ていたのだ。

金子は承諾し、早速ルーズベルトに電話をかけ、翌七日午後十一時に大統領官邸を訪れる約束をとりつけた。

定刻に金子が官邸を訪れると、ルーズベルトは、金子の訪問をロシア大使館側で常に監視している節があるので、このように夜遅い時刻にしたのだ、と弁明し、一室に招じ入れた。

ルーズベルトは、金子と向き合って椅子に坐ると、旅順陥落を祝う言葉を口にし、表情をあらためて講和斡旋のために全力をつくすとあらためて言った。

金子は謝意を表してから、ドイツ皇帝の親書についての話に入った。

ルーズベルトは顔をしかめると、

「高平が同じようなことを言ってきたが、そのようなものは受けとっていない」

と答え、他に話題を変えた。

金子は、しばらくして再び親書のことにふれ、かさねてたずねてみたが、ルーズベルトは頭を振るだけであった。

金子は、

「君は、私の友人だから嘘《うそ》は言うまいと思っている。しかし、この情報は確かな人物から得ている。君のもとには、まちがいなくドイツ皇帝の親書が来ているはずだ。友人としてぜひ見せて欲しい」

と、鋭い口調で言った。

「来ていない。受取っていない」

大統領は、頭を振った。

「確実に来ている。その内容についても確実と思われる情報を得ている」

金子の言葉に、ルーズベルトは、

「どのような内容だ」

と、こわばった表情で反問した。

「ドイツ皇帝は、日露講和を利用して山東省の占領をくわだて、その地の石炭採掘権を専有しようとしている。それを君に予告し、同調を求めた親書だ」

金子は、思い切って言った。

「カイザーは、そのような意図は持っていない。それほど強引でもなく狡猾《こうかつ》でもない」

「それなら親書を見せて欲しい」

「来ていないのだ」

ルーズベルトは、顔をしかめた。

「私は、来ていると確信している。日本は、国の存亡を賭《か》けて戦っている。その親書が、日本の存立を危うくするのではないかと私も高平も大いに憂慮しているのだ。君も、日本と東洋文明の滅亡を憂《うれ》え、正義人道のために同情を寄せてくれているではないか。これ以上は言わない。友人としてぜひ見せて欲しい」

金子は、切々と訴えた。

ルーズベルトは、口をつぐんで坐《すわ》っていた。が、しばらくすると、立って金庫から大きな封筒を持ってきた。それは、高平の言ったように赤い封蠟のあるドイツ皇帝のイニシャルが入ったものであった。

金子は、封筒の中から書類を取り出し、開いた。それは、英文でルーズベルトの講和斡旋《あっせん》を支持し、日露講和に際して清国に領土要求などしないと書かれたドイツ皇帝の誓約書であった。

ルーズベルトは、

「親書は、私からドイツ皇帝に極秘で日露講和についてただしたことに対する返書で、親書が来たことは国務長官ヘイにも漏らしていない。口外してもらっては私の立場がなくなる」

と、低い声で言った。

金子は、ルーズベルトがそのような工作までしていたことに深い感謝の言葉を述べ、この親書の内容は日本にとってきわめて重大なので、天皇に打電することを許して欲しいと申出た。が、ルーズベルトは、あくまでもドイツ皇帝からの極秘の親書なので困る、と頭をふった。しかし、金子は生命にかけても内容がもれることはしないと誓い、ようやく許可を得た。

金子は、官邸を辞すると、急いで日本公使館におもむいて高平に親書の内容をつたえ、電文内容をまとめて翌朝、「本電信ハ最高機密ニ属ス」と前書きし、小村に打電した。

この電文は、ルーズベルトがドイツをはじめイギリス、フランス等に講和斡旋支持を取りつけたことを意味するもので、小村から報告を受けた天皇、元老らの喜びは大きかった。

その後の談合で、ルーズベルトは、講和の時機がせまったことをしきりに金子に口にし、準備をととのえておくよう忠告した。

しかし、すでに金子は、講和会議が開かれた折に日本側がロシアに対してどの程度の要求を持ち出すべきかについての検討を終えていた。かれは、随員の阪井徳太郎の進言を入れて、日露戦争を見守るアメリカ人の客観的な意見をただす必要があると考え、阪井に依頼して意見書も入手していた。

それは前年の秋、沙河の会戦の大勝がつたえられ、旅順要塞の攻防が世界の話題になっていた頃であった。

阪井は、金子の依頼をうけて講和条件を研究してもらう人物を物色し、エール大学事務局長アンソン・フェルプス・ストークが適当だと思った。ストークは、阪井がハーバード大学を卒業後、在籍したケンブリッジ神学校で親しくなった男であった。かれは、早速ストークに書簡を送り、日露の講和条件について意見を寄せて欲しいと記した。

書簡をうけたストークは、国際法の権威であるエール大学のセオドア・S・ウールゼイ教授と東洋史専攻のF・ウェルス・ウィリアムス教授に研究を依頼した。両教授は、日本とロシアの歴史的関係も考慮の上、個人的見解という但《ただ》し書きを添えて日本の対露講和条件を作成、ストーク事務局長に提出した。それは、ただちに阪井のもとに送られ金子も眼を通したが、本国へ送ることはしなかった。その頃、旅順要塞はまだ陥落せず、ロシア第二太平洋艦隊が日本海上兵力の潰滅《かいめつ》を期して本国を出発したことがつたえられ、講和のきざしも薄かったからであった。また、エール大学の両教授が果して日露戦争を客観視できる人物か、もしかするとロシアに親しい感情を持ち日本に不利な意見書をまとめたのではないかという疑念もきざし、ひそかに人を使って綿密に調査させたが、両教授はむしろ親日的で、意見書は信頼できるものに思えた。

明治三十八年が明け、旅順攻略が成り、講和説が起りはじめたので、二月九日、金子はまずルーズベルトにエール大学教授の意見書の写しを郵送した。これに対してルーズベルトは、アメリカの権威者の意見をただしたことを感謝する旨《むね》の返信を寄せ、金子は、二月十二日、講和条件研究の参考に供するため、高平公使を介して小村宛《あて》に極秘電報で報告した。

小村は、その意見書を参考に仮の講和条件案を作成し、閣議に提出した。そして、その後部分的な修正をへて御前会議で九条にわたる条件が決定した。金子が送った意見書とそれに関する書類は、極秘文書として天皇の私書箱におさめられた。

金子は、そのような講和への準備をすすめるかたわら奉天会戦の大勝を知って、一層活潑《かっぱつ》に動きはじめ、ルーズベルトに対する講和斡旋工作にも本格的に取りくんだ。

日本海海戦の圧勝がつたわった日、アトランチック市のホテルにいた金子は熱狂した群衆にかこまれてシャンペンの祝杯を受け、ニューヨークにもどると駅には人がつめかけて大混乱を呈し、馬車でホテルに向う道には日本の国旗がかかげられているのも見た。

……六月七日、金子はルーズベルトに招かれ、ロシアに講和の打診をおこない、ロシア皇帝ニコライ二世から応ずる用意があるという回答があったことを告げられた。それによって、金子に課せられた使命は終ったのである。

四

小村は、遊歩甲板から二等、三等船客のいる上甲板に視線を据えることが多かった。

そこには帰国する白人の水夫たちにまじって移民として出稼《でかせ》ぎに行く日本人、清国人、韓国人の姿があった。

かれらは一様に貧弱な体をし、子供連れの者もいる。腿《もも》を露《あら》わにしてあぐらをかく男の傍で、女が乳房をあらわにして嬰児《えいじ》に乳をあたえたりしていた。

小村は、日本人をふくめた東洋人の貧しさを思った。アフリカがヨーロッパ各国の植民地に分断されたように、東洋もそれら列強の侵蝕《しんしょく》を受けている。日本も危機にさらされていたが、維新後、奇蹟《きせき》的にそれをまぬがれ、近代国家としての道を進んでいる。しかし、危機が去ったわけではなく、日本は列強の間を巧みに遊泳しながら辛うじて独立国としての存在を保っているに過ぎない。清国、韓国に列強の権益が拡大されることは、やがて日本にもそれが及ぶことを意味している。

欧米列強は、軍備をととのえた日本をうとましく思いながらも、東洋の番人として利用しようとしている節がある。イギリスの提案に成る日英同盟もそのあらわれであり、日本はそうした思惑を逆に利用して、自らの安全を守らなければならず、それ故《ゆえ》に、外交政策は日本の存亡を左右するものであった。

小村は、金子堅太郎の起用と活動が、目ざましい効果をあげていることに満足していた。それはヨーロッパ各国駐在の公使らの積極的な動きに支えられたもので、世界的に張りめぐらした情報網の成果であった。

かれは、ルーズベルトの講和斡旋の努力に十分に感謝はしていたが、かれを心から信頼しているわけではなかった。長い外交官生活の間に、一つの動きの背後には、必ず大小を問わずなにかの意図がかくされていることを知っていた。疑惑をいだき、その裏に秘められたものを的確につきとめることが外交の基本でもある。ルーズベルトの日本にしめした好意は、どのような意図から発したものか、かれは熟考した。が、それと察しられるものはまだ表面にあらわれていず、いたずらな推測はむしろ判断をみだす危険があり、ルーズベルトの出方を冷静に監視する時期だ、と思っていた。

かれは、金子を通じてフィリピンをうかがうことは決してしないという密約をルーズベルトと交したが、そのようなことに一抹《いちまつ》の不安をいだいているルーズベルトの将来を見る眼に侮《あなど》れぬものを感じた。

高平公使は日本海海戦直後、ルーズベルトに会ったが、日本艦隊の圧倒的勝利に驚嘆しながらふと口にしたルーズベルトの言葉を、小村のもとに機密電としてつたえてきていた。その折、ルーズベルトは、

「日本は、維新後わずか四十年足らずで軍事、産業の上で大飛躍を遂げ、しかもゆるぎない文明に恵まれた畏《おそ》るべき国になった。これは、世界の驚異だ。このまま発展を

つづければ、十年後には太平洋上の大産業国になり、武士道を基礎とした軍人気質で、やがてはアメリカをも脅《おび》やかす世界屈指の軍事強国になるだろう」

と、予言したという。さらに、それに対抗する必要からアメリカは海軍力の充実をはかるとともに、日本との武力衝突を避けるため日本に対して礼儀を以《もっ》て対することが必要だ、とも述べたという。

小村は、その電文にルーズベルトの日本の成長に対する強い警戒心を感じた。

太平洋は広大だが、アメリカは海をへだてて接する日本の隣国と言っていい。維新前、日本とアメリカは互いに遠い国としての意識しかなかったが、汽船の発達と人間の交流で距離感は急激にせばまっている。駐米公使であった小村は、ワシントンから太平洋岸まで汽車で約一週間を費し、その地から日本へ船で二週間ほどでついた。広いアメリカ大陸から見ると、日本は決して遠隔の国ではなく、ルーズベルトがいだく対日観は、同時に小村の対米観でもあった。

小村は、高平公使の電文を読んだ後、デニソンとひそかにその点について意見を交したことがあった。かれは、座談だが、と前置きして、

「将来、日本が、アメリカと宿命的な敵同士になるとは思わぬか」

と、問うた。

デニソンは顔をこわばらせて黙っていたが、小村が発言をうながすと、

「十分に考えられることです」

と、答えた。

小村は、その言葉にデニソンの深い洞察力をあらためて感じた。

二十一歳の折アメリカに留学し、またその後駐米特命全権公使としてワシントンにとどまっていた頃の経験で、小村は、アメリカ人の日本人に対する蔑視《べっし》を身にしみて感じていた。日本人が借りた部屋には借り手がつかぬという理由で、借りる部屋を探すのに苦労しなければならなかった。黄色い猿と陰口も言われていた。

その反面、欧米の知識、制度を驚くほどの積極さでとり入れている日本に対する驚きは、有識者の論文や発言にしきりにあらわれ、その傾向は年を追うにつれて顕著になっている。それは、黄色人種恐るべしという黄禍論にも発展し、日露戦争が起ると、日本が清国の支持を得てロシアと戦っていることから、近い将来日清両国が連携して、欧米列国と対決する可能性があるという黄人連合論がしきりにとなえられ、ジンギスカンが白人国を大侵略したことを例にひく新聞論調さえみられた。

小村は、植民地政策を強引に推しすすめる列強の圧力に対抗するためには、清国と協調し、韓国を日本の保護下におき、さらに日本の軍事力とそれを支える産業力を強

化、発展させるべきだ、と信じていた。しかし、日露戦争でもあきらかなように、資源のかぎられた島国の日本では、軍事力には一定の限界がある。人口五千万の日本人の団結心は強く将兵の士気も高いが、大国と戦争するには人員が少く、物資も枯渇《こかつ》し、長期戦には堪えられない。

そのような宿命的弱点をもつ日本は、軍事力を国を守る唯一《ゆいいつ》の手段にすることはできず、必然的に外交政策の役割が大きな比重をもつ。それを政治家も軍の上層部も十分に知っていて、日露開戦と同時に、外交による戦争の短期終結を強く望んだ。最後の御前会議の直後、ルーズベルトの和平斡旋をうながすため金子堅太郎をアメリカに急派したのもそのあらわれであり、満州軍総司令部司令官大山巌元帥《げんすい》と総参謀長児玉源太郎大将が一致して早期停戦を望んだのも、戦力の基本的限界を知っていたからであった。

小村にかけられた期待は大きく、戦時中、かれは大過なく責任を果してきた。かれは気性の激しい性格で、時に公式の席で口にする言葉が座を白けさせることもある。駐清特命全権公使で北京にとどまっていた頃、万寿節《まんじゅせつ》の賀宴に招かれて出席したが、その折にも毒舌を吐いて外務省を困惑させた。その席で恰幅《かっぷく》のよい清国の宰相李鴻章が、各国使臣夫妻らの中で小村が最も背が低く清国の十五、六歳の子供ぐらいだ、と笑いながら言うと、小村は、日本では大男総身に智恵《ちえ》がまわりかね、うどの大木、半鐘泥棒と言って大男は国家の大事を託しかねると言われていると答え、李の顔色を変えさせたこともある。その言葉は、小村の肉体的な劣等感から発したものだが、そのような肩肘《かたひじ》張った態度が相手を威圧することも多く、かれの特色の一つにもなっていた。

かれは決断が早かったが、同時に驚くほど忍耐力もあり、周到な配慮のもとに物事を慎重に処理してゆく。くぼんだ眼窩《がんか》の奥に光る眼は、人に畏怖《いふ》をあたえていた。

かれは、体の大きなデニソンに肉体的な卑屈感をいだいていたが、ひそかに個人的な親しみに似たものも感じていた。デニソンの眼には時折り淋《さび》しげな光がかすめ過ぎるが、小村も、馬車に乗って沿道をながめている時など同じような光が自分の眼にもうかび出ているのを意識することがあった。

デニソンは妻帯していたが、やもめ暮し同然であった。

かれには、若くて美しいヘレンという妻がいたが、かれのもとにはいなかった。彼女は、湿度の高い日本の気候が体に適していないと言って日本を去り、エジプトの首都カイロに住みついていた。そして、デニソンからの仕送りでパリやロンドンに遊びに行ったり、夏には避暑地に、冬には温暖な地に移って暮していた。

デニソンは裏霞《かすみ》ヶ関《せき》の官舎で、家事使用人の内田わかと執事の中村鶴吉とともに過していた。かれは、気儘《きまま》なヘレンに未練があって手紙をしばしば書き、多額な生活費も送っていたが、ヘレンからの返信はほとんどなかった。

すぐれた外交手腕をもつデニソンが、家庭を顧みぬ妻の存在を許していることを冷笑する者が多かったが、小村も、自分と妻との関係が周囲の者たちの恰好な話題になっていることを知っていた。

小村の家庭生活は、無残であった。町子が家事を処理する能力に欠けているため、小村は、夏は浴衣《ゆかた》一枚、冬は綿入れを着通し、破れてもつくろってもらうこともない。

小村の給与が増して生活が楽になり女中も雇うようになったが、町子は来客があっても顔を出すことはせず、むろん酒肴《しゅこう》の用意もしない。そのため小村は、台所に行って女中に肴《さかな》を指示し、酒を出させたりしていた。

町子の芝居通いはさらにいちじるしくなって、小学校に通う息子と娘も連れてゆく。役者の錦絵《にしきえ》、画本を買い集め、新聞も芝居の欄のみに眼を通し、役者の手拭《てぬぐい》も蒐集《しゅうしゅう》する。町子の趣味は子供たちにもつたわり、役者の所作を真似《まね》たり、声色をつかって遊ぶ。かれらは、女中や書生に芝居の登場人物や役者の名をつけて興じていた。

小村は、町子と諍《いさか》いをして時には殴りつけることもあった。が、町子の態度はあらたまらず、息子や娘は母の側について小村に近づこうとしない。女中も町子の指示に従い、わずかに書生たちが小村の身の廻りの世話をしたが、町子の冷ややかな態度に辟易《へきえき》して去る者が多かった。

小村は、家庭の空気に堪えきれず芸者遊びにふけった。居つづけすることもあって、待合から出勤することも稀《まれ》ではなかった。かれの遊興は省内でも話題になっていたが、家庭の事情からやむを得ないと同情する者も多かった。

町子は、外泊する小村に嫉妬《しっと》をいだき、しばしば尋常さを欠いた行為をとった。待合の女が月末に請求書を持ってくると、町子は、女性の陰部の名称を口にし、そのようなものに夫が接した代金は支払えぬ、と叫んで追い帰す。

さらに、町子は、小村が常時使用する車夫に、遊里へ送った折には必ず自分に告げることを厳命した。或《あ》る夜、彼女は、請求書から知った蜂龍《はちりゅう》という待合に足を向け、小村を待っていた車夫に、なぜ教えぬ、と言って頰を平手でたたき、待合に入った。二階に上った彼女は、小村の笑い声を耳にして部屋の襖《ふすま》をあけ、小火鉢を持ち上げて芸者に投げた。火鉢は背後の金屛風《きんびょうぶ》に当り、炭火と灰が散った。屛風が燃え出し、待合は大騒ぎになったが、その話も蜂龍の女将《おかみ》の口から外務省内にひろがった。

小村は、妻や家庭に絶望し、帰宅しても一室にとじこもって家族と顔を合わせることもしなかった。

明治三十一年、小村の前に宇野弥太郎という四歳下の男があらわれた。かれは筑前《ちくぜん》博多の大きな魚商の子として生れたが、寺子屋に行くことを嫌って少年時代に家出し、長崎に行って自由亭という料理屋に小僧として住み込み、割烹《かっぽう》料理の修業をした。その後、朝鮮、京城、上海と流れ歩き、さらに南米からヨーロッパへも渡り皿洗いをしてすごした。

その後、コックになり、外務省の在外公館に雇われたが、気性が荒くどこの公館でも長続きせず転々とした。

明治三十一年、小村が駐米公使として赴任する折り、一等領事珍田捨巳から宇野を紹介され、小村はかれをともなって渡米した。宇野は体重二十三貫の恰幅のよい男で、背が低く痩身《そうしん》の小村とは対照的であったが、かれはそれまでとは別人のように小村に忠実に仕え、帰国後も小村のもとをはなれなかった。

宇野は字の読み書きはできなかったが、英語、中国語、スペイン語を話し、料理に長じている上に小村の身のまわりの世話もした。小村が起床すると、すぐに洗面器に湯をみたし、水の入ったコップを差し出して洗面をさせる。それが終ると朝食をととのえ、傍《そば》にひかえて給仕をし、冬には大きな火鉢によくおこった炭火をいけ、夏には団扇で風を送る。小村が厠に入ると、手洗場で手拭をひろげて待った。

小村は、家事一切を宇野にまかせ、俸給もあずけるようになった。宇野は算盤をはじくことはできなかったが、俸給を巧みにふりわけ、家計をとりしきった。かれは趣味人でもあって、切手蒐集と蝶の採取を楽しみにし、狭い自室には蒐集帖と標本箱が積み上げられていた。

宇野は小村に献身的で、稀に小村が叱《しか》りつけると、大きな体をすくめて後ずさりしながら詫《わ》びを乞《こ》い、眼に涙をうかべる。

かれが小村に心服していたのは、小村が私欲というものを持たぬことに魅力を感じていたからであった。初め、駐米公使として赴任した小村に従って渡米した折り、かれは、小村の携行した私物の貧弱さに呆《あき》れた。衣類は少く、しかも粗末で、洗面道具をはじめ日常に使う物は安手なものばかりであった。が、小村は不服そうな表情もみせず、浴衣がほころびても気にかける風はない。長年、料理人として庖丁《ほうちょう》を手に流浪《るろう》に似た生活をつづけてきた宇野は、小村が高官でありながら無頓着《むとんじゃく》な生活態度をとっていることに畏敬の念をいだいた。

帰国後、小村に従って官舎に住むようになった宇野は、小村が家庭人として恵まれていないことを知った。小村の妻は、軍艦「千歳《ちとせ》」で帰国した小村を横須賀に子供たちと出迎えたが、ほとんど口もきかず、小村も声をかけない。その夜の食事も妻子とは別で、ただ一人で酒を飲み食事をとっていた。

家では女中が掃除、洗濯をしていたが、主婦の指示がないのでしまりというものがない。小銭や紙幣が思わぬ所に放置されていたり、料理屑《りょうりくず》が処理もされず異臭を放っていた。

小村の同郷人たちの中には、真剣に小村に夫人との離別をすすめる者もいたが、宇野は無理もない、と思った。同郷人は、夫人が来訪者に顔も見せぬのは、政治家の小村にとって不利益になると説いていた。小村は、その申出に、

「心配をかけてすまない」

と、言うだけで口をつぐんでいた。

宇野は、官舎で働くようになってから、町子は悪女ではないと思うようにもなった。女として珍しく高等教育を受けているが、世間的に無知であるにすぎない。官位の昇る小村の立場を考えることもできず、小村のいる宴席に御高祖頭巾《おこそずきん》をかぶって姿をあらわし、人の眼の前で小村に泣いて訴えたりする幼女のような女であった。

宇野が小村の世話に専念するようになったのは、そのような妻をもつ小村に同情したからでもあった。かれが家計をにぎり、雇人に指示して家事をとりしきっても、町

子は反撥《はんぱつ》する気配もみせず、二人の子供とひっそり過していた。

横浜を出帆してから九日目の午後、海は荒れた。

船は前後左右に激しく揺れ、波浪が激突する音がとどろき、絶えずきしみ音をあげる。

船に酔った者が多く、食堂は閑散としていた。随行員の大半も姿をみせなかったが、小村は通路の手すりをつたわって食堂に行くと、こぼれそうになるほど傾くスープを飲み、肉片を口に運んでいた。

翌日、陽が高くのぼった頃、ようやく波がおとろえ、風も弱まった。船は、黒煙を吐きながら進んだ。

随員の外相秘書官本多熊太郎は、腹に巻いた晒《さらし》の中に暗号表を入れていた。かれは、電信主任で、暗号表の管理に任じていた。船内にロシア関係の諜報員《ちょうほういん》が同船しているおそれもあるので、本多は絶えず注意をはらっていた。

明治三年、外務省は、海外に駐在使臣を派遣するようになり、在外公館と本国政府との間で電信による連絡がはじめられた。送受信を受けもっていたのは民間会社で、電文の内容がそのまま社員に知れるので、それを防ぐため外務省独自の暗号を使うようになった。

初めに外務省が正式に暗号表を作成したのは、明治七年五月十四日で、数字の組合わせでイロハ四十八文字と我、君、彼、有、無の五つの漢字をしめす座標方式のものであった。一と一の組合わせ、つまり十一はイ、一と二の十二はロ、十三はハで、八十六が我、八十七が君、八十八が彼、八十九が有、九十一が無であった。

この単純な暗号表に、地名、国名、外交用語等の頻用語《ひんようご》を数字の組み合わせによって加えていったが、それらをくりかえし打電するうちに、電信会社の社員はいつの間にか暗号がなにを意味するか知るようになった。

明治十六年、外務卿《きょう》井上馨《かおる》は、暗号の重要性を痛感し、外務省内に電信符号編纂《へんさん》掛《がかり》をもうけ、権《ごん》少書記官栗野慎一郎を責任者に指名し研究させた。

明治二十八年七月、外相西園寺《さいおんじ》公望《きんもち》は、在外公館から暗号が電信会社の社員に洩《も》れているという通報を受け、

「従来使用ノ和文電信暗号ハ、既ニ久《ひさしき》ニ亘《わた》リ且《か》ツ其《その》符号簡易ニ過ギ機密漏洩《ろうえい》ノ懸念《けねん》モ有レ之《これある》ニ付」

として、暗号の改訂をおこなった。それは、数字二個の組合わせが片仮名又は漢字をあらわすことに変りはないが、イロハ四十八文字の順序をくずし、乱雑なものにし

たのである。

また、京城駐在の内田定槌《うちださだづち》領事は、独自に暗号表を作成して外相に上申した。それは、イがル、ロがム、ハがエを意味する換字表による不規則配列型で、さらに第一、二、三号と三通りの異った表を作り、十日目ごとに暗号を変えるという方式であった。それは、かなりの効果が期待でき、採用された。

その後、国際関係の複雑化にともなって、暗号表の更新がひんぱんにおこなわれ、明治三十年十二月、三十三年九月、三十五年六月と大改正がおこなわれ、その度に旧暗号表は廃棄された。

日露講和会議が開催されれば、当然、小村全権と本国政府との間に機密電報が絶え間なく交されるはずであった。また、小村のもとにヨーロッパ、アメリカをはじめ全世界に張りめぐらされた諜報網からの情報が、在外公使・領事館から打電されてくる。むろん暗号による電報だが、もしもロシア側に解読されれば、交渉は日本側に不利になる。それを避けるため、小村は、出発にあたって講和会議のみに使用される特殊な暗号表を作成し、一通は外務省に置き、一通を本多に携行させていたのである。

日本政府から発信した電報は、東京から長崎をへて上海に達し、そこからデンマーク系の大北電信会社の海底線でフィリピンのマニラに送られる。二年前の明治三十六年、大北電信会社はマニラ、サンフランシスコ間に海底線を敷設《ふせつ》していたので、電報はサンフランシスコから講和会議開催地のワシントンに達する。むろん、それらの民間電信会社にはロシア側の諜報員が入りこんでいる確率が高く、電報の内容をさぐることに全力をあげるにちがいなかった。

日露戦争開始直前、外務省は、暗号のことで苦い経験を味わわされていた。その頃、戦争回避のためロシア政府と執拗《しつよう》な交渉がつづけられていたが、日本の暗号表はすでにロシア政府の手に落ちていて、直接ロシア政府との交渉にあたっていた駐露公使栗野慎一郎と小村外相との間にしきりに交されていた機密電が、すべてロシア側に解読されていたのである。

明治三十七年二月四日、日本政府は御前会議を開き、対露交渉断絶を決議し、翌五日、小村は栗野公使に国交断絶の密電を四分割にして打電させた。

その日は、ロシア皇帝ニコライ二世の命名日にあたっていて、皇帝主催の観劇会が帝室劇場で催されることになり、各国外交官も招待を受けていた。栗野公使は、日露関係が最終段階に達している緊迫した時に、悠長に観劇などする気にはなれなかったが、欠席することによって日本側の意図を気づかれることを恐れ、出席通知を出していた。

定刻がせまったので、かれが馬車を用意させ公使館を出ようとした時、小村から発信された二通の電報をおさめた封筒を受け取った。かれは、即座にロシア政府に手交する最後通牒《つうちょう》の前半であることに気づいたが、封も開かずフロックコートの内ポケットにおさめて馬車に乗った。

劇場におもむいた栗野公使は、観劇し、その後のパーティーにのぞんだ。かれは、場内がざわつき殊《こと》にロシア政府の閣僚が落着かぬ表情をしているのに気づいた。かれは、いぶかしみながら茶を飲んでいると、親しい清国の駐露公使胡維徳が近づいて来て、

「なんだか騒々しいが、重大事件でも起ったのでしょうか」

と、低い声でたずねた。

栗野は、

「私は知りません」

と、答えた。

やがて、各国代表の外交官が一人ずつ皇帝に謁見《えっけん》されることになり、栗野も自分の順番になったのでニコライ二世の前に進み出た。皇帝は、常とは異った様子で慇懃《いんぎん》な言葉で話しかけてきた。一人の謁見時間は五分程度だが、ロシアでの滞在生活の印象

をたずねたりして二十分近くにもおよんだ。異例の長さに、知人のイギリス大使が、謁見を終った栗野の肩をたたくと、

「今夜は、皇帝が大層長く閣下と話をされましたが、なにか特別の御下問でもあったのですか」

と、問うたほどであった。

そのうちに、日露間の折衝に好意的に協力してくれていたフランス駐露代理大使が栗野の前に立つと、

「いよいよ重大事件になりましたね」

と、さりげなく言った。栗野は、

「なんのことですか」

と、反問した。

フランス代理大使は、黙ったままかれの傍からはなれていった。

栗野が深夜十二時に公使館へもどると、最後通牒の電文の後半がとどいていた。かれは、館員を督励して暗号電文を翻訳、英文にまとめた。そして、翌六日午後四時、ロシア外務省を訪れ、外相ラムスドルフに国交断絶の文書を手渡した。

二月十日、日本はロシアに対し宣戦を布告、その日、栗野は公使館員、留学生をし

たがえてペテルスブルグを引揚げ、スウェーデンの首都ストックホルムにおもむいた。かれらの中には、陸軍省の密命をうけてロシアの国内工作と情報蒐集《しゅうしゅう》を積極的におこなっていた駐露公使館付武官明石元二郎陸軍大佐もまじっていた。ストックホルムに落着いた栗野は、観劇会の夜の空気に釈然としないものを感じ、皇帝が親しげに長い間話をしたことにも疑惑をいだいた。閣僚の落着かぬ態度も異常で、かれらは、あたかもその日、小村外相から発した最後通牒の電文の内容をすでに知っているかのように感じられた。

電信符号編纂掛の初代責任者でもあった栗野は、もしかすると暗号がロシア側に解読されているのかも知れぬ、と思った。

かれには、それを裏づける記憶があった。その年の一月初旬、かれは、ロシア皇帝の信任あつい武断派の中心人物であるベゾブラゾフの名前を電文に書くのが面倒なので、一字でわかる暗号にして外務省に発信した。

数日後、栗野がベゾブラゾフに会うと、ベゾブラゾフが、

「私の名前も、遂《つい》に暗号になりましたね」

と、口をすべらせた。

栗野は聞き流したが、その折の記憶が突然よみがえったのである。

さらにその月の下旬、栗野はウイッテに会って懇談した。ウイッテは、ロシア皇帝が武断派の意見をいれて日本との戦争を決意していることに反対していたため、蔵相の職を解かれ、大臣委員会議長という閑職にまわされていた。それだけに、ウイッテは栗野に、日本がロシアとの戦争を回避する方法について有効な進言をしてくれた。

栗野は感謝の言葉を述べ、

「只今《ただいま》のお話を日本の外務省に報告したい」

と、言った。

その言葉を耳にしたウイッテは、ひどく狼狽《ろうばい》し、

「それは困る。私の立場が非常に困難になる」

と、手を振った。

栗野は、ウイッテが皇帝に知られることを恐れていると察し、

「むろん暗号電文で報告しますから、ロシア政府の方々に知られるはずはありません。小村外相個人の心覚えとしてもらうにすぎないのだから、差支えはないでしょう」

と、言った。

ウイッテは、顔色を変え、

「日本公使館と外務省の間で毎日交されている暗号電報の内容が、どこかで盗まれ解

読されていたらどうするのです」

と、言った。

「そんなことがあるはずはありません」

栗野が微笑すると、ウイッテは、

「盗まれているかも知れない」

と、答えた。

このようなベゾブラゾフとウイッテの洩らした不可解な言葉と、観劇会の夜の異様な空気を結びつけた栗野は、明治三十一年に改定され使用されている暗号表がロシア側の手に落ち、機密電報が完全に解読されているにちがいない、と断定した。かれは、ただちに小村外相にその旨《むね》を急報した。

狼狽した外務省では、各在外公館にそれが事実であるかどうかの調査を指令した。日本の公使館、領事館では諜報員を使用するなどして情報蒐集活動をくりひろげていたが、同時にロシア側の諜報活動にもさらされていた。ドイツ駐在公使井上勝之助からは、

「公使館ハ間諜ノ重囲ニアルニ似テ、間諜ハ変装スルナドシテ館内ニ入ル事ニ専念。公使館雇入レノ者ノ中ニモ間諜ガ混リ、電信ヲ打ツ時ノ下書キノインクヲ吸ツタ吸取

紙マデ盗マントシタ者モ《を》居リ……」

と、外務省に報告があったが、それは他の在外公館にも共通したものであった。

まず、井上公使から、暗号表についての情報が小村にもたらされた。それは、明治三十七年十二月二十五日のクリスマスの日、井上が、冬の休暇でベルリンに来ていたロシア駐在イギリス大使館参事官スプリング・ライスと会った折に、ライスから意外な報告をうけた。ライスが語るところによると、ロシア駐在イギリス大使が得た情報によれば、ロシア政府は、在独日本公使館と日本政府との間の往復暗号電報をすべて解読しているらしい、という。イギリスは日本と同盟国なので、そのよしみから井上公使に忠告してくれたのである。

井上は大いに驚いて外務省に報告し、外務省は一週間後の十二月三十一日、

「今後、極秘ヲ要スル電報ハ『第二号』マタハ『仮名符号』ヲ使用スベシ」

と、複雑な暗号の使用を訓電したが、その暗号表も盗まれているとすれば無意味であった。

井上は、徹底的な調査を推しすすめた。その結果、ドイツに多数入りこんでいるロシア高等警察探偵吏が、ドイツ警察の便宜をうけて電信局内に手をまわし、公使館の受発信の電文の写しを取得している形跡があることをつかんだ。が、それらを解読す

るには、日本の暗号表がなければ不可能で、暗号表がロシア側の手に落ちているかどうかは確認できなかった。

その後、暗号についての情報蒐集がつづけられていたが、日本海海戦で連合艦隊が圧倒的勝利をおさめて間もない六月上旬、明石元二郎大佐が有力な情報をつかんだ。

明石は、栗野公使らとロシアを離れた後、ヨーロッパ各地をまわって、ロシア革命推進者と接触し、ロシア国内の革命党員に多量の武器を送りこむ計画を進めるなど強力な工作活動をつづけていた。ロシア高等警察は、かれを危険視して多くの探偵に尾行させていた。それを知ったかれは、常に単独で行動し、探偵の眼をくらますことにつとめていた。

かれは、ロンドンに入った時も場末のクレーベン街のクレーベンという小さな宿屋に投宿した。用心深いかれは、その宿屋に泊ったことを英国駐在日本公使館付武官宇都宮太郎少佐のみにしか連絡しなかった。

投宿して二日目、封書が郵送されてきた。送り主はフランス革命で歴史的な女性活動家として知られるローラン夫人と記され、翌週の木曜日午前十一時にパリのシャンゼリゼー街にある地下鉄の入口で待て、重大なことを告げる、と書かれていた。

明石は、宇都宮以外に教えぬ宿屋に手紙を送ってきた女に薄気味悪さを感じたが、会うことを決意した。

かれは、ロシアの工作員が殺害しようとして待ちかまえているとも予測し、宇都宮少佐に連絡をとり、護衛を依頼した。そして、翌朝、ホテルを変装して出ると船でドーバー海峡を渡り、汽車に乗ってパリに入った。かれの前後には、宇都宮の命令を受けた男たちが短銃をふところにしてかためていた。かれが指定されたパリの地下鉄の入口に立つと、やがて、四十年輩の女が近づいてきて、或《あ》るホテルの名を口にし、そこで待っているようにと低い声で言ってさりげなく去っていった。

明石が護衛員に護《まも》られながらホテルに行くと、一室に女が待っていた。

女は、ロシア探偵の妻で夫と仲たがいし別居しているが、金に困っているので四百ポンド欲しいと言い、それに応じてくれれば重大な密事を教えると申出た。明石は、女の言葉が事実かどうかを疑ったが、女は、それまでの明石の隠密行動を日時、場所とともに詳細に告げ、それがすべて事実で、ロシア側の自分に対する監視が徹底していることをあらためて知り、同時に女が探偵の妻であることも認めた。

明石は女に金をあたえ、今後、逆スパイとして働くことを約束させたが、女はさらに、

「パリの露国高等警察探偵部長マロニロフから何度もきいていますが、日本の暗号表

写しをロシア政府は所持し、電報をすべて解読しています」

と答え、その写しの一部を記した紙片をしめした。

明石がそれを見ると、明治十八年と明治三十一年にそれぞれ改定した暗号表であった。かれが、どこでロシア側は暗号表を盗んだかと問うと、オランダの首都ハーグときいていると答えた。

かれは、女と別れるとただちにパリの日本公使館に行き、本野一郎公使に報告した。本野は驚き、六月二十六日、小村に対して、この情報は未確認ながら驚くほど正確であり、ハーグで暗号表の内容が盗み取られたおそれは多分にある、と発信報告した。

小村は、すでにその年の四月二十八日、それまでの以《い》号、呂《ろ》号の二種類の暗号表に改定を加えていた。その暗号表は、たとえば九九が、以号では「ぬ」、呂号では「国」を意味していたが、数字に一を加えることにし、百を意味する〇〇が「ぬ」「国」をさし示すことにした。さらに、以号は奇数月、呂号は偶数月に使用することを定め、五月一日から実施させていた。

しかし、暗号表が写し取られていたことをつたえる本野公使の報告は、外務省に衝撃をあたえ、小村は、翌二十七日、本野に対してハーグで盗み取られたという根拠はなにかを問う電報を発した。

これに対して本野は、ハーグに置かれた日本公使館におもむいた折の印象を報告した。それによると、暗号表は厳重な金庫内におさめておく規則になっているのに、ハーグの公使館では公使の机の曳出《ひきだ》しに入れられているのを見たという。また、日本公使館の事務補助のため雇っているユダヤ人は、ロシアの同盟国であるフランスの公使館の事務も兼務していて、そのような人物を使用していることは危険だと思ったことも告げた。このような事情で、公使が不在の折に、暗号表を写し取ることは困難ではない、と回答した。

報告を受けた小村は、オランダ駐在公使に説明を求めた。公使から返電が来たのは七月二日で、本野の報告通り暗号表は二重錠の机の曳出しに入れ、鍵《かぎ》は公使自身が携帯していること、雇っているユダヤ人は、前任の公使時代から使用していた者で危険視してはいなかったと回答してきた。それは、小村が公式に講和条約全権委員に任命された前日であった。

そのようなあわただしい空気の中で、小村は、暗号表がオランダの日本公使館からなんらかの方法で盗みとられた公算が大である、と判断した。五月一日に暗号の一部改定と使用月を指令したが、解読専門家の手にかかれば、容易に機密電報の内容を察知されるにちがいなかった。そのため、かれは講和会議のみに使用する新しい暗号表の作成を命じ、随行員の本多にそれを携行し、保管させていたのである。

小村のオランダ駐在日本公使への危惧《きぐ》は、一カ月後に事実であることがあきらかになった。

九月六日、デュランと称するベルギー人がパリの日本公使館を訪れ、本野一郎公使に内密で面会したい、と申し出た。本野が会ってみると、男は、

「日本にとってきわめて重要な秘密書類を持っているが、三万フランで買って欲しい」

と、言った。

本野は、書類の内容もたしかめずに金銭上の約束はできぬと拒否し、男を帰した。男は、その日、手紙で同じ申出をくり返してきたので、本野は書類が機密に属するものなら相談に応ずる旨の返事を書き送った。

翌々日の八日正午、男は書類を入れた鞄《かばん》を手に本野を訪れ、デュランは偽名で本名はアンセルだと打明け、一通のフランス語で書かれた書類を差し出した。

一読した本野の顔から、血の色がひいた。それは、二日前に本野が外務省宛《あて》に発信した暗号電文を解読したものであった。

さらにアンセルは、分厚い書類を鞄から取り出した。日本文字と数字の記された表

で、本野が電信係の公使館員に照合させてみると、明治三十一年以来使用されている正式の暗号表と完全に一致していた。

本野は驚き、アンセルにその入手方法を問うた。アンセルが低い声で説明しはじめた。その内容に、本野は、長い間いだいていた疑惑が事実であったことを知ると同時に、ロシア側の諜報《ちょうほう》活動の巧みさに恐れも感じた。

アンセルは若い頃から暗号電信の解読が巧みで、商業用の秘密電信を解読しては競争会社に売りこんだりしていたが、開戦前、能力を買われてパリの露国高等警察探偵局に雇われた。

かれは、探偵局から日本の外交用暗号表を盗み出すことを命じられ、オランダのハーグにある日本公使館に目をつけた。ハーグの公使館での暗号電文の受発信は、他国に置かれた公使館よりも少く、暗号表の管理方法もそれほど厳しくないだろうと推測したのである。

かれは、公使が独身生活をし、英語以外に会話ができないことを探り出すと、英語の少し話せる美人のロシア人をオランダ人と称し女中として住み込ませた。女は、やがてアンセルに暗号表が公使の机の曳出しに入れられ、施錠《せじょう》されていることを報告した。

アンセルは、女にそれを盗み出させようとしたが、思い直した。盗まれたことを知った日本側は、電文を解読されることを恐れてただちに別の暗号表に変えてしまうはずで、暗号表を盗む意味がない。かれは思案した末、公使に気づかれることなく写し取る方法を実行に移した。

かれは、公使が身につけている鍵と同じものを作るため、女に指示して熔《と》かした封《ふう》蠟《ろう》で鍵穴の型をとり、合鍵を作って女に渡した。女は、その夜、公使が寝室に入って就寝したのをたしかめてから、曳出しをあけて暗号表の一部を取り出し、アンセルが買収した公使館のボーイ頭に渡した。ボーイ頭は館外に出て、近くのホテルの部屋に待つアンセルに渡し、アンセルは一枚ずつ写真に撮り、現物をボーイ頭に渡して机の曳出しにもどさせた。それを毎夜くりかえし、アンセルは五日がかりで全文の写真撮影に成功し、探偵局長に提出した。これによって、外務省関係の機密電報は、開戦前からすでにロシア側にその内容を知られる結果になったのである。

アンセルは多額の報酬を受けることになっていたが、局長は約束以下の金しか出さず、さらに暗号表を手にしたロシア側ではアンセルの手を借りることなく解読作業をおこなっていたので、報酬全額の支払を要求するかれを厄介視し、解雇さえほのめかした。憤《いきどお》ったかれは、金銭を得るため本野公使に密告したのだという。

本野は、館員をスペインに出張させ、ロシア課報組織のおよばぬ地方の電信局から暗号表が確実に盗まれていることを外務省に報告し、暗号表の大改定を要請した。

講和会議用の新暗号表の保管を委任された本多は、随行員の佐藤愛麿《よしまろ》から管理方法についての助言も得ていた。

佐藤は、明治十八年に電信符号編纂掛《へんさんがかり》の専任掛員になった暗号の専門家で、日清戦争の折には電信課長としていちじるしい功績をあげた。

かれは、明治十九年八月に長崎で清国水兵の騒擾《そうじょう》事件が起った時、清国の暗号表を手に入れる機会にめぐまれ、その後大いに活用した経歴の持主であった。その事件は、長崎に入港した清国北洋艦隊「定遠《ていえん》」「鎮遠《ちんえん》」「済遠《さいえん》」「威遠《いえん》」四艦の乗組員が長崎に上陸して娼家《しょうか》に遊び、泥酔《でいすい》して市民に乱暴、それを制止しようとした警察署員と大乱闘になり、警察署員死者二名、負傷者十八名、清国水兵死者五名、負傷者四十余名を出した騒乱であった。この混乱の中で、外務省の電信事務を扱っていた属官の呉大五郎が、清国の暗号表を入手し佐藤に提出したのである。

佐藤は、それを基礎に清国の暗号研究に取りくんだ。暗号に漢字を使用する清国では、たとえば人偏《にんべん》を1、ウ冠《かんむり》を2とするような仕組みになっていて、鋭意研究を進めた結果、日清戦争が勃発《ぼっぱつ》した頃には、清国の機密電報を短時間で全文を解読できるまでになっていた。

その解読が最も効を奏したのは、日清講和会議であった。

清国主席全権李鴻章は下関に来て、日本側全権伊藤博文首相、陸奥宗光外相と春帆楼で講和談判をおこなった。戦勝国である日本側は講和条件を提示し、李は本国政府に暗号電報を打って訓令を受ける。佐藤は、それらの電文写しをすばやく解読し、陸奥に報告することをくりかえした。

李は、すぐれた外交手腕をそなえていて巧みな折衝をつづけたが、その真意を熟知している伊藤と陸奥は強硬な態度をくずさず、終始会議を有利に推しすすめ、李に日本側の要求をすべて受け入れさせ講和条約を締結した。

陸奥は、佐藤の業績を高く評価し、中田敬義秘書官の調査書を添えて戦後の論功行賞をおこなうよう上申した。それは認可され、勲四等旭日小綬章《きょくじつしょうじゅしょう》と年金百八十円が下賜《かし》された。年金があたえられたのは佐藤ただ一人で、電信専門家としてのかれの存在は、省内で際立《きわだ》ったものになっていた。

その佐藤が随行員に加わっていることは、小村にとって心強かった。

随行員たちは、脾弱《ひよわ》な小村の体調を気づかっていたが、小村の食欲は旺盛《おうせい》で相変らず甲板の散策を怠らなかった。

かれは、講和会議の席上、ロシア側に提示する要求条件文の整理を思いついた。御前会議では、絶対的必要条件、比較的必要条件、附加条件に三分されて、九条件が記されているが、項目をさらに分けて折衝する方が賢明だ、と思ったのだ。

かれは、山座、安達、デニソンを招いて意見をただすと、かれらも賛成したので作業にとりかかった。

その結果、

一、ロシアハ、日本ガ韓国ヲ保護下ニオクコトヲ承諾スルコト。

二、ロシア軍ハ、清国領満州カラ撤退シ、満州ノ主権ヲ清国ニ返還スルコト。

三、日本軍ハ、遼東半島ノ租借地以外ノ満州カラ撤退スルコト。

四、日露両国ハ、清国ノ満州ニオケル商工業ノ発展ヲ妨害シナイコト。

五、ロシアハ、樺太及ビソレニ附属スル島ト財産ヲスベテ日本ニ譲渡スルコト。

六、ロシアハ、遼東半島ノ租借権ヲ日本ニ譲与スルコト。

七、ロシアハ、ハルピン、旅順間ノ鉄道ト支線及ビソレニ附属スル炭鉱ヲ日本ニ譲渡スルコト。

八、満州北部ヲ通ルロシアノ鉄道ハ、軍用目的ニ使用シナイコト。
九、ロシアハ、賠償金ヲ日本ニ支払フコト。
十、ウラジオストック軍港ヲ武装解除シ、商港トスルコト。
十一、中立港ニ抑留中ノロシア軍艦ハ、日本ニ引渡スコト。
十二、ロシアハ、極東水域デノ海軍力ヲ制限スルコト。
十三、ロシアハ、オホーツク海、ベーリング海ノロシア領ノ沿岸、湾、港、入江、河川デノ漁業権ヲ日本漁民ニ与ヘルコト。

という十三条にわたる要求書が作成された。

小村は、それを英文、仏文にまとめさせ、山座に保管を託した。

五

航海途中、海が荒れたのは二日だけで、おおむね好天つづきであった。横浜を出帆してから十日後の七月十八日には、海豚《いるか》の群があらわれ、船内はにぎわった。甲板に出た船客たちは、海豚の群に歓声をあげて手をたたいた。随員たちは、背の低い小村をデッキの傍《そば》にみちびき、かれを取りかこむようにして海に眼を向けた。海豚は、つらなって船と平行して進み、海面からおどり上り飛沫《ひまつ》をあげて海中に没する。

小村は随員たちと、夏の強い陽光を浴びて飛ぶ海豚の姿をながめていた。

その日、事務長が特別船室を訪れ、翌日の夜、船がシアトルに到着する予定だと告げた。夜半、汽笛のしきりに吹鳴される音がきこえたが、それは近くを通り過ぎる他の汽船への警笛であった。

翌十九日夜、前方に燈台《とうだい》の灯が見えた。

徐々に船の速度はゆるやかになり、内海に入ったらしく動揺も絶えた。

やがて船が停止し、錨《いかり》のおろされる音がひびいた。佐藤愛麿が、小村の部屋にやってくると、シアトル港外のポート・タウンセンドに仮泊したことを告げた。

その時、砲声のいんいんととどろく音がきこえた。小村全権の安着を祝う砲声で、シアトルの砲台から発射されたのだ。

小村らは、正装して電燈の煌々《こうこう》とともる遊歩甲板に出た。

岸の方向から燈火をつけた舟艇が数艘《そう》走ってくるのが見え、舷側《げんそく》に横づけになるとフロックコートを着た人々が甲板にのぼってきた。「ミネソタ号」の所属する大北汽船会社の社長以下幹部社員、日本居留民総代、市の諸団体代表らで、小村に歓迎の辞を述べた。また、かれらとともに在シアトル日本領事久水三郎が、書記に黒鞄を持たせて乗船してきた。

汽船会社の社長たちが再び艇に乗って引返してゆくのを見送った小村らは、ただちに久水領事と書記を船室に招き入れ、扉に施錠した。小村らが横浜を出発してから十二日間のうちに、どのような情勢の変化があったか知れず、当然、久水のもとにそれらを報《しら》せる電報が寄せられているはずであった。

予想通り、久水は数十通の暗号電報を所持していて、それらを鞄から取り出した。外務省からの電報は講和会議用の暗号表によるもので、高平駐米公使からのものは従来の暗号が使われていた。翌朝の上陸時までにそれらを処理しなければならず、随行員たちは総がかりで暗号の翻訳に取りくんだ。

小村は椅子《いす》に坐《すわ》って翻訳を終えた電報に次々に眼を通してゆく。すべての電報の翻訳が終了したのは、午前三時近くであった。

それらの電報の中には、予想通り重要なものが多くふくまれていた。

まず、講和会議地が、アメリカの首都ワシントンから小村たちも知らぬポーツマスという地方都市に変更されたという高平からの電報があった。

小村は、ロシア側が、なんらかの理由で強引にワシントンを変更させたにちがいない、と憶測したが、それはアメリカ政府の配慮によるものであった。ワシントンは酷暑の時期にあるので、涼しい地をえらぶべきだという意見が起り、ニューポート、マンチェスター等の避暑地が候補にあがったが、いずれも避暑客が多く騒がしいので、結局、閑静で涼しいポーツマスが指定されたのだ、という。早速、山座が地図をひろげ、その地が小村の卒業したハーバード大学のあるボストン北方の海岸にある市であることを知った。

それらの電報の中で、最も注目されたのは、ロシア側全権がムラビヨフから元大蔵大臣セルゲイ・ユリエウィチ・ウイッテに代ったという電文であった。その変更は、ロシア政府からアメリカ政府に公式につたえられたもので、ウイッテは、七月二十五日にフランスのセルブウルから乗船、八月一日にニューヨーク着の予定だという。それをアメリカ政府から報された高平駐米公使は外務省に打電、外務次官珍田捨巳から久水領事気付として小村に電報が寄せられていたのである。

その全権の交代を、小村たちは好ましいものとして受けとった。

小村は、政治家として声価の低いムラビヨフが、全権としてどれほどの権限をロシア皇帝から委託されているか疑問視していた。会議が開始されてから、ムラビヨフが、些細《ささい》なことまで回答をためらいロシア皇帝の指示を仰げば、会議の進行は甚《はなは》だしくさまたげられる。が、かれとは異って、ウイッテはロシア随一の政治力をもつ人物という声が高く、ロシアの全権としての資格は十分だった。ウイッテは、日露開戦前、皇帝を取りかこむ武断派と対立して戦争の不利を説きつづけ、開戦後、かれの予見が的中したことで武断派との溝《みぞ》は一層深まったと言われている。かれは孤立状態におかれ、遂《つい》には皇帝の命令で大蔵大臣の地位も追われた。そうした過去をもつウイッテが全権に任命されたことは、ロシア皇帝が平和論者であるかれの意見を容《い》れ、戦争終結に大きく傾いてきている証拠に思えた。また、ウイッテは、おそらく皇帝に全権としての権限を十分に委託して欲しいと要望し、許可も得ているはずであった。

小村は、全権交代でロシア政府が本格的に講和問題に取りくむ姿勢をしめしたことを察すると同時に、ウイッテと対決することに緊張感もいだいた。小村は、五年前の明治三十三年五月から七カ月足らずの間、ロシア駐在公使の任にあってウイッテ蔵相とも顔を合わせ、殊《こと》に帰任前、ヤルタで清国問題について意見を交したこともあり、ウイッテが鋭い政治感覚をそなえた人物であることを知っていた。

他の電報の中で注目されたのは、ワシントンにいる高平駐米公使から寄せられた電報であった。それは、ルーズベルト大統領の意向をつたえるもので、小村の指示を求めてきていた。ルーズベルトは、高平を招いて一つの提案をおこなった。日露両国全権がニューヨークに集った折に両全権を引合わすため大統領主催の小宴を催す予定になっているが、ロシア側全権は敗戦国の代表という意識から当然神経過敏になっているはずで、その自尊心を傷つけぬように配慮したいという。殊にウイッテはロシア宮廷の屈指の重臣であり、日本側は雅量をしめして、宴席の最上席をウイッテにあたえることに同意して欲しい……と。

高平が、その提案を桂首相兼臨時外相に電報でつたえたところ、小村全権の指示を得るようにと返電してきたが、どのようにルーズベルトに回答したらよいか、至急御指示を得たい、とあった。

小村は、即座に本多電信主任にメモを命じ、

「ウイッテに席次をゆずる理由は、なにも見出《みいだ》せない。席の上下を設けることのないよう配慮して欲しいと大統領につたえよ」

と電文内容を口述し、久水領事に託して高平に返電を命じた。

小村は、ルーズベルトがそのような提案をしたのは、駐米ロシア大使ローゼンがひそかに要請したからにちがいなく、ルーズベルトのこまかい神経を感じはしたが、思わぬ罠《わな》にはまりこむおそれがあるとも思った。

また、外務省珍田次官からは、久水領事気付小村宛《あて》の電報もあった。それは、スウエーデンの首都ストックホルムで明石大佐の補佐役として多数の密偵を使い活潑《かっぱつ》な諜《ちょう》

報《ほう》活動をおこなっている長尾駿郎陸軍中佐からのもので、講和会議にのぞむロシア側の動きがつたえられていた。

秘密探偵ノ報告ニヨレバ　露国講和全権委員ハ　日本ノ条件過度ナルトキハ所謂《いはゆる》国民戦トナリ　戦争ハ継続スルナラン等言ヒ　露国新聞ニモ此《この》説アレドモ　小官ハ露国内ノ険悪ナル情勢カラモ　人民一致シテ戦争ヲ継続スル如《ごと》キコトハ諸種ノ徴候ニ依《よ》リ断ジテナシト信ズ

と、記されていた。ヨーロッパ方面では、ドイツに大井菊太郎中佐、イギリスに宇都宮太郎少佐、オーストリアに山梨《やまなし》半造中佐、フランスに久松定謨少佐らの公使館付武官をはじめ陸軍将校たちが、明石大佐を中心に大諜報網をひろげていた。また、各公使・領事館も、明石機関に協力しながら独自の諜報活動をおこなっていた。

小村は、講和会議が近づいたことによって、それらの機関が一層積極的な情報蒐《しゅう》集《しゅう》に取りくむことを期待した。

翌七月二十日朝、「ミネソタ号」は錨をあげ、ゆるい速度で港内を進んだ。

小村は、随行員たちとともに遊歩甲板に出た。かれの渡米は留学生に選ばれた折と駐米公使に赴任する時の二度で、往路はいずれもハワイのホノルルを経由してサンフランシスコに上陸、復路も同じコースをとったので、直航便の到着地であるシアトルは初めて見る地であった。

小村は、美しい風光を眺めた。町の後方には山がつらなっていて、密生した樹木の濃い緑におおわれている。富士山に似た山があり、なだらかな傾斜地には別荘らしい家が点々と散り、風趣に富んだ内海のふちにもさまざまな色をした屋根が樹林の間からのぞいていた。

港内には大型の帆船や汽船が碇泊《ていはく》し、帆をはらませた漁船らしい小舟が動いてゆく。海面に魚でも群れているのか、鷗《かもめ》が雪片のように舞っていた。

小村たちは、長々と突き出た大桟橋におびただしい人々が並んでいるのを見た。白くみえるのは、帽子と洋服を身につけ日傘を手にしている婦人たちにちがいなかった。汽笛が吹き鳴らされ、「ミネソタ号」が大桟橋に巨体を横づけすると同時に楽隊の演奏がはじまった。

小村たちが船から降りると、市長をはじめ各界代表者が夫人とともに並び、次々に歓迎の辞を述べた。楽隊が先行し、小村たちは二十名ほどの警察官に守られて桟橋を進み、急造の大緑門《アーチ》をくぐった。その時、市内に花火が揚げられ、青空に数十の白煙が浮び出た。

小村一行は馬車に分乗、騎馬警官の先導で市の中心部にむかった。道の両側には市民が押しかけ、建物の窓にも人の顔がかさなり合っている。かれらは、歓声をあげハンカチ、帽子を振った。

案内役の市の吏員が、人口二十万近いシアトル市民のすべてが小村全権一行の上陸を心待ちにし、地方からも汽車に乗って来た者がかなりいると説明した。市ではお祭り騒ぎになることを予想し、電車の運行を一時停止させているとも言った。

楽隊の演奏はつづき、その中を馬車の列は進んでホテル「バッテラー」の前で停った。

小村たちは、周辺に集る市民の歓声を受けながらホテルに入った。ホテルのボーイには日本人が多く、蒸気機関で動くエレベーターを操作する男も日本人であった。

小村は、シアトル市民の歓迎ぶりを意外に思った。駐米公使として赴任し一年余をすごした頃には、アメリカ人の日本人に対する態度はほとんど無関心と言ってよく、人種的な軽侮の念がひそんでいることも感じていた。そのようなアメリカ人に接してきたかれには、シアトル市民の態度が奇異なものに感じられた。

金子堅太郎からは、アメリカ国内の対日感情の好転をはかる工作がいちじるしい成果をあげていることがつたえられ、高平駐米公使からもそれを裏づける報告がもたらされていた。が、たとえ金子の献身的な努力があっても、首都ワシントンやニューヨークから遠くはなれた西海岸のシアトル市にまでその効果がおよんでいるとも思えなかった。

小村は、随行員たちと広い休憩室に入ると、久水領事を傍の椅子に招き、市民の歓迎の原因について問うた。

久水は、淀《よど》みない口調で分析した。開戦時には、あきらかに市民の感情はロシア側に傾いていた。それはアメリカの対スペイン戦争でアメリカ側に加担したロシアへの感謝と、経済界がロシアとかなり密接な関係をもっていることによるものだ、という。しかし、戦局が進行するにつれて、にわかに日本への好意的な関心がたかまった。それは、極東の小国が世界屈指の軍事大国に連戦連勝することに対する驚異によるもので、さらに日本海海戦の世界戦史に前例をみない大勝で最高潮に達し、領事館にも勝利を祝す市民代表の訪れが相ついだという。

有識者たちの中には、皇帝専制のロシアの政治形態に強い嫌悪《けんお》をいだく者が多く、開国間もない日本が早くも立憲議会政治を推しすすめていることを賞讃《しょうさん》し、それらの声も市民に反映して強い親日感情を作り上げているという。また、市とその周辺に住みつく一万二千名にも達する日本人移民が、誠実勤勉で温和であるという評価を得ていて、それらが綜合《そうごう》され、小村全権一行の歓迎になって現われたのだ、と答えた。

小村は、アメリカの対日感情の好転が講和会議を推しすすめる上で好もしい結果を生むと考え、シアトル市民の態度に幸先《さいさき》よいものを感じた。

ホテルを訪れてきた市長は、昼食会または晩餐会《ばんさんかい》の開催を考えたが、旅で疲労しているにちがいないので差しひかえたと述べ、要望があれば遠慮なく申しつけて欲しい、と言って辞した。小村は、市長宛に市民の温い応待に心から感謝している旨《むね》を記したメッセージを送った。

その夜、小村たちは大北鉄道会社の汽車でニューヨークに向う予定になっていた。すでに久水領事は、外務省と高平公使宛に小村全権一行のシアトル安着を報じ、高平からは折返しニューヨーク駅で一行を出迎えるという返電もきていた。また、大北鉄道会社からは、大統領命令で汽車に特別貸切車輛《しゃりょう》を連結するという申出もあった。

夕食後、小憩した小村たちは、市長差廻しの自動車に分乗して駅に向った。ホテルの前には在留邦人や市民が集っていてハンカチや帽子をふり、シアトル駅前にも人々がむらがっていた。駅には改札口もプラットフォームもなく、一行は、警察官たちの先導で線路を越え、停車している列車の指定された客車に乗った。

貸切車輛は最後部に二輛連結されていて、一輛は豪華な客車で他は寝台車であった。客車にはテーブルとビロードにおおわれた椅子、ソファーが据えられ、便所、洗面所が附属している。日本の汽車とは異って広軌なので、車内は広かった。天井、壁には装飾がほどこされ、床には厚い絨緞《じゅうたん》が敷きつめられていた。

機関車に取りつけられた鐘が鳴ると、汽車は動き出した。窓外には、人々の振るハンカチや帽子が蝶《ちょう》の群のようにゆれていた。

車輛には二人の給仕がついていて、一人は寝台の用意をし、他は茶やアルコール類の接待につとめていた。

午後九時、小村たちは寝台車に入った。小村は、所持品の中から宇野弥太郎の用意してくれた浴衣《ゆかた》を着た。ベッドはダブルで、小柄なかれはその端に身を入れ枕《まくら》の近くの壁にともる豆電燈《まめでんとう》を消し、眼を閉じた。

翌朝、ベッドをはなれた小村たちが洗面し鬚《ひげ》を剃《そ》っている間に、給仕たちは寝台を整理して客席に変えた。食事は食堂車に行かねばならなかったが、特別に給仕たちが運んでくれ、一同そろって食事をとった。大北鉄道会社の食事は質がよくないと言われていたが、食物はすべて吟味されていた。

沿線の風景は、単調で殺風景だった。樹木もない荒野がつづき、稀《まれ》に粗末な人家がみえ、その附近に馬や牛の草をはむ姿が眼に映るだけであった。小村らは雑談したり、午睡をとったりしていた。

気温は高かったが、空気が乾燥しているのでしのぎやすい。車の最後部の屋根に後向きの換気窓がひらいていて、空気は程よく流れこみ、煤煙《ばいえん》は入ってこない。窓は二重ガラスになっていた。

翌日の午後、汽車は山林地帯に入り、涼気が増した。汽車は急行で、稀にしか駅に停らない。駅と言っても駅舎はなく、近くに小さな食堂などが数軒建っているだけであった。

その日の午後、小駅に停車した時、随行の本多が窓の外を指さした。線路ぎわに五人の粗末なズボンとシャツを着た男が寄りかたまって立っていた。かれらは、日の丸の描かれている布をつけた太い枝を立てて、こちらに視線を向けている。顔は日焼けして赤黒く、体格の逞《たくま》しい男たちで、足は土埃《つちぼこり》に汚れていた。

小村が立つと、二、三の者がつづいた。かれは、後部扉を押して展望台に出た。男たちが身を寄せながら近づいてくると、小村たちを見上げて何度も頭をさげた。布は古び、日の丸は少しゆがんでいた。

「お前たちは?」

小村が、声をかけた。

かれらは口ごもっていたが、旗を持った背の高い男が、

「私たちは、白人に雇われております樵夫《きこり》で、駅から八里はなれた森林で働いております。大臣様御一行が通過する話を耳にし、旗をかついで夜じゅう歩き、この駅でお待ちしていました」

と、途切れがちの声で言って頭をさげた。他の者も、それにならった。

「旗を作ったのか」

小村は、言った。

「はい、ありあわせの布に染料をつけ、立樹《たちき》の枝をはらって竿《さお》にしました」

男は、枝をにぎって答えた。

小村は、かれらを見つめ、

「よく来てくれた。みなも達者で仲良く働いてくれ」

と、静かな口調で言った。

かれらは深く頭をさげてお辞儀をしたが、顔をあげたかれらの頰には一様に涙が流れていた。肩幅の広い大柄な男は、体をふるわせて嗚咽《おえつ》している。

機関車の鐘が鳴り、汽車が動き出した。

男たちは、小村にむかって再び姿勢をただすと頭をさげた。小村たちは、遠ざかるかれらを見つめていた。小村の眼には光るものが湧《わ》き、随行員たちはしきりに眼をしばたたいていた。

客席にもどったかれらは、黙しがちだった。小村は、久水領事からきいた話を思い起していた。昨年八月、貧しそうな日本人労働者が領事館を訪れてきた。久水は、帰国の船賃でも乞《こ》いに来たのかと思ったが、労働者は、ポケットから二十ドル金貨一枚を出し、僅《わず》かであるが祖国に寄附したいので送って欲しいと言った。男は、二十里以上もはなれた地で鉄道工夫に雇われているが、金貨をとどけるために歩いてきたのだ、という。

小村は、線路ぎわに立っていた五人の男の姿に、遠くアメリカに移民としてやってきているかれらが、祖国のことを心から気遣っていることを強く感じた。

汽車はダコタ州からミネソタ州に入った。晴天つづきで、夜には月がのぼった。

七月二十四日夕刻、汽車はセントポールに着き、車輌交換のため三時間停車し、シカゴに向った。さらにシカゴで二十世紀急行に乗りかえたが、アメリカで最も贅沢《ぜいたく》な汽車と言われているだけに速度も時速七〇マイルで、寝台の設備も豪華であった。

小村は、熟睡した。

翌二十五日午前九時二十五分、汽車がニューヨーク市対岸の駅に到着した。そこには、高平駐米公使、公使館付海軍武官竹下勇中佐、埴原正直三等書記官、ニューヨーク総領事内田定槌《さだづち》らが出迎えに出ていた。

かれらは渡し船でハドソン河を渡り、ニューヨーク市内に入った。三十二階の摩天楼ビルをはじめ高層建築が並び、市内には電車、自動車、馬車、自転車等が騒音をあげて往《ゆ》き交い、人々はせわしなく歩いていた。

小村たちは、高平らとともに自動車に乗り、ウォルドルフ・アストリア（Waldorf-Astoria）ホテルに入った。小村は、案内された部屋で高平からその後の情勢について聴き、ほとんど変化がないことを知って安堵《あんど》した。

小村たちの到着と同時に、十五階建のホテルの前面に日本国旗がかかげられ、続々と各国の新聞記者が集ってきた。その中には、東京から自費できていた「ロンドン・タイムス」のデニスモンド記者もいて、記者会見を申入れてきた。

小村は、新聞記者を近づけることを避け、殊《こと》に外相に就任してからはその傾向が強く新聞記者嫌いと言われていた。かれは、新聞の果す力が大きいことを知っていたが、国の外交機密がもれることを極度に恐れて記者と接することをしなかった。それは、かれに限らず他の大臣にも共通していた。

かれが外相就任後四年近くの間に新聞記者を集めて会見したのは、日本海海戦の直後のただ一度だけであった。記者たちは、外電でしきりにつたえられる講和についての発表だと色めき立ったが、小村は、休戦、講和説を全面的に否定し、正確な報道によって政府に協力して欲しい、と要望したにとどまった。かれが外相として日をすごしている間、外務省の記者に対する発表は、豪放で繊細な神経をもつ山座円次郎政務局長があたっていた。かれは、報道されても支障がないと判断した事実のみを、記者たちにもらす。そのため記者たちは、かれに親しみをいだいてかれを追ったが、山座は、逆に記者たちに外交工作を有利に進めさせるような記事を書かせるようなこともした。

小村は、デニスモンド記者らの会見申込みに対して、佐藤愛麿に記者の質問を受けることを命じた。記者たちは、直接自分と会見することを望んでいるのだろうが、会議前に意見を述べることは好ましくない。かれらは、会議の予想、対露要求条件について質問を浴びせかけてくるにちがいなく、慎重に答えた言葉を歪曲《わいきょく》して活字にされた場合、会議に重大な悪影響をおよぼすおそれが多分にある、と思った。

かれは自分も山座も一切口をつぐみ、慎重でしかも英語の巧みな佐藤を新聞記者応接掛にえらんだのである。小村は、佐藤に対して記者に声明文を読み上げ、質問にはあくまでも抽象的な言葉で応じるよう指示した。

佐藤は指示にしたがって声明文を書き上げ、小村の点検をへてロビーに降り、記者たちの前で読み上げた。そして、記者たちの質問には言葉少く応じ、償金問題についても、わが国は多くの犠牲をはらっているので要求するのは常識であると思う、と答えただけであった。

記者たちは、小村との会見を強く求めたが、佐藤は、国際礼儀上、会議前に意見を述べることは差控えたいという小村の考え方をつたえ、諒解《りょうかい》して欲しいと述べた。

記者たちは、散った。

小村は、翌朝の新聞をひろげ、自分たちの存在がアメリカ人の大きな関心事になっていることを知った。各紙とも第一面に日本全権一行の到着を写真入りで大きく掲載し、驚いたことには前日の昼食と夕食の献立まで紹介し、小村が小さな体であるのに食欲が旺盛《おうせい》であるとも記されていた。また、各紙とも小村が二十一歳の折に文部省の第一回留学生としてアメリカの土を踏み、三年間ハーバード大学の法律学科に学び、卒業後、ニューヨークの弁護士事務所で訴訟の実務を修得したことを紹介していた。むろん駐米公使であったことも記され、小村がアメリカと密接な関係をもつ外相であり、あたかもアメリカの生んだ外交官であるかのような親しげな筆致であった。

小村は、一刻も早く金子堅太郎に会いたかった。金子は、ニューヨーク市のマンハッタン地区五番街三十丁目のホテル「ホランド・ハウス」の四階に阪井、鈴木両随行員とともに事務所を設け、ルーズベルトと密接に連絡をとり合っていた。開戦時からアメリカに滞在しているかれは、豊富な情報を持っているはずで、その意見を十分に聴きたかった。

小村は、前日、ホテルに入るとすぐに金子のもとに電話をかけ面談を求めた。が、金子はアメリカ商工業市場の視察という名目で滞米し、講和促進の特命をおびた密使であることは極秘とされているので、隠密に行動したい、と言い、その日の夜、ひそかに小村のホテルを訪れることを約束した。

日が没すると、市街にはイルミネーションが光り、広告燈も点滅しはじめた。街路には電車、自動車が、ライトをともして騒音をあげながら往き交っていた。

小村たちが夕食をすませ広い特別客室で休息をとっていると、金子がドアをノックして入ってきた。

小村は立って金子の手を握り、天皇、元老、閣僚が金子の労苦と功績に感謝と賞讃《しようさん》を寄せていることをつたえ、向い合って坐《すわ》った。

二人は、熱っぽい口調で意見を交し、随行員たちは緊張した表情で耳をかたむけた。

金子が、まずロシア軍と対峙《たいじ》している日本陸軍の現状と将来の作戦計画を問うた。小村は、民間人の中には戦争継続を強くとなえる声が高いが、軍部は今後、勝利を得る望みは少く早期終戦を主張し、それに天皇、元老、閣僚も同調していることをつたえた。むろん、今後、新しい作戦行動を起す計画はない、と説明した。

また、金子が日本政府の外交方針について質問すると、小村は、講和成立にすべての期待を寄せている旨《むね》を詳細につたえ、たずさえてきた御前会議で決定された講和条件文をしめした。金子は、自分が極秘電報で外務省に送ったエール大学の二教授の作成した意見書が参考にされていることを知った。

「妥当な条件だと思う」

金子は、言った。

小村は、金子の顔を見つめると、

「御前会議では、第一から第三までの絶対的必要条件が通れば講和条約をむすぶべし、と決定した。比較的必要条件、附加条件については私の権限にまかされ、あくまでも講和を成立させて帰国せよという内命を政府から受けている。しかし、私は、どうしても樺太の割譲と賠償金を得ることを貫くつもりだ」

と、言った。

小村の口にした御前会議の決定に、金子は呆《あき》れたように小村を見つめた。

「絶対的必要条件が通ればよいという御前会議の決定は、余りにも弱腰すぎる。その三項目を通すだけでよいなら、まちがいなく講和は成立する。君が樺太と償金問題を主張することについては、私も大賛成だ。それに加えて、ロシア領沿岸の漁業権の獲得についても努力をして欲しい」

と、金子は言った。

「承知した。その三条件を主張する。それをロシア側が受諾しない場合、会議は決裂するだろうが、その時は、ひとまずポーツマスからニューヨークに引揚げ、裏面からルーズベルトに調停工作を依頼し、条約締結をはかるつもりでいる。これは、私が考えぬいた秘策だ。近日中に私を大統領に会わせて欲しい。その会見の席で、私は思い切ってこの講和条件の全文の写しを渡し、日本政府が大統領に対し、少しもかくしだてすることなく信頼していることを言明したいと思う」

「それは、私も賛成だ。大統領は感激し、日本のために一層尽力してくれると思う」

金子は答え、ルーズベルトと小村を会談させる機会を近日中に作る、と約束した。熱をおびた意見の交換を終え、金子は、

「私の任務もこれで終った。以後は、君の仕事だ。私は欧州をまわって帰国する」

と、解放感にひたった表情で言った。

「それは困る。君は、講和会議の終了するまでアメリカにとどまるように、という政府の内命を得て来ている。日本の要求をロシア側が拒んで談判が決裂するおそれは十分にあるし、その折には、君がルーズベルトと連携をとって私を支援してくれなければ困るのだ」

小村は、一語ずつ区切るように言った。

金子は口をつぐんで煙草《たばこ》をすっていたが、

「ルーズベルトが果して連携を保ってくれるかどうか。かれの意見もただして欲しい」

と答え、部屋を辞していった。

翌日、阪井徳太郎が、明二十八日、ルーズベルトが避暑しているオイスター湾(Oyster Bay)にある別荘に行くようにという金子の書簡を持って、小村のもとを訪れてきた。大統領は、小村と高平を午餐《ごさん》に招きたいという。小村は、諒承した旨を阪井に口頭でつたえた。

翌朝、小村は、高平とホテルを自動車で出発し、ニューヨーク駅から汽車でオイスター湾駅に行き、車で大統領の別荘におもむいた。別荘は、森林にかこまれオイスター湾を望む美しい環境の地にあったが、建物は大統領の別荘とも思えぬ貧弱なものであった。それは、ルーズベルトがニューヨーク市長時代に建てた木造、石造りの混合建物で、一階は書斎、客間、接客室、食堂、二階は夫人の居間、書斎、寝室になっていた。

ルーズベルトは、小村を歓迎して夫人と娘夫婦を紹介し、接客室の椅子《いす》をすすめた。かれは、小村と同じハーバード大学の出身であるので、学校のことをはじめ公使館付海軍武官竹下中佐と柔道の稽古《けいこ》をしたことなどを話題にした。

小村は、ルーズベルトの講和斡旋《あっせん》の努力に謝意を述べ、講和会議についての意見を求めた。

ルーズベルトは表情を曇らせると、

「講和会議が開かれても、条約締結にまで至るかどうか予測はできない。理由は、ロシア皇帝と政府が曖昧《あいまい》な態度に終始しているからだ。かれらには、平和の到来を求める真剣さが少しもみられない。その点について、私は、やがてニューヨークにつくロシア全権ウイッテと会見した際に、戦争終結は日本に利益をもたらすが、それ以上にロシアに多くの利益をあたえるだろうと強調するつもりだ。もしも講和が成らず戦争が継続されれば、日本軍はシベリア東部を占領し、ロシアの東洋における立場は完全に失われるので、償金支払い等かなりの犠牲をはらっても日本の要求をのむことが賢明だと忠告したい」

と、言った。

さらに、ルーズベルトは語調をあらためると、

「僭越《せんえつ》ながら日本側の講和会議に対する態度について、意見を述べさせていただきたい。もしも講和会議が決裂すれば、少くとも戦争は一年継続されるだろう。むろん日本は、優勢に戦いを推しすすめるとは思うが、平和の到来はきわめて困難になる。それを避けるために日本側全権は隠忍自重し、寛容な態度でのぞんでいただきたい。苛《か》酷《こく》な要求をロシア側に突きつければ国際的な反撥《はんぱつ》も買い、少くともアメリカ、イギリス両国の日本に対する同情を失うことになる。それを私は恐れている」

と、淀《よど》みない口調で言い、「一般に憶測されている説だが……」と前置きして、日本がロシアに対して要求すると予想されている講和条件について意見を述べた。

「日本の要求の中には、ウラジオストック軍港の武装解除があると言われている。しかしそれは、ハルピン、旅順間の鉄道を日本が領有すればウラジオへの連絡路が断たれるので、必要はないはずだ。また、日本が沿海州沿岸のロシア領の割譲を求める説

があるが、それは苛酷すぎる条件で、ロシア側は受け入れないと思う。日本海海戦の結果、中立港に抑留されているロシア艦の引渡しを要求するという説も流れている。これについても、それらの艦の中で使用可能のものはわずか一隻《せき》にすぎない。日本海軍は、海戦でロシア艦を捕獲したので開戦前より艦隊勢力は増し、そのような抑留艦など無用であると思う。償金の要求額については諸説あるが、この問題は、会議を決裂させる焦点になるかも知れない。この件については慎重に扱うべきだ」

と、述べた。

小村は、ルーズベルトがエール大学教授の試案による日本の講和条件を中心に十分研究していることに驚きながら黙ってきいていたが、ルーズベルトの顔を見つめると、

「閣下の御高見は、わが政府の見るところとほとんど一致する。われわれは、穏和の精神で対露要求条件を決定した。ここで私は、勇気をふるって閣下にお見せしたいものがある。講和会議以前にだれにも見せるべきものではない条件文であるが、特に閣下にはきわめて内密に高覧に供する」

と述べ、船中で十三個条に整理した英文の講和条件書の写しを手渡した。

ルーズベルトは、金ぶちの眼鏡を光らせて緊張した表情で条件書に視線を据えた。

やがて、かれは読み終ると、

「非常に穏当な条件だ。全文を見せていただいたことをまことに光栄に思う」

と言って、顔に安堵《あんど》の色をうかべた。

小村は、

「ロシア領土の割譲については、樺太以外に要求するつもりはない」

と、かさねて言った。

「それは非常に好ましいことだ」

ルーズベルトは、おだやかな眼をして言った。

小村は、さらに言葉をつぎ、

「ウラジオストックの武装解除とロシアの極東海軍力の制限は、ロシアの今後の侵攻を防止するためのもので、私は、そのいずれか一方が実現できれば満足する。また中立港で抑留されたロシア艦艇の引渡し要求は、他の条件が容《い》れられれば放棄する。償金の要求は、わが国がこれまで犠牲にした経費と人命を思えば、要求するのもやむを得ないと確信している」

と、言った。

ルーズベルトはしきりにうなずいていたが、小村が口を閉すと、

「償金問題については、ロシア側を刺戟《しげき》させぬため金額は最後に示した方が賢明だと

思う」

と、助言した。

重要問題の意見交換は終り、小村は、金子堅太郎をこのままアメリカにとどまらせるべきだという日本政府の内命をつたえると、ルーズベルトは、

「もちろん、かれには滞米していてもらわなければ困る。金子男爵《だんしゃく》と私は絶えず連携をたもち、講和会議の円滑な進行を支援したい」

と、約束した。

昼食の準備がととのい、小村と高平はルーズベルトにみちびかれて食堂に入った。部屋は狭く、家具、食器などすべて粗末なもので、有色人種に対する差別に強く反対するルーズベルトらしく、雇人はすべて黒人であった。

食卓に夫人、娘夫婦もついたが、ナフキンはなく、飲み物と言えば水だけで、食事もきわめて簡素なものであった。別荘に出発する前、ルーズベルトと個人的に親交のある竹下海軍中佐から、生活が質素であることをあらかじめきいてはいたが想像以上で、小村はルーズベルトの人柄に好意をいだいた。

ホテルにもどった小村は、すぐに電話をかけて金子にホテルへ来てもらうと、ルーズベルトも金子の滞米を希望し、金子と連絡をとり合って小村を支援する約束をした

ことをつたえた。

金子は、予想していたらしく承諾した。

その結果、会議の進行中、小村は金子と絶えず連絡をとり、金子は大統領と打ち合わせをしてそれを小村に返電することになった。むろん、それらは暗号使用によるものであった。

「電信符号のことだが、万全を期して講和会議用に新しい符号表を用意してきた。それは、本国政府との間で使用するが、君と私との間にも特殊な暗号を使いたい。ポーツマスに出発するまでに作成して手渡す」

小村は、言った。さらにかれは、

「欧州派遣の諜報《ちょうほう》機関からの通報によると、欧州ではロシア側がアメリカの暗号解読に成功しているらしいとのことだ。ほとんど確実な筋からの情報なので、大統領との連絡は電報によらず、電話または人を派して口頭または書面によって連絡をとって欲しい」

と、念を押した。

金子は、諒承《りょうしょう》した。

また小村と金子との電報の交換についても、両者間で連絡をとり合っていることをさとられぬため、金子の姓名を使わず、すべてニューヨーク総領事内田定槌の氏名を用い、受信または発信する場所も領事館とすることに定めた。

小村は、桂首相兼臨時外相宛《あて》に大統領にしめした十三個条にわたる講和条件の内容を、新暗号で打電させた。


その夜、小村らはメトロポリタンクラブで夕食をとった。食事をしているアメリカ人たちは親しげな眼を向け、クラブを出る時には日本の勝利を祝う言葉を丁重に述べる者もいた。

小村のもとには、ロシア全権ウイッテ一行の動きが詳細につたえられてきていた。一行は七月十九日、ロシアの首都ペテルスブルグを発し、パリでフランス首相ルヴィエルと会見した。

新聞にはウイッテがルヴィエルに外債の引受けを要請したことが報道され、ロシアがその金を日本への賠償金にあてるのだろうと憶測した記事もあったが、事実は戦後の財政整理にあてる目的であることがあきらかになった。また、その席でルヴィエル首相が、講和会議で日本側が相当の償金を要求した場合には、フランスは助力を惜しまない、と言い、これに対して、ウイッテは、

「わが皇帝陛下は、講和を望むが決してロシアの体面を傷つけてはならぬ、いかなる場合でも、一ルーブルの償金、ひとにぎりの領土も日本に譲渡してはならぬと厳命された。私は心からの平和論者であるが、私も皇帝陛下の御意見と全く同じである」

と、表明したことも報道されていた。

それを駐仏公使からの電報で知った小村は、ウイッテの駆引きであると思うと同時に、交渉が難航をきわめるにちがいないとも予測した。

ルーズベルトもその情報を得たらしく、その日に金子から小村のもとに電話がかかってきた。ルーズベルトは、オイスター湾の別荘で小村がしめした十三個条の対露要求について熟考した結果を金子に電話連絡してきたという。ルーズベルトは、

「ウラジオストックの武装解除を要求する第十条は、ロシアの国威を傷つけ、おそらく応ずることはないので初めから削った方が賢明だと思う。また、償金という英語にindemnity という語が使われているが、罰金という意味をふくんでいるので必要以上にロシア側を刺戟するかも知れない。払戻すという意味をもつ reimbursement にあらためた方がいい」

と、言ったという。

金子は、

「君の権限にぞくすることだから口出しはしない。ただ、かれがそのように電話をしてきたことだけをつたえる」

と言って、電話を切った。

小村は、ルーズベルトが真剣に講和会議について研究し、細心の配慮をしていることをあらためて感じた。第十条のウラジオストック軍港を武装解除して商港とし、日本領事を常駐させる要求は、たしかにルーズベルトの言うようにロシアの国威を傷つけ、会議を決裂にみちびくおそれがある。第十二条の極東に於《お》ける海軍力の制限だけでも十分目的はかなえられるし、思い切って第十条を削除することにした。また、償金の表現もルーズベルトの助言通りに改めた。

小村が、その旨《むね》を金子に電話でつたえると、折返し金子から電話があって、大統領はひどく満足していると告げた。

小村は、ウイッテより先にニューヨークに来てルーズベルトと意志を通じ合わせることができたのは幸いだったと思った。その仲介をしてくれる金子の存在が力強かった。

翌日の新聞には、アメリカ陸軍長官タフト、大統領令嬢、上下両院議員数十名が、清国、フィリピンを歴訪の途中、七月二十五日に日本を訪れ、熱意と誠意のこもった大歓迎をうけていることが大々的に報じられていた。二十六日には、天皇がタフトら三十七名を午餐《ごさん》に招き、各皇族、伊藤ら各元老、桂首相をはじめ各大臣たちも列席し、天皇はタフトに懇篤《こんとく》な勅語を賜わった。タフト一行は、国賓として特に芝離宮を宿舎として提供され、沿道には市民が列をなして歓迎の意をしめしたという。

小村は、講和会議前にそのようなアメリカ世論に好影響をあたえる新聞報道がされたことを幸運に思った。

八月一日夜、小村ら一行はニューヨーク在住の日本人会の招待で日本倶楽部《クラブ》におもむき、晩餐を共にした。小村らがニューヨークに到着して以来、晴天つづきで暑熱が激しく、宴会場には扇風機が音を立ててまわっていた。すでに桂首相兼外相からは、日本陸軍が樺太の完全占領を終えたという電報が入電していた。

翌二日午前十一時、ウイッテ全権一行の乗船した「カイザー号」がニューヨークに到着した。出迎え人の中には日本側の情報員もまじっていて、詳細な報告を小村のもとにもたらした。

ロシア側の構成は、全権ウイッテの補佐役として副全権にカシニーに代って駐米大使に任ぜられていたローゼン、随行員にペテルスブルグ大学の教授兼外務省顧問のマルテンス、駐韓総領事プランソン、駐清公使ポコチロフ、外務省書記官ナボコフ、コロストヴェッツ、大蔵省局長シポフ、駐英大使館付陸軍武官エルモロフ少将、陸軍省次席委員サモノロフ陸軍大佐であった。

殊《こと》に注目をひいたのは、講和会議の取材にあたる多くの通信員を同行してきていることであった。ロシア通として知られるイギリス人著述家のワルラス、英紙「デーリー・ニュース」の名記者ジロン、「ニューヨーク・ヘラルド」のマックケロフ、その他フランス、ロシア、イタリアの著名な新聞の記者たちがカメラマンとともに乗船していた。

「カイザー号」が碇泊《ていはく》すると、数隻の舟艇でアメリカの記者団が乗りこんだ。かれらがウイッテに会見を申し込むと、ウイッテはすぐに随行員とともに姿をあらわした。

ウイッテは、にこやかな表情で、

「私は英語を話すことができないので、随員のマルテンス君から私に代ってアメリカ国民への挨拶《あいさつ》を送りたい」

と言って、マルテンスをうながした。

マルテンスは、航海中ウイッテが起草し、ジロンが英文に直した声明文を取り出して読み上げた。それは、歴史的にみてロシアとアメリカは常に友好状態にあり、今後もその絆《きずな》は一層強化されるはずで、それ故《ゆえ》にロシア皇帝は、アメリカのすぐれた指導者ルーズベルト大統領のすすめを快諾し、私を派遣したという内容であった。

この声明文につづいて、ウイッテはマルテンスの通訳で、

「私は、伝統的にロシアの友人であるアメリカに来たことに、無上の喜びを感じている。また、有益な、そして偉大なアメリカの新聞界に心からなる敬意をいだいている」

と述べ、記者たちの拍手を浴びた。

随行員は、記事作成に便利なようにあらかじめ作成しておいた声明文と、ウイッテの挨拶の写しを記者たちに配った。さらに、アメリカの記者たちとの初会見を祝してシャンペンがぬかれ、記念にロシア煙草《たばこ》が配られた。

ウイッテたちは下船し、桟橋に集ってきていた人々と握手をくりかえし、警官の護衛のもとにニューヨーク市の中央公園近くにあるセント・レジス・ホテルに入った。

翌朝、各紙は一斉にウイッテ一行の到着を報じた。アメリカ、ロシアの親善関係が強調され、ウイッテがニューヨーク市民と握手している写真ものせられていた。

ウイッテの全権任命は突然のことで多忙をきわめたが、かれは、任命されて以来、全神経を集中して講和会議にのぞむ態度を考えつづけた。その結果、五つの方針を自らに課すことを定めた。

第一　ロシア皇帝が自分を全権としてアメリカに派遣したのは、欧米各国の強いすすめに応じただけのことで、ロシアが講和を望んでいるという態度は決してみせぬこと。

第二　対日戦争は、ロシアの僻地《へきち》でおこなわれている小戦争で、その勝敗はロシアにとってほとんど重要ではないという態度をとり、日本側全権を威圧すること。

第三　アメリカでは新聞の力がきわめて強大であるので、記者たちに愛想よく接すること。

第四　民主的なアメリカ人の人気を得るため、終始、尊大ぶることなく気さくな態度をくずさぬこと。

第五　アメリカ国内で殊に新聞業界に大きな勢力をもつユダヤ人の反感を招かぬよう留意すること。

特に第三の方針を重視し、「カイザー号」に、ロシアに好意的な記事を書く新聞記者を無料で同船させて優遇し、信頼するジロン記者を新聞操縦の参謀主任に任じた。ジロンの父は英人、母はアイルランド人で、かれはロシア人を妻としていた。かれは、かなり以前からロシアに住みハルコフ大学の講師をするかたわら、イギリスの「デーリー・テレグラフ」のロシア駐在通信員として健筆をふるっていた。

ウイッテは、ジロンの進言にしたがって駐米大使ローゼンに電報を打ち、ニューヨーク到着時に多数の記者が集る手筈《てはず》をととのえるよう依頼した。ローゼンは各新聞社に手配し、ウイッテは新聞記者に声明文を発表し挨拶を送ったのである。

翌日午前十時に、ウイッテは自動車でホテルを発し、ウォール街の取引所を見学した。記者団もそれを追い、取引所員は拍手して歓迎の意をしめし、かれは二階の廻廊《かいろう》から手をあげてこたえた。

取引所を出たかれは、エレベーターで三十五階建のタマニー・ビルディングの最上階に昇り、市街を見下した。ついで移民区におもむき、小公園で車をとめさせ、遊んでいる幼児を抱き上げ頰にキッスをした。移民区の者たちは大半がユダヤ人で、かれらはウイッテのまわりに集って拍手し、ウイッテはかれらと親しげに握手した。

むろんそのような行動は、かれが庶民的な政治家でユダヤ人にも好意をもつことを印象づけさせようとしたもので、従ってきていた記者たちはメモに筆を走らせ、カメラマンたちはにこやかに笑うかれにレンズを向けた。

その間に、ウイッテは、随員コロストヴェッツに命じて、米国通信協会長ストーンを表敬訪問させていた。コロストヴェッツが、アメリカの同情をロシアに向けて欲しいと要望すると、ストーンは、

「アメリカでは、たとえ大統領でも世論を尊重せずには何事もできない。ロシア全権は、アメリカの世論を味方にすることが絶対に必要である。それには事実のみを記者に語るべきである。従来、ロシアはアメリカの新聞社を買収して世論作りにつとめてきたが、記事を金で買えると思ってはいけない。賄賂《わいろ》は、なんの効果もない」

と、たしなめた。

ホテルにもどったコロストヴェッツの報告を受けたウイッテは、ストーンに感謝の書簡を送り、忠告に従うことを約束した。

そうした動きは、日本側情報員によって小村につたえられた。金子からも電話があって、

「ロシアは、新聞操縦が巧みだから十分に注意することが必要だ」

と、忠告してきた。

小村は金子の助言を謝したが、ウイッテに対抗する手段をとることはしなかった。かれは、あくまでも全権としての立場上、新聞操縦などという方法は避け、誠実な態度をとりつづけることが好結果をもたらすと信じていた。かれは、駐米公使時代の経験で、アメリカでの新聞の力が大きいことも知っていたし、社交が重要であることも認めていた。が、ウイッテのように意識的な動きはむしろ有識者の反感を招くにちが

いない、と思っていた。社交については、年齢をかさねるにつれて億劫《おっくう》になっていた。身長が一メートル五十センチにもみたぬ自分の体に注がれる外国人の視線に、煩《わずら》わしさも感じていたのだ。

翌四日、小村は、ウイッテが副全権ローゼンとともにルーズベルトの別荘に午餐に招かれたことを知った。

かれは、ウイッテとルーズベルトの間でどのような会話が交されたかに重大な関心をいだいた。ウイッテは、ルーズベルトに講和に対する基本的な姿勢を述べたはずで、それを知れば、会議を進める上で参考になる。小村は、金子に電話をかけると、

「ウイッテがルーズベルトにどのようなことを言ったか、知りたい。ルーズベルトに会って話の内容をきき、私につたえて欲しい」

と、要請した。

「私も知りたいと思っていた。近々のうちに面会し、会談の模様をきいて君に報《しら》せる」

金子は、約束した。

その日、電信主任本多熊太郎が、小村と金子の間で使用する特殊な暗号表を作成し、金子の随員阪井徳太郎をホテルに招いてひそかに手渡した。

昼食後、アメリカ国務次官パースが、小村を訪れてきた。パースは、大統領命令で日露両国全権一行の応接掛に任ぜられたと述べ、明八月五日、大統領が両国全権一行を引合わすことに決定したと告げ、細目について説明した。

まず、大統領の日露両国全権一行に対する謁見地《えっけんち》は、オイスター湾の海上で、大統領は快走艦「メイフラワー」に坐乗《ざじょう》して待つ、と言った。謁見順序はアメリカに先着した日本国全権委員からはじまり、日本国全権委員はアメリカ巡洋艦「タコマ」でオイスター湾に行き「メイフラワー」で謁見を受け、ついでロシア国全権委員が巡洋艦「チャタヌーガ」で「メイフラワー」におもむく。

謁見が終った後、大統領が両国全権委員を紹介し、日本国全権委員は軍艦「ドルフィン」で、ロシア国全権委員は「メイフラワー」でそれぞれ会議地のポーツマス市に向い、七日午前十時到着の予定だという。

パース次官は、両国全権委員の応待は周到な配慮のもとに定められたものであると述べた。ロシア側全権は、敗戦国の代表者扱いされることを恐れていて、儀礼、式典に無頓着《むとんじゃく》な大統領が日本側を常に優位に立たせるのではないか、と危惧《きぐ》している。ウイッテ側からはパースに、ロシアはアメリカに大使を駐在させているのに日本は公使を置く国にすぎないのだから、当然ロシア側に上席をあたえるべきだ、という要請もあった。が、パースは、すべての点で平等にすると回答した。また、船酔いの癖があるウイッテが、オイスター湾からポーツマスまで汽車で六時間ほどであるのに、二十時間余も費して海路を行くことには反対だと主張したが、その申出も拒否したという。

　小村は、パース次官の労を謝し、明朝九時に国務省差廻しの馬車に乗ってホテルを出発することを約束した。パースは、小村からなにも要求がなかったことに安堵《あんど》して去った。

　すでにポーツマスにおもむく旅装はととのっていたが、最後の点検をし、小村は桂臨時外相宛《あて》にパース次官からしめされた明日以後の日程を打電して、会議地への出発を報告した。

　小村らが会議地へ向うことを知ったニューヨークの日本人会は、小村たちをバンケット・ホテル（Banquet Hotel）の晩餐会に招待した。小村は、その席で、

「和戦いずれに決するも、われわれは正義をもってこれに応ずる十分の準備をととのえている」

と、簡潔な挨拶をし、来会者の拍手を浴びた。

　宴会場の窓からは、イルミネーションに彩《いろど》られたニューヨークの夜景がひろがっていた。

六

翌八月五日、予定より三十分早い午前八時三十分に、小村全権一行は、馬車に分乗してウォルドルフ・アストリア・ホテルを出発した。

馬車の列は街路を進み、東二十三番街（East 23rd street）はずれのニューヨーク・ヨットクラブの桟橋についた。桟橋には国務省事務官が待ち受け、新聞記者やカメラマンに取りかこまれた。在留邦人をはじめニューヨーク市民もむらがっていて、小村たちが小蒸汽艇に乗って桟橋をはなれると、歓声をあげ、ハンカチをふった。

小蒸汽艇は、数分後、イースト・リバーに投錨《とうびょう》していた巡洋艦「タコマ」の舷側《げんそく》についた。小村らが舷梯《げんてい》をのぼると、マストに日本の旭日旗《きょくじつき》が揚り、十九発の礼砲が発射された。舷梯の上には艦長をはじめ士官たちが出迎え、後甲板には水兵が整列して敬礼した。

「タコマ」は、政府のヨット「スィルフ」の先導でイースト・リバーをくだった。行き交う船の船員、乗客たちや両岸に立つ人々が、手やハンカチを振る。艦は河口を出ると、サンズ・ポイントをまわって東へ進み、正午少し過ぎにオイスター湾に入った。

湖のように波も立たぬ湾内には、大統領専用の巡洋艦「メイフラワー」が碇泊し、それをかこむように数百艘《そう》の小舟やヨットが浮んでいた。それらは記念すべき情景を眼にしようとする人々を乗せた舟の群で、婦人も多く、白いパラソルがどの舟にも花のように開いていた。空は青く、水面に真夏の陽光が輝いていた。

やがて樹林にふちどられた岸から、舟艇が航跡をひいて疾走してくると「メイフラワー」に向い、艇が舷側につくと「メイフラワー」の大檣《たいしょう》に大統領旗が掲揚された。「メイフラワー」から信号が発せられ、零時三十五分、日本全権委員は「タコマ」から小艇に移った。艇が舷側をはなれると、「タコマ」から礼砲が連続して発射され、砲声はオイスター湾の丘にいんいんと木魂《こだま》し、硝煙が海上に流れた。

その折の情景について、地元紙「ウォールド」は、左のように報じた。

「礼砲の砲声一発、ついで二発、三発、四発となる頃には、その珍客一行をのせた汽艇は、硝煙の中から姿を現わし、『メイフラワー』に向って驀進《ばくしん》した。

小舟に乗った幾百、幾千の観客たちは、一斉に立ち上って艇を凝視した。艇の上にいる賓客（全権委員）いずれも小男、いずれも黄色、軍装の二名以外はいずれも黒のフロックコート、白のチョッキ、高いシルクハットをつけ、顔にはいずれも生真面目《きまじめ》な表情がうかび、だれ一人として微笑する者もいない。

しかし、万雷の歓呼は左右に起り、祝福の汽笛が前後に鳴りひびき、小作りの小村男爵《だんしゃく》とやや頑丈な体をした高平公使は、軽く帽子をあげ、丁重に会釈《えしゃく》した。程なく艇は、『メイフラワー』の舷側についた。随行委員は全員起立し、艇尾にいる小村男爵のために道を開けた。男爵は、軍艦の昇降に慣れぬらしく、ちょっとつまずき、背を丸めて舷梯に足をかけた。舷梯を二段あがった所に下甲板に通じる入口があり、男爵は、それを正しいコースとまちがえて下甲板入口に進み、高平公使もその後に従った。

舷梯の上に立っていた兵曹《へいそう》と白服を着た清国人給仕が、ここはちがいますと言って、舷梯の上方を指さしたので、男爵は初めてコースを誤ったことに気づき、落着いた顔に微笑をうかべながら再び舷梯にもどり、ゆっくりと階段をのぼった。

舷梯の上に立った男爵は、帽子をあげ、出迎えの艦長ウィンスローと品よく握手し、水兵が整列している間を過ぎ、士官たちの敬礼にこたえながら進んだ。男爵と高平公使にしたがっているのは、佐藤愛麿《よしまろ》、山座円次郎、安達峯一郎、陸軍大佐立花小一郎、落合謙太郎、海軍中佐竹下勇、本多熊太郎、埴原正直、法律顧問ヘンリー・W・デニソンの諸氏である。

この時、奏楽起り、同時に接待官パース国務次官が全権を迎え、大統領のいる貴賓室に案内した」

一行を待受けていたルーズベルトは、歩み寄って小村の手を握りながら、

「Here is my friend and comrade」

と言い、ついで高平公使と握手して、

「Well, I am glad to see you again, Mr. Takahira」

と、気さくに挨拶《あいさつ》した。高平は、ルーズベルトに随員を紹介し、ルーズベルトは一人ずつ握手した。

小村は、大統領の講和斡旋《あっせん》に対する天皇の謝意をつたえ、ルーズベルトは、感謝の言葉を述べ、正式な天皇に対する答辞は小村が帰国するまでに作成し託したい、と答えた。

ルーズベルトは表情をあらためると、

「少し話したいことがある」

と、小村と高平を隣室に誘った。

かれは、小村たちと対坐すると、前日、ウイッテと会談した折のことについて口を開き、

「ウイッテの態度は予想以上に強硬で、日本側が不当な要求を持ち出した場合には、

会議を決裂させて帰国すると言っていた。私は、世界平和のためそのようなことは回避して欲しいと強く勧告しておいた。私は、会議を日本に有利に進めるよう金子男爵と十分に連絡をとり助力を惜しまない」

と、低い声で言った。

その時、礼砲がとどろき観客の歓声もきこえてきて、ロシア国全権一行が艇で「メイフラワー」に到着した気配が感じられた。小村は、

「ウイッテとの会談の内容をさらに詳しくおききしたいが、金子堅太郎を訪問させるからかれにつたえていただきたい」

と口早やに言い、都合を問うた。

ルーズベルトは、

「来週は木曜、金曜の両日以外は別荘にいるから、それらの日なら喜んで面会する」

と言い、あわただしく貴賓室へ出て行った。その部屋にいた佐藤ら随員は、小村と高平のいる部屋へ入ってきてドアを閉ざした。

やがて、ウイッテ一行が貴賓室に入ったらしく、しきりに随員の紹介や挨拶がおこなわれている声がきこえた。

小村たちは、無言で椅子《いす》に坐《すわ》っていた。

ルーズベルトの、

「これから日本国全権委員をお引合わせしたい」

という声がし、かれがドアを開いた。

小村らは立つと、随員たちと連れ立って貴賓室に入っていった。部屋には、ウイッテをはじめ全権委員とパース次官、ウィンスロー艦長らが立っていた。ルーズベルトは、にこやかな微笑を浮かべながら両国の全権、副全権を紹介し、小村はウイッテ、ローゼンと握手を交し、両国随員も互いに握手し合った。

それが終ると、ルーズベルトは一同を豪華な食堂に案内した。大きな円型の食卓には、上席、下席の区別を作ることを避けるため周囲に椅子が一脚もおかれていなかった。随員たちは、そのまわりをかこんだ。

部屋の隅に三脚の椅子があり、ルーズベルトはその中央の椅子に坐り、小村とウイッテに左右の椅子をすすめた。

シャンペンがぬかれ、ルーズベルトは立つと、

「一言、御挨拶を述べさせていただきたい。ただし、答辞は必要ない。光栄にも両国全権閣下一行をお迎えし、アメリカ国民を代表して深く感謝申し上げ、両大国の御繁栄を心からお祈りする。ここに永遠の平和条約が、両国間ですみやかに締結されるこ

とを切望する。これは、両大国のみならず全世界の文明、人類のために必要であり、私は全人類に代って切望する次第である」

と述べ、一同無言で乾杯した。答辞を不要と断わったのは、答辞の順序で感情の対立が起ることをおそれたためで、日本とロシアの国名をあげず両大国としたのも、同じ配慮からであった。

ルーズベルトは部屋の隅の椅子にもどると、小村には英語で、ウイッテにはロシア語でさりげない会話をした。随員たちも、互いに相手国の随員たちと天候のことなどを口にし合ったが、口数は少く白けた空気がひろがった。

ウイッテと小村の体格は、余りにも対照的であった。ウイッテは、六尺（一・八二メートル弱）をはるかに越えた巨体で、ウイッテ、ルーズベルトと並んで坐った小村は、大人の中にまじる子供のようにみえた。

しかし、ウイッテは落着きを失っていて、眼にひるんだ光が絶えず浮び出ていた。かれは、ロシア帝国の代表者として尊大な態度をとろうとつとめているようだったが、敗戦国の代表者である卑屈感が自然に表情にあらわれ、それは他の随員たちにも共通していた。

それに対して、小村は部屋の重苦しい空気も気にならぬらしく、平然としていた。

ルーズベルトの質問にも適切な言葉で答え、表情になんの感情も現われていない。随員の竹下中佐は、その折の小村の態度について、「露国一行ハ（小村男爵ニ）大ニ畏敬《いけい》ノ念ヲ生ジタル如《ごと》ク見ヘタリ」と日記に記し、ロシア側の主席随員コロストヴェッツもその日誌に、「日本側の態度は謙虚で、分別と節度があり、立派であった」と述べている。

食事が終ると、大統領は両国全権一行を甲板上に誘った。そこには大統領付の写真師が待っていて、大統領が中央に立ち、左に小村、高平、右にウイッテ、ローゼンが並んで記念撮影をした。

それによって両国全権を引合わす行事は終り、ルーズベルトは、各委員の健康を祈る別れの挨拶をした。

やがて、アメリカ国歌の演奏が艦上に流れ、湾内碇泊《ていはく》の各艦と沿岸砲台から礼砲がとどろいた。

ルーズベルトは汽艇に移り、岸に向った。両国全権と随行員は、脱帽して艇を見送った。

ロシア国全権一行はそのまま「メイフラワー」にとどまり、日本国全権一行は巡洋艦「ドルフィン」に移乗し、それぞれ会議地のポーツマス市におもむく手筈《てはず》になっていた。

日本国歌が演奏され、礼砲がとどろく中を小村ら一行は下船し、汽艇で「ドルフィン」に移った。と同時に、「メイフラワー」のマストにロシア国旗、「ドルフィン」に日本国旗がかかげられた。

暑熱は激しく、小村たちは、船室に入るとフロックコートとシルクハットを脱ぎ、軽い夏服に着換えた。

午後五時、「メイフラワー」、「ドルフィン」はそれぞれ抜錨、後方に護衛艦「ガルベストン」を従えてオイスター湾を出発した。三隻《せき》の軍艦は、単縦陣を形成、湾口を出るとアメリカ大陸とロングアイランド間の海上を東に針路をとった。小村たちは甲板に出て涼をとったが、「メイフラワー」の甲板上でもロシア委員たちのくつろぐ姿がみえた。

日が没し、夜空に星が散った。

艦はゆるやかに進んだが、二時間ほどたつと霧が湧《わ》いてきて、やがて海上は濃霧にとざされた。各艦は警笛を吹鳴しながら進んだが、やがて航行は危険になったので停止し、投錨した。

夜が明け、艦は霧の中を徐航した。波のうねりも出てきて、予定よりかなり遅れて正午近くにようやくニューポート沖に達した。

「メイフラワー」から連絡があり、船酔いしたウイッテが下船を希望し、ニューポートから汽車でポーツマスに先行するとつたえてきた。同艦から舟艇がおろされ、ニューポート港内に入ってゆくのが認められた。

小村は、舟艇を見送りながら、大統領が「メイフラワー」で洩《も》らしたウイッテとの会談内容を詳細に知りたい、と思った。大統領は木、金の両日以外なら在邸し金子の面会に応ずると言っていたが、それを金子に至急つたえる必要があった。そかれは、本多を招くとニューヨーク領事館気付で金子宛《あて》にその旨《むね》を発信させた。それは小村と金子の間で交された特殊暗号を使用した特電第一号で、「米国軍艦ドルフイン号ヨリ　小村。ニューヨーク領事館金子男爵宛」とされた。……その電報は、翌六日午後一時三十分、領事館員から暗号文のまま金子に手渡された。

三隻の軍艦は、夕刻、ニューポート港に入港、碇泊し、翌七日午前七時三十分、錨《いかり》を揚げて濃霧の中をロードアイランドの海上を進んだ。波のうねりは高く、艦の動揺はつづいた。暑熱がうすらぎ、艦が進むにつれて涼気が増してきていた。

日没後、左方にコッド岬燈台《みさきとうだい》の灯を認め、針路を西北方に変じた。海上は霧にとざされ、各艦は警笛を鳴らしながらボストン沖を過ぎた。

夜が明けた頃、ようやく霧がはれ、水平線に陸岸が見えてきた。島々は緑におおわれ、艦は内湾に入り、河口に錨を投げた。時刻は午前十時で、予定よりも一日おくれて到着したのである。

小村たちは、ニューハンプシャー州の大西洋に面するポーツマス市について、一応の予備知識をもっていた。一六二三年、ヨーロッパからの清教徒の一団を乗せた船が暴風雨で破壊され、ボートに乗り移ったかれらは、海上を漂ってくる苺《いちご》の匂《にお》いにひかれてポーツマスの海岸に上陸した。そして、その地をストロベリー・バンクと名付け、村を形成した。その後、大西洋との交通の要地として商船の出入りがひんぱんになり、さらに豊富な良材を利用して帆船の建造もさかんになった。

一七九八年、海軍省が創設され、政府は、インディアン語で「魚が一杯」という意味のピスカタカー川の河口にある小島を買収、さらに近くの小島を購入して海軍工《こう》廠《しょう》を建設し、両島に浮橋を架けて連結させた。米西戦争が起きると工廠は活況を呈し、艦艇の建造、修理に追われ、それにともなって施設の充実がはかられた。その折に、島の中央に八十六号ビルディングが倉庫兼設計場として新設されたが、その建物が日露講和会議場に指定されていたのである。

市の人口は一万足らずであったが、軍港としての発展とともに各種企業が起り、市街も整備された。ニューヨーク市の北約四百キロの風光明媚《めいび》な森林を背にした海岸の都市であるので、いつの間にか夏になると避暑客が訪れるようになった。その収容施設として市の代表的企業家が、ウェントワース・バイ・ザ・シー、ロッキンガムの二つの豪奢《ごうしゃ》なホテルを建設して避暑客を宿泊させ、また郊外にはニューヨーク、ボストンの富豪たちの別荘も次々に建てられた。

他の避暑地とは異って夏期も閑静で、しかも会議場のある海軍工廠では十分な警備態勢をとることもできるので、ポーツマスが会議地として最適と判断されたのである。

各艦が投錨《とうびょう》して間もなく、岸から舟艇が走ってきて「メイフラワー」に接舷《せつげん》した。前夜、ボストンをへて汽車でポーツマス市についていたウイッテと書記の乗った艇であった。

やがて汽艇が海軍工廠の入江から姿をあらわし、「メイフラワー」の舷側についた。そこには工廠長ミード少将が乗っていて、まずウイッテに歓迎の辞を述べ、ついで「ドルフィン」にやってくると小村に同様の挨拶をした。

その頃、両艦の周囲にはヨットや小舟が集り、正装した男女が艦を見つめていた。ウイッテは、甲板上からそれらの人々に手をあげ、人々はハンカチや帽子を振った。

ミード少将らが艇で去ると、正午に二隻の工廠の汽艇が到着、日露両国全権委員はそれぞれの艇に乗った。と同時に、十九発の礼砲がとどろき、艇は疾走して工廠の桟橋についた。そこには、礼装したミード少将、パース次官、その他海軍士官らが出迎えていた。

再び礼砲が発射され、ミード少将の先導で日本国全権委員一行についでロシア国全権一行が構内を進み、会議場に指定された第八十六号ビルディングに入った。それは、煉瓦《れんが》作りの大きな三階建の建物で、かれらは階段をのぼって三階に行き、左手の広間に案内された。そこが会議場で、両側に部屋があり、それぞれ日本国全権室、露国全権室と書かれた木札がかかげられていた。

会議場は広く、清潔だった。床にはペルシャ絨緞《じゅうたん》が敷きつめられ、その上に、緑色の羅紗《らしゃ》を張った長方形の大きなテーブルが据えられ、周囲に革張りの廻転椅子が並んでいた。テーブルには各種の文房具がのせられ、部屋の隅には扇風機が置かれていた。

パース次官が、会議室に附属した施設について説明した。全権室と並んで随員の控室が附属し、二階に食堂と電話・電信室が設けてあると言った。また、専用の馬車、自動車が用意してあるので自由に使って欲しい、ともつけ加えた。

パースは、一同を二階の美麗な食堂に案内した。そこには立食用の料理が並べられていて、ニューハンプシャー州知事マクレーン、市会議員、工廠員たちが、夫人や令嬢とともに待っていて午餐《ごさん》を共にした。

ついで、ポーツマス市裁判所内でもよおされる州知事主催の歓迎会にのぞむことになり、建物の外に出た。玄関に自動車が二台用意されていて、第一の自動車にロシア全権、第二の自動車に日本全権が乗り、他の随員たちは二頭立ての馬車に分乗した。

自動車と馬車の列は工廠の構内を進み、正門を出ると島と市街をむすぶ橋を渡り、市内に入った。道の両側には緑につつまれた二階建の木造住宅が並び、町並には清教徒のひらいた地らしい閑雅なたたずまいがあった。

沿道には所々に海軍の警備兵が直立不動の姿勢で立ち、正装した市民が手やハンカチを振る。窓からも多くの人の顔がみえ、小村と高平はシルクハットをとって会釈《えしやく》し、ウイッテとローゼンは敗戦国の代表であることを意識してか、かたい表情をして車に揺られていた。

裁判所前には、おびただしい人々がむらがり、警備兵が整列していた。自動車と馬車の列がとまると、市民の間から歓声が起った。市民は、ポーツマスが講和会議地に選ばれたことを無上の光栄とし、市初まって以来の歴史的な出来事だと考えていたのである。

奏楽が流れる中を下車した全権たちは、先行していたマクレーン州知事や市会議長らに出迎えられた。群衆はしきりに拍手を送り、写真師たちは、競い合うようにその情景を撮影した。

知事の案内で建物に入った両国全権に、知事は、

「私は、これから両国全権によって熱心に討議される歴史的講和会議が、ポーツマス条約として実を結び、両国民の繁栄と世界人類の幸福をもたらすことを期待する」

と、挨拶《あいさつ》した。

ついで、知事所属の写真師によって記念撮影がおこなわれ、両国全権と随員は再び自動車と馬車に分乗した。

車の列は、市民の歓声を浴びながら市中を巡回し、やがて郊外への道に入った。両側に森林がつづき、道はゆるやかに曲りくねっていて、林の中には別荘らしい家がみられる。

しばらくすると道が大きく曲り、左方に湖のような海がひろがった。海岸は緑にふちどられていて、そこに白い大きな四階建の建物がみえた。所々に塔のような突起もみえ、忽然《こつぜん》とあらわれた美麗な城のようにみえた。

市の随員が、両国全権の宿泊するウェントワース・バイ・ザ・シー（Wentworth-By-The-Sea）ホテルだ、と言った。小村は、富裕な避暑客のために建てられたホテ

ルだときいていたが、地方都市には不釣合いな壮麗さに眼をみはった。先行する自動車に乗るウイッテとローゼンも、その方向に眼を向けていた。

ホテルが、樹林の間を見えかくれしながら近づいてきた。道は、海岸に沿うて大きく弧をえがいて伸び、やがて車の列はホテルの正面玄関の車寄せについた。

風光は見事であった。前面には内海がひかえ、緑濃い島々が点々とみえる。ホテルの周囲は芝生と花園で、背後には樹林がひろがっていた。

玄関の近くには、正装した避暑客が集っていて、全権一行が下車すると一斉に拍手した。そこにも銃を手にした警備兵が整列していた。日がわずかに傾きはじめていた。

ホテルは、本館を中央に、左右に別館が建ち、二階の長い廊下で結ばれていた。迎えに出た支配人の案内で、蒸気機関式エレベーターで二階にあがり、小村たち一行は左翼の別館に、ウイッテたち一行は右翼の別館にみちびかれた。

小村の案内された部屋は一〇〇八号室で、貴賓用であったが天井は低かった。すでに先行してホテルで待っていたニューヨーク総領事内田定槌《さだづち》の話によると、アメリカをはじめ各国の新聞特派員と講和会議見物のために各地から押しかけた避暑客で、ホテルは超満員になり、日露両国全権委員一行の部屋も人数だけの数しかとれず、事務室も用意されていないという。特別室は三室のみで、そこに小村、高平、外交顧問デニソンが入り、他の随員たちはベッドの置かれただけの部屋が割当てられた。

夕食の仕度が出来たという報《しら》せに、小村は高平らとともに本館へ通じる廊下を渡り、大食堂に行った。内田総領事の言葉通りホテルは満室らしく、食卓は人々でふさがり、わずかに奥の両隅に大きな食卓があいているだけであった。

小村らは、給仕頭の案内で左隅の食卓につくと、すぐにウイッテらが姿を現わし、右隅の食卓をかこんだ。食堂の客たちは食事をしながら、興味深げに小村やウイッテらに視線を向けていた。

小村が食事を終え、コーヒーを飲んでいると、給仕が、

「ローゼン大使閣下からです」

と言って、一枚の紙片を差し出した。

開いてみると、「お差支えなければ、明朝、非公式に会見いたしたい」という英文の文字がつらなっていた。小村は高平にそれを見せ、随員から紙片を受け取ると、

「承知した。時間の御都合は?」と英文で書いて、テーブル付の給仕にローゼンへ手渡すよう命じた。

すぐにローゼンから紙片がとどけられた。そこには、「午前十時ではいかが?」と記され、小村は承諾の旨を答えた。それによって、予備会議の日時が決定した。

部屋にもどった小村は、その決定を外務省と金子宛に打電させ、さらに高平らと予備会議にのぞむ打合わせをおこなった。

その間、会議開催に対する準備がすすめられていたが、最大の問題は、会議の進行につれて量が増すと予想される暗号電報の受発信であった。責任者は電信主任の本多熊太郎で、駐米公使館員として受発信に熟達していた埴原正直書記官が補佐することになり、さらに二名の書記生が配置された。

本多は、アメリカ政府の指示でホテル内の左右別館にコンマーシャル・ケーブル会社と他の電信会社の出張事務所が仮設されていることを知り、コンマーシャル・ケーブル会社を東京と金子堅太郎との間の通電に、他の会社をヨーロッパとアメリカとの通電に使用することを定めた。

早くも両社を通じて数十通の暗号電報がとどいていたが、本多の部屋には机もなく翻訳作業も容易ではない。かれは、電信用の事務所を設けることから手をつけた。

かれは、埴原の部屋に自分のベッドを運ばせ、自室を事務所に使用することにした。そして、ホテルの支配人を呼び、長さ二メートル、幅一メートル程度のテーブルを貸して欲しいと頼んだ。が、支配人は、ホテルに予備はなく、粗末なテーブルでよければすぐに大工に作らせる、と答え、午後八時すぎに新たに作った机を運びこんでくれた。また、本多は支配人に頼んで耐火性の頑丈な小金庫も借り、事務室に据えた。

さらに、二つの電信会社の出張社員を招き、両会社の電信室と本多らが常駐する事務室との間に電線を通し、「コムラ ポーツマス」という宛名の電報が電信室に入電と同時に、すぐにスウィッチを押し、事務室のベルが鳴るようにすることを申し渡した。また、本多が発信する電文の作成を終えた折には、本多の方からスウィッチを押し電信室のベルが鳴るようにし、すぐに社員が電文を受けとりにくるよう指示した。

また本多は、会議が開始された後、入電してくる各種の機密電報の内容を即座に会議場にいる小村につたえる方法についても検討し、佐藤愛麿の意見を仰いだ。その結果、受信した電報の内容をホテルから電話で会議場の日本全権室につたえ、機密を要するものは自動車で電文を運ぶことにし、小村が本国その他に発信する折も、電話、自動車を使用することに定めた。

夜九時頃、小村の部屋に、突然、金子堅太郎の随員阪井徳太郎が姿をあらわした。

前日、金子は、小村からの要請にもとづいて、ルーズベルト大統領をオイスター湾の別荘に訪れ、四日にロシア全権ウイッテ、副全権ローゼンと会談した内容について問うた。その回答を金子は文書にし、阪井に託してひそかにニューヨークを出発させ、阪井は、夕刻、ポーツマス市に入ったが、人目を避けて夜になってから小村を訪れてきたのである。

小村は、文書に視線を据えた。几帳面《きちょうめん》な金子の文字が並んでいた。

金子はルーズベルトに会うと、

「ウイッテは談判の決裂もやむを得ないと考えているのか、それとも講和を心から望んでいたか」

と問うた。

ルーズベルトは暗い表情をして、

「思わしくない返事だった」

と言っただけで口をつぐんでしまった。

金子が、

「どのように思わしくないのか」

と問うと、ルーズベルトは詳細に会談の内容を口にした。

ルーズベルトがウイッテに対して、

「これ以上戦争をつづけることは絶対に避けなければいけない。あくまで講和を成立させるという意気込みで会議にのぞんでいただきたい」

と言うと、ウイッテは、

「戦争を三、四年継続しても、ロシアには兵力、財力ともに十分にある。兵力は大増強されているし、外債もドイツ、フランスが引受けてくれることになっている」

と、素気なく答えた。

「戦争を継続することは、ロシアのためにも益にならない。日本は、樺太の割譲と償金の支払いを要求するだろうが、それは当然のことで、その両要求を受けいれて会議を成立させるべきだ」

ルーズベルトは、勧告した。

ウイッテは頭をふると、

「わが皇帝陛下は、一握りの領土も一ルーブルの償金も日本に与えてはならぬ、と私に厳命された。私もその命令を妥当と考え、従うつもりでいる」

と、言った。

ルーズベルトは、ウイッテの答えに失望したが、ウイッテの駆引きかも知れぬ、とも思った。

ルーズベルトは、会談内容を金子につたえた後、小村への伝言として、

「会談は決裂するおそれがあるが、その折にはただちに自分に通報して欲しい。私は、ドイツ皇帝を通じて、ロシア皇帝を翻意させるよう働きかける用意がある」

と、言ったという。

小村は、予想していた通りの会談内容だと思ったが、ウイッテがルーズベルトにしめした強硬な意見は決して駆引きではなく、かれの本意かも知れぬ、とも感じた。

小村は午後十時すぎには就寝したが、他の随員は、会議にそなえて深夜までベッドに入ることができなかった。殊《こと》に、事務室の本多ら四名は、食堂に行くこともせずサンドウィッチを食べながら、着電する暗号電報の翻訳につとめ、作業を終えたのは夜明け近くであった。

ポーツマス市をめぐる一般情報の蒐集《しゅうしゅう》は、随員の山座円次郎が担当していた。日本側の情報員は市内に散って蒐集活動をつづけていたが、ニューポートで「メイフラワー」から下船し、ボストンをへて汽車でポーツマス市に入ったウイッテの行動も、尾行して探っていた。

ウイッテは、ニューポートで州知事を訪問、その夜、ボストンで一泊し、翌朝、ボストン大学で教授たちと会食した。かれは、至る所で市民と交歓の場を持ち、ポーツマス駅に着いた時には、汽車の機関車に近づいて機関手と火夫に酒代をあたえ握手した。それを同行の記者が取材したが、新聞にはかれが汽車の乗務員すべてに握手を求め、機関手に接吻《せっぷん》までした、と報道されていた。その記事は、ポーツマス市民にウイッテの庶民性を印象づけ、かれの評判はたかまっていた。

また、ポーツマス市に集って来ている各国新聞特派員は約百七十名で、大半が市内のロッキンガム・ホテルに部屋をとり、その中に西川ヤスヒロ、油谷ジロー、川上キヨシ、藤岡シロー、橋口ジヘー、中村カジュ、福富某《なにがし》というアメリカ在住の日本人記者の名もみえることも、情報員から山座に報告されていた。


翌朝、海上に淡い霧がかかっていたが、やがてはれ、真夏の陽光がホテルをつつんだ。七月二十五日に小村らがニューヨークについて以来二週間が経過したが、二十九、三十の両日曇りであっただけで、快晴の日がつづいていた。陽ざしは熱かったが空気が乾燥しているので、日陰に入ると涼しい。ホテルをかこむ樹林には、小鳥の囀《さえず》りがしきりであった。

その日の朝刊には、日露両国全権の到着とその後の動きが大々的に報じられていたが、随員本多熊太郎が、ホテルの電信会社の電信室と事務室の間に電線を通じさせ、ベルで連絡する方法をとったことも記事になっていた。「Japanese Organization（日本人の組織力）」という大きな見出しで、ロシア全権側にはそのような配慮がみられず、このことを見ても日露両国人の組織力の差は明白で、小国である日本が大国のロシアを敗ったのも当然である、と記されていた。

朝食後、午前八時、小村、高平、佐藤の三名が自動車に乗り、随員の安達、落合はホテル前から小蒸汽艇に乗って海軍工廠《こうしょう》にむかった。それを追うようにウイッテ、ローゼン、随員ナボコフが自動車でホテルを出発した。

工廠内の警備には百五十名の兵が当り、正門には特別許可証を持つ以外の者は入構できず、新聞記者が入ることも拒否されていた。

小村らは、第八十六号ビルに入ると日本国全権室に入り、ウイッテらもつづいて露国全権室に到着した。

定刻の午前十時、落合謙太郎二等書記官がウイッテらのいる部屋のドアをノックし、ロシア語で日本側はいつでも予備会議場に入る準備を終えている、と言った。

ウイッテらは立ち上って会議場に入り、小村らも全権室から出て来て互に握手を交し、向き合って坐《すわ》った。日本側は小村、高平、安達、ロシア側も同数のウイッテ、ローゼン、ナボコフの三名であった。

小村が、まず口を開き、

「昨夜、ローゼン男爵《だんしゃく》より本日当会議場で両国全権委員の間で予備会合を開きたいとの申出があったので来た」

と、明快な英語で言った。

ウイッテは、フランス語には通じているが英語は理解できず、小村の言葉をナボコフがロシア語に翻訳した。

「それでは初めに両国全権の委任状をしめし合いたい」

ウイッテのフランス語を、ナボコフが英語に翻訳した。

小村は、

「本日は非公式の予備会議であるので、委任状を持って来ていない」

と、日本語で答え、安達がフランス語で通訳した。

ウイッテはあっさり諒承《りょうしょう》すると、

「明日から公式の会議を開くことになると思うが、我々は、この席に全権委任状を持って来ている。明日、再び持参しなければならぬことになるが、途中、紛失の恐れも考えられるので、この席でわれわれの全権委任状を見ていただきたいが、如何《いかが》？」

と、言った。

「異存はない」

小村は、答えた。

ウイッテは、ローゼンとともに全権委任状を小村の前に差出した。それは、仏文で書かれた委任状の本書にロシア外務次官の証明書が添付されたもので、小村はそれを読むこともせずすぐに安達に渡した。小村の胸に不安が湧《わ》いていた。外電がしきりに報ずるところによると、ロシア皇帝は、日本の講和条件をきくためにウイッテを派遣しただけで、講和条約をむすぶ意志は薄いという。いわば、ウイッテには正式の講和会議にのぞむ全権としての委任をしていないというのだ。

安達が、委任状と外務次官の証明書を日本語に翻訳して口述した。小村は、安堵《あんど》した。それは、ウイッテが皇帝から正式に全権としての権限を委任されたことをしめしたものであった。

小村は、

「諒解した」

と、答えた。

ウイッテは、小村の心中を察していたらしく、

「一般の新聞紙上等で、私が所持する全権委任状の事について種々の風説が流されているが、この委任状を御覧いただき、そのような疑念は氷解されたと思う」

と、探るような眼をして言った。

「その通り。我々の持つ全権委任状も同じように完全なものである。会議の進行を早

めるため、本日午後ホテルに帰った後、我々の委任状もあなたたちにお見せしたい」

小村は、提案した。

「それは、フランス語に訳されてあるか」

と、ウイッテが問うた。

「いや、英文である。ローゼン副全権は英語が巧みだから仏文に翻訳出来ると思うが……」

「その通りだ」

ウイッテは、うなずいた。

委任状の件についての話し合いは終り、小村は、会議を進める上で、何国語を使うか、また会議の記録、会議の秘密厳守の三件についてあらかじめ取りきめておきたいと提議し、

「まず、言葉の点だが、私も高平も共に英語を十分に話すことができる。英語で話し合うことにしてはどうか」

と、言った。

ウイッテは、表情を曇らせると外交上主として使われているフランス語を主張し、結局、会議の席では英語、フランス語の両国語を使い、条約とそれに附属する文書は

フランス語で書き記すことに決定した。

ついで、会議の議事録作成の件に移った。

小村は、それを記録させるため会議に書記官を同席させる必要がないかと述べ、ウイッテもそれに賛成した。人員は三名とし、ウイッテはローゼンと相談してプランソン、コロストヴェッツ、ナボコフの三書記官の名をあげた。小村も、佐藤愛麿、安達峯一郎、落合謙太郎三随員の氏名を英文で記し、ウイッテに手渡した。また、議事録には、両国全権が、その日の会議が終るたびに点検して署名することも定められた。

最後の問題として、会議の秘密を確守する件が上程された。

小村は、ウイッテがニューヨークに上陸して以来、新聞の操縦に力を入れていることに警戒の念をいだいていた。

ウイッテは、少壮官吏の身で鉄道大臣に異例の抜擢《ばってき》を受け、さらに大蔵大臣にも栄進した。かれは混乱したロシア財政の改革を成功にみちびき、財政家として世界的な評価を得ている。日清戦争後の三国干渉にも深く関係し、李鴻章と露清秘密同盟の謀議をおこなったという情報もある。ベゾブラゾフ一派の武断派と対立して日露戦争の開戦に反対したのも、かれの外交官としてのすぐれた見識をしめすものであった。

小村は、自分より十歳上の六十一歳になるウイッテの長い政治経歴と天性の才能を十分に知っていた。新聞を活用して自国側を優位に立たせようとつとめているのも、かれの政治家としての鋭い勘から発したものにちがいなかった。

小村は、ウイッテが会議の内容を新聞記者にもらすおそれがあると予想していた。それによって、世論をロシア側に有利に導く材料にすることを企てているとも思った。それを防止するため、予備会議の決議事項としてウイッテの動きを封じておくべきだ、と考えた。

小村は、提案した。

「会議の秘密を厳守することを、あらかじめ定めておきたい。今回の講和会議の場合は、世界の各方面から無数の新聞記者が集り、時に事実とは異った説まで記事にしている。それを回避するため、会議の秘密をかたく守ることを決議しておくことが日露両国の利益にとって絶対に必要だと思う。これについて、あなたになにか良い案があったらおきかせいただきたい」

ウイッテは、深くうなずくと、

「私も、全く同感である。記者に会議の内容を秘密にすることは、会議の進行上基本的に大切なことだと信じている。しかし、記者に一切口をつぐんでいることは実際上不可能であり、いたずらに憶測記事を書かれることにもなる。そこでその日の会議が終る度に、両国側で相談して発表文を作ることにしてはどうか」

と、答えた。

小村は、同意した。

次にウイッテが、明日から開かれる講和会議の開催時刻について、午前九時から正午まで、午後三時から五時半までと提案した。が、小村は、ホテルから会議場まで三、四十分かかるので、開始時刻を午前九時半にしたいと述べ、ウイッテも諒承した。

これによって予備会議の打ち合わせはすべて終了し、午前十一時半、それぞれ全権室に退き、会議室を去った。

ホテルにもどった小村は、その日の予備会議の結果を外務省と金子宛《あて》に打電させた。

小村は、その日にとどいた桂臨時外相からの機密電報に眼を通した。ドイツ皇帝がロシア皇帝に戦争継続をすすめたという情報などさまざまだったが、殊に注目したのは、ドイツで諜報《ちょうほう》活動をしている長尾中佐からの報告であった。

「秘密探偵ヨリノ報告ニヨレバ」として、ロシア各地の革命気運が激化し、不穏な状態にあることが記され、さらにロシア軍関係の確実な情報をつたえていた。それによると、

「ロシアヨリハ最早《もはや》軍隊極東ニ派遣スル能《あた》ハザルベシ。又、新兵徴集ニ対シ、目下反

抗ヲ企図シツツアリ。軍隊中ニモ反抗精神存在シ、騎兵第十三連隊将校・下士、兵数名反抗ノタメ死刑ニ処セラレタル事ハ公報ニハ取消アレドモ、争フベカラザルノ事実ナリ。直接満州ヨリノ報告ニヨレバ、(ロシア軍ハ)一般ニ戦ニ倦《う》ミ、戦意ナシ」

と、記されていた。

随員の山座は、午後、あらかじめ定められた通り小村の指示で州知事を訪れ、慈善事業基金として五万ドルを日本政府名で贈った。会議地を引受けてくれた州と市に対する感謝の意味からであった。が、すぐにロシア側はそれを知り、夕刻、同額の寄附を州知事に申込んだ。

日本の情報員からは、その日、元駐日ロシア公使館付武官で満州軍総司令官リネウイッチ大将付であった海軍大佐ルーシンがポーツマスに到着、ウイッテの随員に合流したことがつたえられた。

山座は、ルーシン大佐が満州の現地軍の状勢をウイッテに報告するため派遣されたにちがいない、と推察した。ルーシンが、ロシア軍の優勢をつたえるかそれとも悲観的な情報をもたらすかはつかめなかったが、事実は後者であった。ウイッテは、ルーシン大佐と長い間会談し、戦線の状況を詳細にきいたが、大佐の報告は、ロシア軍の現状は憂《うれ》うべきもので、今後、戦争をつづけても勝利の見込みはきわめて少いとつたえた。ウィッテをはじめ随員の表情は暗かった。

小村は、翌日からはじまる本会議に対する方針について随員たちと意見を交した。参加したのは高平、佐藤、山座、安達、デニソンであった。その結果、翌日の第一回会議で、十二条にわたる講和条件のすべてをロシア側にしめし、積極的な方法で会議を推しすすめることを決定した。

また、日本全権一行の印象を好ましいものにさせるため、会議に参加しない随員を適当に市内散策させるなどして市民との親愛感を深めさせることも申し合わされた。夜、ホテルの大広間で舞踏会がひらかれ、州知事をはじめ市の名士、避暑客らが、夫人、娘とともに参加し、賑《にぎ》わった。ダンスの巧みな竹下海軍中佐は小村のすすめで出席し、知事の令嬢たちと踊り歓談した。

翌八月十日午前八時三十分、小村は高平、佐藤と自動車に乗り、山座、安達、落合、小西が小蒸汽艇で工廠にむかった。ホテルの前には、新聞記者や避暑客らが見送っていた。

会議場に到着した小村らは、全権室に入った。ひどく蒸暑く無風で、窓の外にみえる樹木の葉も貼絵《はりえ》のように動かない。随員たちはハンカチで汗をぬぐい、小村は口をつぐんだまま薄く眼を閉じていた。

定刻になり、ロシア側から開会の準備がととのったことをつたえてきた。山座と小西はそのまま全権室に残り、小村らはドアを排して会議室に入り、ロシア側も全権室から出てきた。

テーブルをはさんで互に握手を交し、小村は中央の椅子《いす》に坐り、右手に高平副全権と佐藤、左手に安達、落合が坐った。ウイッテの左にはローゼン副全権、コロストヴェッツ、右にナボコフ、プランソンが着席した。小村の前には、十二条の講和条件を記した英仏文二通の書類の入った大きな封筒が紫色の風呂敷《ふろしき》につつまれて置かれた。初めに全権委任状が互に提示され、確認し合い、いよいよ本会議が開かれることになった。

小村は、開会にあたって機先を制する作戦に出た。ロシア側は、日露戦争の原因や開戦当時のことなどを並べ立て、日本側に非があると述べたりするかも知れなかった。日本側がそれに応酬することになれば、当然議事はとどこおる。小村は、それを避けるため初めにウイッテから約束をとりつけておこうと考えたのだ。

小村は、口を開いた。

「開会前の手続はすべて完了したので、ただちに緊要問題に移りたいと思う」

「そのように致したい」

ウイッテは、誘われるように答えた。

「それでは緊要問題に入るが、これに先立って、日本国全権として一言希望を述べさせていただきたい。吾々《われわれ》はきわめて重要な任務をおびてこの市に派遣されて来た。その任務を果すために、吾々は十分な誠実さをもって当ろうと思っている。露国委員たちに於《お》ても、同じような誠実さでのぞむことを切にお願いしたい」

小村は、さらに言葉をついだ。

「会議の席では、あくまでも講和問題に話をしぼるようにしたいと思う。講和問題に無関係のことや枝葉末節《しようまっせつ》にわたるようなことは、つとめてこれを避けたい。露国委員におかれてもそのように努力して欲しい」

ウイッテは、

「吾々委員も誠実に、しかも腹蔵なく意見を述べる。吾々が貴方に提言する事は、いずれも熟慮した末の事と御諒解《ごりょうかい》いただきたい。また会議の席では、貴方の御意見と全く同じように講和問題に話をしぼり会議を進めることを希望する」

と、答えた。

小村は、期待通りに事が運んだことに満足した。

かれは、前夜、随員との打合わせ通り十二条からなる講和条件の全文をウイッテにしめすことを決意した。

かれは、さりげない口調で、

「これから緊要問題に入りたいが、その前になにか提案することがあるなら述べて欲しい」

と問うた。

「何もない」

ウイッテは、少し思案してから言った。

「それならば、どの様な順序で緊要問題の討議に入るべきか、貴方の御意見をうかがわせていただきたい」

「どのような順序でするかについては、貴方は外交上の経験も豊かであるし、貴方の御意見をうかがいたい」

「それならば、日本政府が平和回復に必要と認める条件の全文をここにしめす」

小村の言葉に、ウイッテたちの顔には緊張した表情が浮んだ。かれらは、小村の前におかれた風呂敷包みに講和条件文がおさめられていることに気づいたらしく、視線を据えた。

小村は、十二条にわたる条件すべてをウイッテにしめした場合の危険も予想していた。ウイッテは、到底受けいれられぬ条件がふくまれていることを指摘して、一切の討議をこばむことも十分に考えられた。そのような事態になれば、会議は初めから暗礁《あんしょう》に乗り上げてしまう。

それを避ける有効な方法は、ただ一つしかなかった。条件の全文をしめすことに変りはないが、一条ずつ個別に分けて討議することを、ウイッテにあらかじめ約束させておくことが必要だった。

「条件文の討議について、基本的な方針を定めておくべきだと考える。条件文は個条書きになっているので、一条ずつ討議をすすめることを提案する」

小村は、淡々とした口調で言った。

ウイッテは、煙草《たばこ》を取り出し火をつけると、早い口調のフランス語で言った。

「只今《ただいま》述べられた小村男爵《だんしゃく》の意見に、異議はない。条件が個条書きになっているという事は、説明がついていないことを意味するのか」

「その通り。一条ずつ討議する折に、その理由を説明する」

小村は、一条ずつという言葉を再び口にした。

ウイッテは、大きな体を持て余すように坐《すわ》り直すと、

「条件の中には、到底討議の必要がないものもあるかも知れない。いずれにしても日本側の条件文を見せていただいてからにしたい」

と、言った。

「それならば、各条について個別に討議することにしよう」

小村は、執拗《しつよう》に繰返した。

「諒承する」

ウイッテは、うなずいた。

小村は、

「この講和条件個条書は英文だが、ウイッテ伯の便利を考え、昨夜、フランス語訳のものも一通急いで作らせた。もしかすると英文の原本と多少ちがっているおそれがあるかも知れないが、英文の方を本文と心得ていただきたい」

と、言った。

ウイッテは、うなずいた。

小村は、風呂敷の端に手をふれると、

「さて、この条件文を提示するに際して、申し述べておきたいことがある」

と前置きして、条件文が平和回復をのぞむ日本政府の穏和な精神にもとづくもので、ロシア全権も協調の気持でのぞんで欲しいと言った。

これに対して、ウイッテも協和の気持で会議にのぞむ考えである、と答えた。さらに、この会議の結果が、ロシアと日本の永久平和の基礎になり、友好関係にまで進むことを希望している、と述べた。

小村も、それに全面的に賛成である、と答えた。

小村とウイッテの長々としたやりとりに、ロシア側随員の顔には苛立《いらだ》ちの気配が濃くなっていた。かれらは、落着かぬように小村の手がふれている風呂敷包みに視線を走らせていた。

高平副全権が、口をはさんだ。

「我々が提出する条件をもしロシア側が承諾するならば、日露両国間に永久的な平和をもたらすことは明らかであることを申し上げたい」

その英語をナボコフがロシア語に通訳すると、ウイッテは、

「貴方たちの条件をまだ見させていただいていないのだから、そのことについて意見を述べることは出来ない」

と、冷やかに答えた。

小村は、

「それでは条件文を手交する。再び繰返して申し上げるが、内容はきわめて穏やかなものである。協調の精神で検討して欲しい」

と、述べた。

ウイッテは苛立ったように、

「条件文を見なければ、なんともお答え出来ない。ただ私が恐れるのは、ロシアの実情を無視した条件が含まれていることだ」

と、言った。

「それでは、ここに、私は日本全権として我が講和条件をお渡しする」

小村は、風呂敷を開き、書類袋から講和条件個条書を取り出し、立つとテーブル越しにウイッテに渡した。

ウイッテは受けとると椅子に腰をおろし、書類をテーブルに置き、

「良く研究し、意見書を作成後、再び会見したい。会議をしばらく休会とすることを提案する」

と、言った。

小村は、同意した。

協議は終り、一同席を立った。その時、ウイッテが再び席につき、

「本日の会議の内容を新聞記者につたえる文面を作らねばならない」

と、思いついたように言った。

小村もうなずき、着席した。

ウイッテがすぐに発表文を口にし、プランソンがそれを英文で書きとめ、小村に渡した。小村が二、三意見を述べて修正を加え、左のように決定した。

「新聞ニ対スル発表文

一九〇五年八月十日ノ会議デ、全権委任状ガ交サレタ。次ニ日本全権委員ハ講和条件ヲ書面デロシア国全権委員ニ交付シタ。ロシア国全権委員ハ、タダチニソノ研究ニ取リ組ミ、成ルベク早ク書面デ回答スルコトニナツタ。会議ハ、ソノ回答書ガ完成スルマデ休会スル」

これによってその日の議事は終了し、散会した。午前十一時五十分であった。

小村らが自動車で工廠《こうしょう》正門に近づくと、そこには数十名の新聞記者、写真師が待っていて、車や自転車で小村らを追ってきた。

ホテルにつくと、小村たちは記者にかこまれ、質問を浴びせられたが、かたく口をつぐんで自室に入り、ドアを閉ざした。

小村は、山座を招くと桂臨時外相、金子堅太郎にそれぞれ送るその日の報告電の内容を口述した。山座は、ウイッテに渡した十二個条の条件を列記した電文を作成し、小村の署名を得て本多に発信させた。

金子宛《あて》の電文（特電第三号）には、「貴君ハ成ルベク早ク大統領ニ会見シ、極秘ニコノ事ヲ通報アリタシ」と要望した。その電報は、夜、ニューヨーク総領事館に到着し、午後十一時、領事館員から金子の事務所にとどけられた。

金子は、あらかじめルーズベルトが翌々日の十二日正午まで不在であることを知っていたので、小村宛に、

「大統領　今　不在　十二日午後面会スル見込」

と、折返し打電した。

ポーツマスでの日露両国全権委員の動きは、にわかにあわただしくなっていた。情報員からの通報によると、ロシア側は、会議後、そのまま工廠内の会議室附属の部屋にとどまって副全権ローゼンをはじめ随員すべてが集り協議しているらしいという。かれらが、日本側の手交した講和条件を検討していることはあきらかだった。また、随員の一人が、あわただしくホテルにもどり、本国政府に日本のしめした条件を打電したこともつたえられた。

それとは対照的に、日本側は、しきりに受信発信をおこなっているだけで、静観の態度をとっていた。

取材陣の動きは、目まぐるしかった。かれらは、ホテル内に入り小村らの部屋の近くの廊下を往《ゆ》き来《き》する。随員たちは、かれらに執拗にまとわりつかれ質問を浴びせかけられたが、沈黙を守っていた。

ロシア側の一行が、午後八時近くに小蒸汽艇でようやくホテルにもどってきた。すでに記者団には、その日の会議で日本側から講和条件が提示されていたことが発表されていたので、かれらは長時間協議をしていたウイッテたちにむらがった。

ウイッテたちは、正式発表以外のことは日本側との約束で話すことはできない、とくりかえしながらホテルに入った。その間、ウイッテの新聞担当係であるジロンは、講和条件についての発言を拒みながらも、新聞人らしく記事になりそうな挿話《そうわ》などを披露して記者たちの質問に応じていた。

ホテルに帰って間もなくウイッテは、ローゼン、マルテンスとともに国務次官パースに招かれた晩餐《ばんさん》におもむくため姿をあらわした。それに気づいて集った記者たちに、ウイッテはローゼンの通訳で、ロシアとアメリカは歴史的に親善関係にあり、同じ白人であるアメリカ人たちが、皮膚の色がちがい宗教も異る日本と戦うロシアに同情を寄せて欲しい、とおだやかな笑みを顔にうかべて訴えた。

その夜、ホテルに蚊が群をなして樹林の方向から襲ってきた。小村たちは辟易《へきえき》して窓を閉めたが、蒸し暑さにたえきれず再び開けなければならなかった。蚊は日本の蚊よりも小さいが、刺された部分の痒《かゆ》みは比較にならぬほど激しく、赤くはれる。小村たちは、皮膚をしきりに掻《か》いた。

かれらは、匆々《そうそう》に蚊帳《かや》の垂れたベッドに入りこんだ。蚊帳の外には絶えず蚊の音がしていた。

翌朝、小村は、ドアをノックする音に眼をさました。ノックはつづいていて、かれは、なにか緊急を要する電報がついたにちがいないと察し、ベッドからはなれると浴衣《ゆかた》の襟《えり》を合わせながらドアを開けた。ドアの外には山座と佐藤が立っていて、かれらの表情を眼にした小村は、好ましくない報告をつたえに来たことを知った。

小村は、無言で山座たちを招じ入れ、椅子《いす》に坐った。

山座が、手にした新聞を小村に渡した。小村は、一面の活字に視線を据えた。かれの顔がかたくこわばった。そこには、「日本がロシアに対して提示した講和条件」という大きな見出しのもとに、前日ロシア側に手交した十二個条の条件が一字の誤りもなく列記されていた。

山座と佐藤が、テーブルをはさんで椅子に坐った。

「会議の内容について決して洩《も》らすことはしないと正式の約束を取交しながら、それを破るとは……。ウイッテは、信義をどのように思っているのでしょう」

山座は、憤《いきどお》りにみちた眼で言った。

日本側は会議の内容について口をつぐみ、むろん講和条件にふれることすらしない。前日、手交した条件個条書が一字の狂いもなく新聞紙上に掲載されているのは、ウイッテ自身か、またはウイッテの許可を得た随員のだれかが、記者に全文を筆写させたことをしめしていた。

小村は、無言のまま煙草をすいはじめた。

そのうちにホテル内にいる情報員の一人から通報があった。ウイッテに随行するイタリアのローマ紙「アッソシエーテッド・プレス」のコルテジ記者が、アメリカの新聞記者たちに講和条件文を流したという。「アッソシエーテッド・プレス」は、終始ロシアに極端なほど好意的な論調をのせている新聞で、ウイッテが、意識的にコルテジ記者にもらしたと断定された。ウイッテが全文を新聞記者にもらしたのは、樺太割譲、償金支払いをふくむ日本の条件が苛酷《かこく》であるという印象をひろめ、その空気を背景に会議を有利に推しすすめようと企てているにちがいなかった。

随員たちの憤りは、激しかった。一昨日の予備会議で会議の内容を一切秘密にすることを双方合意の上で決定しながら、それを一方的に破ったロシア側の態度は許しがたかった。しかも、前日、会議終了時に、ウイッテがあらためて坐り直し、新聞への発表文の作成を指摘したことを考えると、かれの狡猾《こうかつ》さは理解の範囲を越えたものに感じられた。

小村も、ウイッテの背信に激しい怒りをいだいたが、冷静さは失わなかった。ウイッテが意識的に講和条件をもらしたのは、新聞を利用してアメリカ国内のみならず、世界各国の世論をロシアに好意あるものとする工作の一つであることはあきらかだった。

小村は、長い外交官生活で、日本の外交の歴史の浅さを身にしみて感じていた。幕末に試錬に立たされた日本の外交政策は、鎖国政策を唯一《ゆいいつ》の盾に徹底した受身の姿勢に終始したものであった。それは、欧米列強の植民地拡大政策の激烈さに逆に救われて、各国間に牽制《けんせい》し合う空気を醸成させ、それらの国からの侵蝕《しんしょく》をまぬがれる結果を生んだ。

受身の外交は維新後もそのまま引きつがれていたが、欧米との交流が増すにつれて攻めの外交も身につけねばならぬという動きが、一種のあせりをともなって顕著になり、実行されるようにもなっていた。しかし、それはきわめて未熟なもので、多彩な術をそなえるまでにはかなりの時間がかかりそうであった。

小村は、欧米殊《こと》にヨーロッパ各国の外交に長い歴史の重みを感じていた。国境を接するそれらの国々では、常に外交は戦争と表裏一体の関係にある。外交が戦争の回避に効を奏したこともあれば、逆に多くの人々に血を流させたことも数知れない。そのようなことをくりかえしている間に、外交は、攻めと守りの術を巧妙に駆使し、自国の利益を守るため他国との間でむすばれた約束事を一方的に破棄することすらある。

そうした多様な欧米列強の外交政策に対して、日本の外交姿勢はどのようなものであるべきかを小村は常に考えつづけてきた。結論は、一つしかなかった。歴史の浅い日本の外交は、誠実さを基本方針として貫くことだ、と思っていた。列強の外交関係者からは愚直と蔑笑《べっしょう》されても、それを唯一の武器とする以外に対抗できる手段はなさそうだった。

かれは、講和条件を新聞に流したウイッテの行為が、どのような影響を世界各国にあたえるかを分析した。すでに会議前から各国の新聞には、日本がロシアに樺太割譲、二十五億円または三十億円の償金を要求するだろうという憶測記事が掲載されていて、あらためて新聞に発表された条件個条書を読んだ者も、おそらく驚くことはせず当然の条件として受け入れただろう、と思った。むしろ償金の額が記されていないことに、要求がおだやかなものだと感じたにちがいなかった。

いずれにしても、小村は、条件が新聞に発表されたことを本国に打電しなければならぬと考え、山座に電文の趣旨を口述し、発信させた。その電文には、

「条件ノ大要ハ、米国新聞紙ニ掲載セラレタリ。是《これ》、露国側ノ者ヨリ漏レタルモノニシテ、其《その》目的ノ何《いづ》レニ在ルカハ解シ難キモ、世人ハ之《これ》ニ依《よ》リ却《かへつ》テ我要求ノ穏和ナルヲ知ルベキガ故《ゆゑ》ニ、其結果ハ我ニ不利ナラズト認ム」

という解説が添えられていた。

その日、ヨーロッパ系の新聞の記者たちが電信室に殺到し、講和条件の全文を競い合うように本社に打電していた。かれらは、ロシア側がアメリカの新聞のみに条件の内容を流したことに不満をいだいているようだった。また、日本から自費でポーツマスにやってきていた「ロンドン・タイムス」のデニスモンドら親日的な記者たちは、佐藤愛麿に条件の内容をなぜ洩らしてくれなかったのだと訴えた。が、佐藤は、ロシア側との約束だからやむを得なかったと弁明し、道義に反したロシア側を非難するにとどめた。

その日の午後、ウイッテから講和条件に対する回答書がまとまったので明十二日定

刻から会議を開きたい、という連絡があった。

小村は承諾したが、その申出《もうしい》でを意外にも思った。開戦前、戦争回避のためにロシア側と執拗《しつよう》な交渉をくりかえしたが、ロシア側は時間かせぎの駆引きに終始し、回答は極端におくれるのが常であった。そのような態度になれていた小村は、講和条件に対する回答という重大な事柄に、早くも検討と回答文の作成を終えたという報告に驚きを感じたのだ。

かれは、その真意をさぐった。好意的にみれば、ウイッテは平和論者で、一日も早く和平の到来を願っているからだとも考えられる。と同時に、ウイッテが、予想される日本の要求条件をあらかじめ十分に研究し、積極的に攻めの姿勢をとり日本側を威圧しようとしているのかも知れなかった。いずれにしても、翌日、各条に対する会議が開かれることは、小村にとって好ましいことに思えた。

その夜、降雨があった。雨をみたのは七月二十二日以来二十日ぶりで、ホテルの従業員たちは芝生や花園が生色をとりもどすと喜んでいた。

七

翌朝、雨はあがっていた。

午前八時、小村らはホテルを出た。前日までは車が土埃《つちぼこり》を濛々《もうもう》と巻き上げていたが、その日は路面が濡《ぬ》れていて埃は立たず、沿道の樹葉の緑も冴《さ》えた色をみせていた。

午前九時四十五分、両国全権委員と随行員は着席し、第二回本会議が開かれた。

ウイッテが、テーブルに置かれた書類袋を手にすると、

「一昨日の会議で受け取った講和条件について、十分に検討した。約束にしたがい、各条に対する回答書を提出する」

と述べ、書類袋を小村に渡した。

小村は、袋の中から書類を取り出した。それはフランス語で書かれたもので、日本側から提出した条件書にしたがい一条ずつの回答文が記されていた。

小村は、袋の中に書類をもどすと、

「まさしく受領した。これを翻訳し検討したいので、しばらく時間を貸して欲しい。本日、午後三時に会議を再開したいが、貴方の都合では明日以後に延期してもよい」

と、言った。

「午後三時に再開する事に異議なし」

ウイッテは、答えた。

「それでは三時に会議を開き、すぐに討議に入るか、延期するかを決定しよう」

「どちらでも貴方の都合におまかせする。但《ただ》し、明日は日曜日なので午前中は休会とし、もしも会議を開くとしたら午後からがよいと思う」

ウイッテの提案に小村は同意し、翌日、会議を開く必要がある時には午後三時からとし、ウイッテもそれを諒承《りょうしょう》した。

ついでウイッテの指摘で、回答書を日本側に渡したという新聞に対する発表文が作成された。そこには、ロシア側の回答書が日本側に渡され、一旦《いったん》休憩の後、本日午後三時または明日午後三時から開会されることが記された。

「一言申し上げたいことがある」

小村が、口を開いた。

かれは、講和条件が新聞に報告された事を口にし、

「これはあきらかに予備会議で互に秘密を守ることをきめた協定の主旨に対する重大な違反だ。今後、再びこのような過《あやま》ちをおかすことのないようかたく秘密を守ってもらいたい」

と、強い語調で言った。

ウイッテは、それを予期していたように淀《よど》みない口調で弁明した。その要旨は、新

聞記者たちに会議内容を秘密にしておくことはきわめて困難で、むしろ新聞記者にすべてを公表する方が誤った報道をふせぐ最良の方法ではないだろうか、という。最後にかれは、ロシア側では会議の内容をもらした者はない、とつけ加えた。

小村は、反論する確証を十分に用意していたが、そのような論議で会議の進行がとどこおることを恐れ、かさねて協定を守るよう強く求め、ウイッテも諒承した。

両国の出席者は席を立ち、小村らは全権室に入ってドアを閉した。午前十時三十分であった。

着席した小村は、書類袋を随員の安達に渡した。全権室にひかえていた山座とデニソンも加わって、袋から取り出した書類を見つめた。

小村は、駐米公使時代にフランス人から個人教授を受けて熱心にフランス語を学び、仏文の回答書も十分に理解できた。ウイッテが口にするフランス語も、ナボコフが英訳する前にすでに内容をつかんでいたが、ロシア側に気づかれぬように意識的にフランス語の知識がないようによそおっていた。

回答書は、安達によって和訳され、小村の前に置かれた。

内容は、小村が予想していたものと大差はなかった。第四、第八条は無条件受諾、第一、第二、第三、第六、第七、第十二の各条は、条件つき受諾で、その結果、十二個条中八個条の協定が成立する可能性が大きかった。ロシア側が強く反対しているのは、予測していた通り第五条の樺太割譲、第九条の償金支払い、第十条の中立港に抑留されたロシア軍艦の引渡し、第十一条の極東水域でのロシア海軍力の制限の四個条であった。

小村は休憩を命じ、二階の食堂から部屋に昼食をはこばせた。陽ざしが強く、窓外では蟬《せみ》の声がしきりで、部屋の隅におかれた大きな扇風機が単調なモーターの回転音をひびかせていた。

食事を匆々《そうそう》にすますと、回答書の第一条に対する検討をはじめた。それは、韓国問題についてであった。

日清戦争後、ロシアは韓国への進出を強め、義和団の乱に乗じて清国領満州に大軍を送りこんだ。日本政府は、地勢上、満州、韓国へロシアの軍事勢力が進出することは日本の存立に致命的な影響をおよぼすと考え、韓国での政治的、経済的優位を確保し、また満州からのロシア軍の撤兵を強く要求した。が、それは容《い》れられず、遂《つい》に開戦に至った。つまり、韓国問題は、日露戦争勃発《ぼっぱつ》の第一の原因で、講和会議では、韓国内からロシアの勢力をすべて排除し、日本が韓国を保護国化することを要求したのである。

それについてのウイッテの回答書には、「第一条ニ対シテハ何等ノ異議ナシ」として、日本が韓国内で政治、軍事、経済の点で完全に優位に立つことを認め、日本が韓国に対して必要と認める指導、保護、監理についても一切干渉しないことを明記していた。それらは、日本が提出した要求を全面的に認めたものだが、受諾条件として、左のことが付け加えられていた。

㈠韓国内デロシア人ニモ他ノ諸国民ト同ジク居住、商業、航海等ノ権利ヲ認メルコト

㈡韓国皇帝ノ主権ヲ認メルコト

㈢日本ハ、韓国ニ境ヲ接シタロシア領ヲ侵犯シナイコト

小村は、㈠、㈢についてはそのまま認めることはできるが、㈡韓国皇帝ノ主権ヲ認メルコトは好ましくない、と思った。戦前、ロシアは韓国の宮廷への浸透をはかり、租借地に海軍基地その他を設け、鉱山権、樹木伐採権を得、軍事指導までするようになった。もしも、韓国皇帝の主権を日本がおかさぬという一文を条約文に明記すれば、再びロシアが韓国宮廷と通じ、韓国へ勢力を伸ばすことが十分に予想された。

かれは、その受諾条件の拒絶を決意し、他の者も同意見であった。

それ以外には別に問題はなく、小村は、ロシア側にしめす第一条の条文案の作成を

山座と安達に命じた。

かれらは、日本文で条文案を作り、それを小村が承認すると英文に直し、デニソンに渡した。デニソンは慎重に字句を検討し、小村に提出した。

時刻は午後三時で、日本側からロシア側に会議再開が連絡された。

午後三時七分、会議が開かれた。

小村は、ロシア側からの回答書と条文案二通を眼の前に置き、

「我々は、ロシア国の回答書を慎重に検討した。前回の会議で決定したように、一条ずつ討議する」

と、言った。

ウイッテは、承諾した。

「それでは第一条につき、条文案を提出する」

小村は、英文の条文案をウイッテに渡した。

ウイッテは、それをナボコフに渡してロシア語に翻訳させ、視線を据えた。ローゼン副全権をはじめ出席者たちもその写しを見つめた。

沈黙が、つづいた。小村は煙草《たばこ》をすい、高平もそれにならった。

ウイッテが書面から視線をはずすと、小村に眼を向けた。

「条文案を拝見すると、韓国皇帝の主権を認めること、という一文が削除されている。率直に言わせていただく。このことは、ロシアにとって全く関係のないことである。しかし、この一文を入れぬとすれば、日露講和会議で韓国の独立を認めぬと約束したような感じをあたえ、他の列国の抗議を受けることになると思う」

小村は、反論した。

「削除した理由は、将来、日露両国の間で韓国問題について混乱をひき起させぬためである。列国の抗議を恐れると言われるが、それは日本と列国との問題である。貴方は、この問題はロシアに無関係と言われたではないか。これは、わが国にとって絶対に必要な主張であるので、この一文を削除することに同意して欲しい」

小村は、日露戦争の最大の原因である韓国問題であるだけに、一切の妥協をこばみ、確実な形で協定をむすばなければならぬ、と思った。

しかし、ウイッテは屈せず、列国への配慮からも韓国皇帝の主権を尊重する一文は当然入れるべきだという主張を執拗にくりかえした。これに対し、小村は、

「列国から抗議があることを懸念《けねん》しておられるが、それは日本の問題であって、ロシアには全く無関係である。わが案に同意していただきたい」

と、かさねて要求した。

ウイッテは、通訳のナボコフや副全権ローゼンと低い声で話し合ったが、小村の耳にも、ウイッテが「私は諒解できない」「韓国の独立を侵す約束は避けたい」などというロシア語がききとれた。

ローゼンは、ウイッテと打合わせた後、

「ウイッテ全権の考えは、小村男爵《だんしゃく》の御意見と全く同じであるが、この会議で韓国の独立をそこねるような約束はあくまでも避けたいと考えておられる」

と、流暢《りゅうちょう》な英語で言った。

小村は、素気ない口調で、

「私が主権の一文を削除したいというのは、将来、日本とロシアの間で誤解が生じることを避けたいからである」

と、主張を繰返した。

ウイッテは、ローゼンと身を寄せ合って低い声で打合わせをしていたが、

「実質的にはこの問題は日露両国間で意見の一致をみたので、条約文には韓国皇帝ノ主権ヲ認メルコトという一文をそのまま残し、日本側の意見は会議録に明記しておくことにしたらよいと思う」

と、提案した。

小村は、即座に応じた。

「むろん私の意見は、会議録にも明記されることになるだろう。只今《ただいま》、貴方もローゼン氏も私と意見が全く一致しているとくりかえされたが、決して一致していない。私は、韓国の主権をそのまま認めるという意見に、断じて反対である。すでに日本は、韓国と日韓議定書をとり交し、その主権の一部は日本に委託されている。ウイッテ全権は、日本が韓国に対して自由な優位をもつことを認めると言われたが、その反面では自由を制限しようとしている」

それを安達が仏訳すると、ウイッテはローゼンと私語を交した。

ウイッテはしきりに主張を反復し、ローゼンもそれに言葉を添えたが、小村は主権の文句を入れることには絶対に応じられないと頭をふりつづけた。

ウイッテの態度に、わずかに軟化の気配がみられた。かれは、ローゼンと私語しながらしきりにうなずくと、小村に顔を向け、

「それでは、このようにしたらいかがか、と思う。今後、日本が韓国の主権に影響を及ぼすような事が起った時、韓国の同意を得る必要があるという意味のことを、文章として残しておいていただきたい」

と、提案した。

小村は少し思案した後に、

「それを条約文の中ではなく、会議録に記すならば同意する」

と、答えた。

「条約文に入れるべきだ」

「断る。会議録にとどめることには同意するが、条約文に入れることは同意できない」

小村のきびしい態度に、ウイッテはようやく諦《あきら》めたらしく、ローゼンらと話し合った末、小村の主張通り条約文に入れぬことを承諾した。

小村は、第一条の問題の決着を急ぐべきだと考え、会議録にとどめる文章を作成しようと提案した。が、ウイッテは一時休会しようと言い、小村は重ねてこの場で作成することを主張したのでウイッテも同意した。そのため、両国側の書記官が席についたまま文案の作成につとめ、二十分後に終了した。

それは、
日本国全権委員ハ　日本国ガ将来韓国ニ於《おい》テ執ルコトヲ必要ト認ムル措置ニシテ同国ノ主権ヲ侵害スベキモノハ　韓国政府ト合意ノ上之《これ》ヲ執ルベキコトヲ茲《ここ》ニ声明ス
という文章で、両国全権は同意した。

これで、第一条については完全に合意に達し、その日の会議を閉じることになった。が、条文を読み直していたウイッテが、突然、

「初めは気づかなかったが、この条文の中に私たちの意見と異っている点がある」

と、発言した。

それは、今後、ロシア国民が韓国内で他の諸国の国民と同じ権利をもつという条文であったが、かれは文章が明確さを欠いているという。つまり、ロシア国民のみが不当な扱いを受けるおそれがあるようにもとれるというのだ。

小村は、そのような差別をする意志は全くないと答え、字句の点で押し問答が反復された。小村はただ一人で発言し回答していたが、ロシア側は、ウイッテがローゼンとしばしば低い声で打合わせをし、ローゼンがウイッテに代って質問を発したり回答することも多かった。

高平たちは口をつぐんで小村とロシア側の応酬に耳をかたむけ、高平はしばしば煙草をすっていた。

日が、傾いた。ウイッテはさかんに随員たちと言葉を交し、書記官たちもとりとめもない会話をはじめ、話がまとまる気配はなくなった。

そうした空気をながめていた小村は、

「時間も大分経過した。本日はこのまま散会とし、明日午後から引きつづきこの問題を協議したい」

と発言し、ウイッテも同意した。

ウイッテは、午後三時からはじまった会議について新聞記者に発表する文案として、「韓国問題ニツキ討議シ」七時まで協議したが結論に達しなかったので散会、としてはどうか、と提案した。

しかし、小村は会議の内容について秘密を厳守するという約束にもとづいて、「韓国問題ニツキ」という文句は入れぬようにすべきだ、と答えた。

ウイッテは、

「貴方の御意見に同意するが、新聞記者諸君は不満をいだいて、吾々《われわれ》を食い殺すかも知れない」

と言ったので一同大いに笑い、小村も口もとをゆるめた。

散会は、午後六時三十分であった。

ホテルにもどった小村は、佐藤、山座、デニソンとともに食堂で夕食をとった。かれは、新聞記者からロシア側は自室で食事をとるようになっているのに、小村が毎回食堂に出てくるのはなぜか、と質問された。小村は、

「アメリカに来ているのだから、一般のアメリカ人のいる食堂で食事をするのは当然のことでしょう」

と、答えた。

その日、随員たちは多忙をきわめた。午前中の会議でロシア側から提出された回答書の英訳写しは、小西外交官補の手で会議場からホテルに自動車で運ばれ、本多秘書官に手渡されていた。本多は埴原三等書記官と二人の書記生を督励して暗号文にまとめ、桂臨時外相宛《あて》の打電を終えていた。そして、小村が帰ってくると、午後の会議の経過も追うように発信した。

その日、受信された機密電報は多く、ヨーロッパ各国駐在の日本公使から、ヨーロッパの新聞にロシア側がもらした講和条件の全文が発表されたことを続々と通報してきていた。オーストリア駐在公使牧野伸顕《まきののぶあき》、ドイツ駐在公使井上勝之助、フランス駐在公使本野一郎、イタリア公使大山綱介からで、講和条件はおだやかなものだという論評が各紙に共通していて、償金の支払いは当然であり、樺太はロシアの僻地《へきち》でその譲渡はロシアにとって少しの損失にもならぬ、と報じている、という。

それらに小村はすべて眼を通し、ロシア側が講和条件をもらしたことが、自分の推測通り日本側に有利にはたらいていることを感じた。

また、牧野公使からロシア政府内の複雑な派閥争いをつたえる機密電報もあった。ウイッテが全権としてアメリカに上陸した頃から、ロシア政府内では、戦争継続を主張する主戦派が急に勢力を強めてきているという。かれらは、意識的に講和会議を決裂させ、それによって平和論者であるウイッテの失脚をはかり、ロシア皇帝ニコライ二世も、その動きに同調している節があるというのだ。

ロシアの政情に精通している小村は、その通報が決して憶測によるものではなく、十分に根拠のあるものであることを感じた。

その日、随員たちの間で、会議場での小村とウイッテの態度が話題になった。小村は冷静に、しかも的確な判断を瞬間的にくだす外交の天才と称されていたが、それがその日の会議でも十分に発揮されていたという。小村の発言は論理に徹し、少しの失言もない。それにくらべて、ウイッテはロシア人らしい強靱《きょうじん》な粘りをみせたが、感情的で時には落着きを失う傾向があった。

随員たちは、あらためて小村が全権に選ばれたことを幸運だったと口にし合い、かれに対する信頼の念を深くした。

午後九時すぎ、小村のもとにウイッテの随員ナボコフが書面を手に訪れてきた。それは、午後の会議で字句の解釈をめぐって争った問題の解決案で、ウイッテがホテルに帰ってから作成したものであった。

小村は、その案文に一応満足の意をしめしたが、一部を修正し明日の会議に提出すると答えた。

かれは、ウイッテが講和条約締結に熱意をもっていることに好意をいだいた。回答書を早急にまとめ、案文も作成してとどけさせたウイッテを、世評通り平和論者なのだ、とも思った。

それから間もなく、金子堅太郎の随員阪井徳太郎がひそかに小村の部屋を訪れてきた。阪井は、そのままポーツマス市にとどまって会議の経過を見守っていたが、明日、ニューヨークの金子のもとにもどるという。

小村は、ロシア側の回答書をしめし、金子を通じてルーズベルトにもつたえるよう依頼した。阪井は回答書を筆写し、部屋を辞した。

その夜、月の光は冴《さ》え、ホテルの前の海面は輝いた。微風が流れ、涼気につつまれて爽快《そうかい》だったが、蚊は小村たちを悩ませた。

翌朝の新聞は、日曜日なので紙数が多く色刷りの挿絵《さしえ》も入っていた。

依然として講和会議の記事が紙面を埋め、日本からの通信として片岡提督指揮の日本の一艦隊がカムチャッカ、オホーツク海に出動したこと、日本軍が新たに沿海州に上陸作戦をおこなったらしいことなどの不確実情報が掲載されていた。

また、日露両国全権一行の印象記もかかげられていたが、日本側については謹厳実直でほとんど笑顔すらみせぬことが記されているだけで、大半がウイッテらの印象にさかれていた。ウイッテは相変らず微笑をたたえながら自動車の運転手、ホテルの従業員たちと気軽に握手し、子供を抱き上げ接吻《せっぷん》する。皇帝専制国の官僚主義的なロシア政府の要人という印象とは逆に、きわめて庶民的で明るい人柄だと解説されていた。

その日の朝、ウイッテをはじめ随員は、全員ポーツマス市内のクリスト・チャーチへ礼拝に行った。

教会では牧師が迎え、礼拝堂にみちびいた。合唱隊は讃美歌《さんびか》をうたい、ウイッテ一行のためにロシア国歌もうたった。ウイッテたちは、ひざまずいて深く頭を垂れ神に祈りをささげた。

礼拝後、牧師夫人のすすめで教会の庭で催されている慈善会に出席した。その席で市民からなぜ礼拝日の日曜日に会議を開くのだ、という非難をふくんだ質問があったが、ウイッテは悲しげな表情をして、

「われわれキリスト教信者としては避けたいことだった。しかし、異教国である日本

の全権が日曜日開催を強く要求したので、それに従わなければならなかった」

と、答えた。

その問答は、かれを取り巻く記者によって取材された。

さらにウイッテは、

「ロシアは決して開戦を望みはしなかった。日本側の狡猾《こうかつ》な挑発行為によって、戦争に踏み切らざるを得なかったのである」

とも言った。

その問答は、情報員から小村たちにつたえられた。ウイッテの発言は新聞の記事になり、読者に日本への反感を植えつけさせる効果があるにちがいなかった。殊《こと》にキリスト教に対する信仰心のあついポーツマス市の属すニューイングランド地方では、日曜開催を主張したという日本側に対する悪感情がひろまることが予想された。

日本側随員は、日曜日午後に会議開催を提案したのはウイッテ自身であり、それを日本側の要求だとするウイッテの巧妙さに唖然《あぜん》とした。

随員の中には、小村に新聞操縦の必要性を進言する者もいた。が、小村は、

「予備会議で、協議の内容は洩《も》らさぬと約束したのであるから、あくまでも守らねばならぬ。偽りや誇張を宣伝してみても、いつかはそれが事実でないことが知れる。た

だし、一般のアメリカ人と親しく接することは望ましいことだ。それだからこそ、些《さ》細《さい》なことかも知れぬが私も必ず食堂に出て食事をしているのだ」

と、答えた。

その日の午後三時から会議を開催する予定であったが、パース国務次官から日曜日には工廠《こうしょう》内に市民が見物のため入る習わしになっているので、警備上、問題があるという連絡があった。またロシア側からも日曜日の開会は好ましくないという申出もあって、会議は取りやめになった。

随員の竹下海軍中佐は、ロシア側に対抗する意味から他の教会の夜の礼拝に参加することを思いつき、高平副全権を誘って自動車で町はずれの教会におもむいた。教会では高平たちを大いに歓迎し、竹下は讃美歌を英語で歌い、高平とともにキリスト像の前で膝《ひざ》を屈した。帰路は運転手が道をまちがえて遠く郊外に出てしまい、農家で道をたずねながらホテルにもどった。その夜も、月の光が冴え、涼風が海の方向から渡ってきていた。

その日、小村は、随員の立花小一郎歩兵大佐を招いて打合わせをおこなった。第一条は明日、妥結が予定され、第二条の討議に入る。満州からの日露両国軍の撤退が主要議題になるが、満州派遣軍から随員として参加してきている立花大佐の意見を十分に聴取する必要があったのである。

　翌十四日午前十時、第三回本会議が開かれた。その開始前、国務次官パースが写真師を連れてくると、両国全権が会議場で向い合って坐《すわ》っているところを記念撮影させて欲しい、と申し出た。両国全権は快諾し、撮影に応じた。

　前々日の夜、ナボコフ書記官が小村のもとに持参した第一条後半の修正案が、正式にウイッテから提出され、小村もそれに少し字句修正を加えた案をウイッテに渡した。

　ウイッテは小村案に「異議なし」と答え、小村は、

「それでは、ここに第一条は完全に意見が一致し確定したものと認める」

と述べ、ウイッテも、

「全く同意する」

と、答えた。

「それでは、第二条の討議に入る」

　小村は、第二条の日本側条件とロシアの回答書を眼の前にひろげた。

　清国領の満州問題は、ロシアが義和団の乱に乗じて大軍を送りこんだことによって起り、日本政府はそれが日本の安全をおびやかすものとして満州からの撤兵を強く求

めた。ロシアは、清国と撤兵条約をむすんだが実行せず、逆に兵力を増強したので、日本は開戦にふみ切った。つまり、満州問題は講和会議で完全に解決しなければならぬ重要な問題であったのである。

まず、ロシア軍の満州撤兵について意見の交換がおこなわれ、これについては比較的容易にウイッテも承諾し、第三条にかかわる日本軍の同時撤兵も約束された。

つぎにロシアが満州の主権を清国に返還する件については、第三条とも深い関係があるので、第二、第三条を合わせて協議することになった。

ロシアは、シベリア鉄道を極東への進出の重要な足がかりとしていた。その鉄道は、シベリア大陸を西から東に横断、明治三十五年には清国領満州北部の満州里《マンチューリ》、チチハル、ハルピンをへてウラジオストックへと通じる東清鉄道を開通させ、さらにその年、租借権を得た旅順、大連に通じる南満州支線も完成した。

ロシアは、民間銀行の投資による東清鉄道会社を設立させて東清鉄道と南満州支線の経営にあたらせていたが、明治二十九年、清国との間で秘密条約を締結し、日本の侵略を防ぐことを条件として鉄道敷設《ふせつ》の権利を得ていた。つまり東清鉄道、南満州支線の経営にあたる東清鉄道会社は、ロシアの純然たる国家機関であったのである。

そうしたことから、ロシアは、義和団の乱が起ると、鉄道警備の名目で満州へ兵を派した。つまり満州からの撤兵と満州の主権を清国に返還することは、鉄道の問題と密接な関係があったのである。

鉄道問題の討議に入ると、議論はにわかに白熱化した。ウイッテは、鉄道大臣の経歴をもちシベリア鉄道建設の中心人物でもあったので、東清鉄道会社に対する愛着はひとしお深かった。それに、一般には知られていなかったが、東清鉄道、南満州支線の敷設権を得た清国との秘密条約の推進者でもあったのである。

小村は、まずロシアが清国内で特権をほしいままにしていることを指摘し、ウイッテは、誤解であると応酬した。

実例として小村は、吉林《きつりん》省で鉱山採掘権がロシア人のみに独占されている事実をあげた。

ウイッテは、

「私は、そのような事実があることを知らない。もしも事実であるなら、それは現地のロシア人官吏の過失であり、厳重に注意する」

と、答えた。

小村は、東清鉄道会社の所有地について、

「ロシア政府は、東清鉄道会社経営の名のもとに、ハルピン地区で清国から広大な土地を譲り受け、日本人を圧迫し、特権をほしいままにしてその地にロシアの行政をしき清国の主権をおかしている」

と、追及した。

ウイッテは、反論した。

「特権ではない。東清鉄道会社という一民間会社が、清国政府から得た特許である。東清鉄道敷設前、ハルピンはアルコール醸造所が一つあっただけの寒村にすぎず、東清鉄道会社ではそこに駅を作り、社員、旅客、警備兵のための教会、集会所、ホテルをはじめ義和団の乱で鉄道確保に出兵した将兵の兵営を建てた。つまり、すべてが鉄道経営のための施設で、当然、土地の譲渡を受けることも必要であったのである。また、貴方が言われた日本人に対する差別の点だが、そのようなことがおこなわれているはずはない」

「鉄道経営に必要な土地だと言われるが、余りにも広大すぎる。あたかもハルピンが、ロシア領の一部のような観すらある」

「ロシアの一会社が土地をどれほど保有しても、非難される筋合はない。仮に私が、このポーツマス市で広い土地を購入し、建物や花壇を作ったとしても、それを批判する者はないだろう。土地を保有することは合法的なことである」

「日本政府がもしアメリカで土地を買えば、アメリカの法律に従う。ところがロシア政府は、ハルピンの所有地でロシアの法律を執行している。あきらかに特権を行使していると言わざるを得ない」

「特権ではない。あくまでも清国政府から得た特許である」

「貴方は、特許だと言い正当な行為だと主張しておられるが、ロシア政府が満州のあらゆる地域に土地を譲り受け所有するならば、鉄道経営の名のもとに満州全土を領有することにもなるではないか」

「それは誤解だ。吾《わ》が政府は、清国から得た特許を利用しているに過ぎない」

応酬はつづき、結論は得ぬまま午後一時に休会に入った。

両国全権委員たちは、階下の食堂に行った。工廠幹部の食堂であったが、両国全権委員の専用食堂として提供されていた。

かれらは、互に遠くはなれた食卓につき、言葉を交すことも視線を向けることすら避けていた。

午後三時二十分、会議は再開され、それまでに合意に近づいた問題が整理された。

その結果、講和条件第二、第三条にわたる満州撤兵については、ロシア軍が全地域から、日本軍が遼東半島のロシアの租借地をのぞく満州からの撤退が確認された。

また、ロシアが清国主権を侵害していることについて論議が交され、日露両国が共に侵害しないという声明文を出すことでようやく合意に達した。

これによって日本側から提出された要求条件第二、第三条が、わずかな字句の修正をへて確定した。

午後六時、会議は終了した。

小村らがホテルにもどると、その日入電していた機密電報が本多電信主任から渡された。

その中には、日本側の提出した要求条件が日本の新聞にも発表され、それに対する国内の反応が桂臨時外相から機密電報で寄せられていた。

中央紙では時事新報、中央新聞、朝日新聞のみが短い解説をしていたが、それらは講和条件を一方的に発表したロシア側の態度を非難し、日本側の要求が寛大であることを述べているだけであった。その電報の末尾には「他ノ新聞ハ何等論ズル所ナシ」とあり、新聞の反応が平静であることをつたえていた。

しかし、一般に対する反響は強く、参謀総長山県有朋、小村全権等宛《あて》に建言書が続々と郵送されてきているという。それらは、樺太割譲、償金五十億円支払い、シベリアの一部割譲等を要求するものがほとんどであった。が、それとは対照的に、山県宛に送られてきた静岡県在住足立静六の建言書のように、要求条件のうち償金支払いはロシアが受諾する可能性が少く、それを放棄しても講和をむすぶべきだとし、大勝の後に大いに譲歩するのは大和民族の高潔さをしめすもので、将来ロシアに復讐心《ふくしゅうしん》をいだかせることのないよう配慮して欲しい、という穏やかな説もあるという。

ドイツ駐在井上公使からは、ロシア側の新聞論調がつたえられていた。政府系の新聞は日本の新聞と対照的で、日本の要求がきわめて苛酷《かこく》であり、それはロシアに対する甚《はなはだ》しい侮蔑《ぶべつ》であり、ウイッテ全権は、ただちに会議を中止して帰国すべきであると激しく訴えていた。が、革命派と自由派系の新聞は、ロシアは敗北したのだから譲歩し、平和の訪れを望むと論じているという。

それらの電報の中に、金子堅太郎からの暗号電報もあった。

金子は、ルーズベルトが十二日になっても別荘にもどらぬので面会できなかったが、十四日午後五時にようやく別荘で会うことができたという。かれは、前日の夜十二時三十分、ポーツマスからニューヨークにもどってきた阪井徳太郎からロシア側からの回答書の写しを受け取っていたので、ルーズベルトにしめした。

大統領は、講和条件十二個条のうちロシア側が八個条について受諾の意向をしめしたことを知り、講和会議が成立する可能性のあることを予測し安堵《あんど》した、という。

大統領の意見としては、ロシア側が反対する四条件について、中立港に抑留されたロシア軍艦の引渡し要求は、今後三、四十年間日本海軍の圧倒的な優位が予想されるので撤回した方が好ましいこと、樺太全島の割譲は予定通り要求すること、償金額については少し譲歩し、あくまでも会議の成立をはかるべきだと助言したことも記されていた。

最後に、「ウイッテハ昨今頻《しき》リニ新聞記者連ノ機嫌ヲ取ルニ努メツツアリ　此《この》事特ニ小村男爵《だんしゃく》ニ御注意ヲ乞《こ》フ」というルーズベルトの言葉も添えられていた。

小村は、ルーズベルトの忠告に接して、ウイッテの新聞操縦がかなり目立った効果をあげてきていることを感じた。それまでは、アメリカの世論が日本に同情的であったが、いつの間にかロシア側に移行しはじめているらしい。その傾向をルーズベルトは憂《うれ》えているようだが、かれは自分の性格上、報道陣に迎合するような言葉は口にしたくなかったし、宣伝じみた行動もとりたくなかった。

かれは、それらの機密電報を読み終えると、高平、佐藤、山座、安達、デニソンを招いて翌日の議事についての打合わせをおこなった。議題にのぼる第四条については、ロシア側が無条件に同意を回答しているので簡単に妥結する。が、その後の第五条は樺太とそれに附属する諸島の割譲要求で、ロシア側の回答書には絶対に反対である旨《むね》が記されているので紛糾が予想された。

小村は、樺太割譲の討議の最初に、議事進行の主導権をつかむため、要求理由について の覚書を提出することを得策と考え、口述して山座随員に文章をまとめさせた。その理由としては、樺太が地勢上、シベリア大陸の一部ではなく日本列島のつづきであり、国防上日本にとってきわめて重要な地であり、日本がすでに占領している事情からも割譲は当然である、と記されていた。

会議は、償金要求とともに講和会議の最も重要な討議に入ることになり、立花大佐、竹下中佐も加わって夜遅くまで打合わせがつづけられた。


翌日は雨で、気温も低下した。

ロシア全権一行が出発した後、小村たちは洋傘を手にホテルを出ると、自動車、小蒸汽艇に分乗して会議場にむかった。すでに記者たちは、その日、樺太問題が討議されることを知っていて、会議場の正門附近には洋傘をさした記者たちの姿が見られた。

全権室に山座、デニソンが控え、小村らは会議室に入って着席した。第四回本会議の開会は、午前十時であった。

初めに第四条の討議がおこなわれたが、それは、清国の満州地域における商工業の発達を日露両国が妨害せずという要求で、この点についてはロシア側も回答書で同意する旨を明記していたので、さしたる話合いもなく妥結した。これによって、十二個条中四個条がほぼ日本側の要求案通り条文化された。

ついで、第五条の樺太割譲問題の討議に移った。

小村は発言を求め、用意しておいた覚書をウイッテに渡した。

ナボコフが露訳し、ウイッテに渡した。それを一読したウイッテは、

「この件については回答書に記しておいたように、ロシア政府は断じて同意しない」

と、言った。

「その理由をおきかせいただきたい」

小村は、平静な口調で問うた。

「領土を奪われるなどということは、ロシアの栄誉ある歴史を傷つけるからである」

ウイッテの顔には、大国の代表者としての威厳にみちた表情がうかんでいた。

「栄誉を傷つけられると言われるが、世界の歴史をふりかえってみても、ヨーロッパでは大国が敗戦の結果として領土を割譲したことは数知れない。領土割譲は、決して大国の栄誉をそこなうものではない」

「確かに先例はある。しかし、それは大敗して戦争を継続する余力もつきた国に限ら

れる。わがロシアは、そのような状態とは全くちがう」

小村は、語調をあらためて樺太の歴史について説きはじめた。二百八十一年前の一六二四年（寛永元年）、幕府は樺太に役人を派遣し、それ以来日本人も住みつくようになった。その後、一八〇六年（文化三年）、ロシア艦が樺太の日本基地を襲ったが、翌年、幕府は樺太、千島の行政を整備して直轄地《ちょっかつち》とした。ロシアは、一八五三年（嘉永《かえい》六年）、日本人の住まぬ樺太南部に殖民を開始し、それによって日露両国間で居住区をめぐる紛争が起った。それについて一八五九年（安政六年）、国境の談判がはじまり、明治時代に持ち越されて一八七五年（明治八年）、ロシア駐在公使榎本武揚《えのもとたけあき》とロシア政府との間で、千島・樺太交換条約が締結され、千島列島すべてを日本領とする代りに樺太全島をロシアに譲った。

「交換条約によって樺太がロシア領になったことは事実だが、その折の談判は強圧的で、日本国民は、現在でもロシアの侵略的行為だと考えている」

と言って、小村は、歴史的に樺太がロシアよりもはるかに日本と密接な関係にある地である、と力説した。そして、樺太が日本の安全のためきわめて重要であるのに比べて、ロシアにとっては僻地《へきち》の植民地に似たものであるのだから、日本に割譲して欲しい、と訴えた。

ウイッテは、反論した。かれは、樺太が千島・樺太交換条約によってロシア領となったことはゆるぎない事実だと述べ、

「小村男爵は、日本の安全上樺太を割譲せよと言われるが、ロシアは樺太を領有して以来三十年間、今まで日本侵略の基地として武装したことは一度もない。それを日本に譲渡したとすれば、日本は樺太に軍事基地を設けるにちがいなく、シベリアの入口に日本から銃口を突きつけられるようなことになり、ロシアの平和こそおびやかされる。ただし、日本人がロシア人よりも樺太の経済的利益を重視していることは理解できるので、漁業権を日本に譲ることは考えている」

と、言った。

さらに、原則論として、

「歴史上の先例を考えてみても、戦争の結果として領土を割譲した折には、長い怨恨《えんこん》が残る。一八七〇年の普仏戦争で、プロシア（現在のドイツ）はフランスからアルザス、ロレーヌの二州を得たが、フランスは永くドイツを敵視し現在におよんでいる。この例とは逆に一八六六年、プロシアが大勝した普墺《ふおう》戦争でプロシア首相ビスマークが軍人たちの反対を排し、オーストリアに領土的要求をしなかったので、その後、両国は親密な関係をもち、今では同盟国になっている。その前年、ロシアもクルジヤの

叛乱《はんらん》でその地を占領したが、鎮定後これを清国に返還したので、ロシアと清国の関係は親密さを増した。私が樺太割譲に同意しないのは、日露両国の将来のためにも好ましくないと思うからである」

と、言った。練達の外交官らしく、ウイッテの論調は冴《さ》えていた。

小村は、応じた。

「貴方が、ロシアより日本の方が樺太について経済的利益が大きいと認められたことに、私は満足している。さて、貴方は、領土割譲が永久平和のため好ましくない結果を生むと憂えておられるが、ロシアも過去にしばしば隣国の領土を要求していることを思い起していただきたい。領土割譲によって両国間に悪感情や怨恨が残るのは、それ相応の理由があるからである。樺太の場合には、当然の理由があり、そのような感情をひき起すはずがない。言うまでもなく日本は永遠の平和を希望するもので、樺太をロシアに対する侵略基地とするようなことは決してない」

ウイッテは、不機嫌そうに言った。

「貴方の言われる通り、たしかにロシアは他国の領土を要求し割譲させたことがあるが、それは長い間の紛争の結果だ。永遠の平和から考えて、樺太の割譲には正当な理由がない。両国間に悪感情を残させることになるだろう。樺太割譲は、ロシア国の威厳、ロシア人の名誉を傷つけるものであり、断じて承諾できない」

小村は、即座に答えた。

「貴方は、樺太を軍事基地にしたことはないと言われたが、この度の戦場が満州ではなく、シベリアの沿海州か黒龍江《こくりゅうこう》下流一帯であったなら、樺太を重要な軍事基地にしたにちがいない。一八〇九年（文化六年）、日本人の間宮林蔵が、樺太と大陸の間の海峡を発見し、それまで樺太が大陸と地つづきであると言われていた定説をくつがえして、その海峡を間宮海峡と名づけたことを想起していただきたい。あらゆる記録からみて、樺太を最初に領有したのはロシアではなく日本である。この事実からみても、千島・樺太交換条約でロシアが樺太を領有したのは、日本がロシアの圧力に屈したからで、日本人はそれをロシアの侵略行為として考えつづけてきている」

ウイッテの顔に、不快そうな表情が濃くなった。

「樺太南部にロシアが開墾をはじめた時、その地に日本人は一人もいなかった。それは日本人が樺太を軽視していたからで、少しも愛着をいだいていなかったのだ。ロシアが、三十年間合法的に領有してきた樺太を失うことは、ロシア国民を傷つけ、国家の恥辱にもなる」

「樺太は、日本列島につらなる島で日本にとって重要な地であるが、逆にロシアにとっては中心部からはるかに離れた僻地の島にすぎない。これを放棄しても、ロシア国の運命に大きな影響があるとは思えない」

小村とウイッテの応酬は激しく、しかも長時間におよんだ。小村の語調は鋭く、ウイッテの顔からも血の色がひいていた。

「私は、断じて承諾できぬ理由について十分に答えたので、これ以上意見を述べる必要はない。貴方が新しい案を提出せぬ限り、到底一致した意見に達することはない」

小村は、

「貴方の考えを十分に知ることができた。しかし、さらに考慮し、研究することを切望する」

と、ウイッテの顔を見つめた。

「考慮の余地はない。私の考えは今後も変ることはない」

ウイッテは、視線をそらせた。

「私は、あくまでも樺太割譲を要求する」

小村は、答えた。

ウイッテの眼が、光った。

「私も、到底日本の要求には応じられない。双方とも相手の意見に同意出来ない上は、これ以上会議をつづけても意味はない」

その言葉に、対座した日露両国の出席者たちは、体を硬直させたように身じろぎもしなかった。小村とウイッテは、互に長い主張をくりかえしたが、意見の一致する余地はみられず激しい対立をみせた。ウイッテの言葉は、会議の決裂を宣言したものであった。

沈黙が、流れた。

小村は、意外にも早く決裂の時がやってきたことを知った。

かれは、自分に託された政府からの内命を反芻《はんすう》した。御前会議で決定された講和条件の「絶対的必要条件」は、一部を除いて妥結し、残された条件の中にも必ず受諾に漕《こ》ぎつけられるものもある。樺太割譲と償金問題は小村の裁量にまかされたもので、受諾の可能性の薄いそれら二条件を放棄しても、必ず講和を成立させるよう指示されている。殊《こと》に、軍部は、その二条件など論外で、一刻も早く講和が成立することを望んでいる。

会議が決裂すれば、満州派遣軍は、大増強されたリネウィッチ大将指揮のロシア軍と新たな戦闘を強いられる。兵力はさらに消耗し、軍費も増して、日本の存立は危うくなるだろう。会議の決裂は、あくまでも避けねばならなかった。

しかし、事情はウイッテも同じだ、とかれは思った。たしかにリネウィッチ軍は、シベリア鉄道による大量輸送で百万近い兵力に大増強されている。が、欧州からの確実な情報を綜合《そうごう》すれば、ロシア国内の革命の動きは抑えがたいほど激化し、政府は内乱の危機に直面している。軍隊内部にも反政府思想が深く浸透し、戦場の現地部隊には戦争を倦《う》む空気がひろがり、士気もいちじるしく低下しているという。ロシア政府は、戦争継続をさかんに唱えているが、実際にはそのような状況にはなく、ウイッテ自身も、会議が決裂すれば主戦派の嘲笑《ちょうしょう》の的になり、政治家としても失脚する。感情的なウイッテが、会議の続行打切りを口にしたが、困惑するのはウイッテ自身でもある、と小村は思った。

かれは、自分の方から口を開くべきではない、と考えた。会議決裂も辞さずというゆるぎない姿勢をつらぬき、今後の討議を有利にみちびくため弱味をみせてはならぬ、とひそかに思った。

静寂の中で、小村は背後の窓の外で鷗《かもめ》の啼《な》く声を耳にした。数羽の鷗が建物の近くを飛び交っているらしい。空気に潮の香が感じられた。

足を組んだり背を椅子《いす》にもたせかけたりしていたウイッテが、口を開くのを小村は見た。

「会議を決裂させることは、私の本意ではない。私は、できるだけそれを避けたいと思っている。その方法としては、この問題の討議を一応中止し、他の条件の討議に移ることも考えられる。樺太割譲問題を後廻しにすることについて、貴方はどのように思われるか」

小村は、おもむろに答えた。

「やむを得ぬが、穏当な提案だと思う」

「それでは、そのようにしたい」

会議室の緊迫した空気がゆるみ、「第五条ハ一致ノ決定ニ達セズ……」という新聞案が作成され、休憩に入った。午後零時三十分であった。

午後一時、両国全権委員一行は、食堂に入り、いつものように離れた食卓で食事をとった。

ウイッテは体調をくずし食欲を失っているらしく、すぐに食卓をはなれて歩きまわっていたが、日本側の食卓にむかって近づいてくると、

「小村男爵《だんしゃく》、この地の食事はお口に合いますか」

と、フランス語で問い、安達が日本語に訳した。

小村は、ウイッテに顔を向けると、

「以前、アメリカにいたことがあるので食事には慣れています」

と、答えた。

ウイッテは、おだやかな微笑をうかべてうなずくと、窓ぎわに行って鷗の飛ぶ姿をながめていた。

事実、小村は、ポーツマス市で口にする食物に満足していた。宮崎県の海に近い飫《お》肥《び》町で生れ育ったかれは、海に面したポーツマスの新鮮な魚介類を楽しんでいた。殊に食卓によく出るロブスター（lobster）が郷里の海で獲《と》れる伊勢海老《いせえび》を思い出させ、しかもはるかに大きく味も申し分ない。魚類もスメルト（smelt）という日本のうぐいに似た魚がバター焼きにして出されたり、かじき鮪《まぐろ》(sword fish) をステーキ風に切ってバターでいためた料理もある。野菜も、玉蜀黍《とうもろこし》、さや隠元豆《いんげんまめ》（kidney bean）、胡瓜《きゅうり》など豊富であった。

殊にかれが気に入ったのは、チェリーストーン・クラム（cherry-stone-clam）という小さな蛤《はまぐり》のような貝だった。その貝がゆでられて皿に盛られ、身を指先でとって、ゆでた湯で砂を落し、バターをとかした湯にひたして食べる。バターの塩味と脂肪が加わって何個食べても飽きず、その素朴な食べ方も好ましく思えた。

ウイッテが小村に声をかけたことで、日本の随員たちの表情はやわらぎ、ロシア側の者たちも微笑をふくんだ眼をこちらに向けていた。

休息をとった後、午後三時三十分から再開し、第六条の討議に入った。それは、ロシアが清国から得ていた旅順口、大連の租借権を日本に譲渡する条件であった。

ウイッテは、譲渡する意志はあるが、ロシアがその点について清国の諒解《りょうかい》を得る必要があると主張、小村はロシアが放棄すれば、日本が直接清国の同意を得るので問題はない、と反論した。が、それも基本的に諒解ずみのことで、日露両国が一致して清国の同意をもとめることが確認され、第六条は応酬が交された後に妥結した。

……散会は午後六時で、かれらは洋傘を手に建物の外へ出ていった。

小村とウイッテの車が、降雨の中をホテルの車寄せにつくと、待っていたおびただしい新聞記者がかれらをとりかこんできた。

記者たちは、小村たちに質問を発することはせず、ほとんどの記者たちがウイッテたちに駈《か》け寄る。かれらは、かたく口をとざしている小村たちから取材することを諦《あきら》め、会議の内容をさりげない言葉の中で洩《も》らすウイッテたちに接触しようとしていた。

ロビーで、第五条の樺太問題について「一致ノ決定ニ達スルコトが出来ズ」という新聞への声明文が読み上げられると、記者たちは色めきたち、ウイッテたちに対立した理由をたずねた。随員の一人がウイッテの代りに、

「今まで譲歩するのは、我々の方だけであった。しかし、それにも限界がある」

と、答えた。

その日の記者たちの態度は、小村らのかたい沈黙に対する苛立《いらだ》ちと非難をしめすものであった。日本側は、佐藤愛麿《よしまろ》がロビーで記者団に日本側の声明文を読むならわしになっていたが、それは抽象的なかた苦しい内容で、記者たちは佐藤を学童に学科を教える教師のようだ、と陰口をたたいていた。

しかし、新聞の論調は、日本の講和条件が穏和で、ロシア側が受け容《い》れられぬはずはないという意見が大半だった。また、ロシア側が樺太問題と償金問題に強く反対する姿勢をしめしているので、会議は決裂するかも知れぬという悲観的な予測も多かった。

新聞「ザ・ワールド」には、諷刺《ふうし》漫画がのせられていた。大男のウイッテがはるかに小さい小村に自分の身につけている物を次々に渡している図で、小村はネクタイ（韓国）、ワイシャツ（満州）を手にし、さらにウイッテに帽子（樺太）を渡すように手を出している情景が描かれていた。

翌朝も雨であった。道がぬかるみ車が使えないので、小村たちはホテルの前の舟着場から小蒸汽艇で工廠《こうしょう》に向った。海面には靄《もや》が立ちこめ、陸岸の樹林が雨脚に煙って淡くうかび出ていた。

二日つづきの雨で気温が急に低下し、会議場には工廠側の配慮でストーブがたかれていた。

その日の議題は第七条で、シベリア鉄道の支線であるハルピンから旅順に敷設《ふせつ》された東清鉄道会社所属の南満州支線と、それに附属した炭鉱をロシアから日本へ譲渡する条件であった。

小村は、南満州支線は旅順をふくむ遼東半島をロシアが租借地にしたことによって敷設されたもので、租借地の権利を日本に譲渡するとともに南満州支線も渡すべきだ、と主張した。

ウイッテは、南満州支線を所有する東清鉄道会社は民間会社であり、ロシア政府がこれを取りあげて日本に譲渡する権限はない、と反論した。

ウイッテは、東清鉄道の計画者という立場もあって激しい口調で小村と対決した。

ウイッテは、しきりに民間会社という言葉をくりかえしたが、小村は、突然、

「東清鉄道会社は、断じて民間会社ではない。一八九六年五月、モスコーで調印されたロシアと清国間の秘密条約によって設立されたロシア政府の純然たる機関ではない

か」

と、鋭い語調で言った。

小村は、日本を出発する数カ月前、清国駐在公使が清国政府高官から入手したその折の条約文を手にし、英訳したものをポーツマス市にも携行してきていた。さらに、その事実を裏づけるため、ポーツマス市に到着直後、山座に外務省と連絡をとらせ、秘密条約に関係した清国政府高官からの証言を機密電報で報告させてあった。

予想外の小村の発言に不意をつかれたウイッテは、

「そうだ。貴方の言う通りだ」

と、うろたえ気味に認めた。

小村は、

「秘密条約は、日本が清国を侵略する動きをみせた場合、ロシアが清国を助けて鉄道で軍隊を輸送することを定めたものである。東清鉄道会社は民間資本によって経営しているようによそおっているが、事実はロシア政府の機関である。貴方は、旅客や貨物だけを輸送する平和な鉄道だと言われるが、あきらかに軍事鉄道である」

と、追及した。

「そこまで知っているなら、正直に話そう」

ウイッテは秘密条約が成立した事情を説明した。一八九六年、ニコライ二世の戴冠《たいかん》式《しき》に清国使節としてモスコーに来た李鴻章にロバノフ外相、ウイッテが会見し、東清鉄道と南満州支線敷設の条約をひそかにむすんだ。その折、李は、敷設を許可する代りに日本が侵攻してきた場合、ロシアの軍事援助を求め、ロシア側も同意したのだ、という。

説明を終えたウイッテは、言葉をあらためると、

「小村男爵や栗野氏をはじめロシア駐在公使の任にあった方々は、私が個人として侵略主義に反対し、常に平和主義をとなえていたことを熟知しているはずである。私は、東清鉄道を平和利用の鉄道として敷設に努力したが、紙を切る小刀が時には人を傷つけるのに使われることがあるのと同じように、東清鉄道が私の意に反して軍事に利用されることもあるかも知れない。私は、あくまでも平和を愛する人間である。私の真情を理解して欲しい」

と、言った。

その切々とした言葉に、小村は、

「モスコーの秘密条約を口にしたのは、すべてを明白にした上で討議したかったからに過ぎない」

と、おだやかな口調で述べた。ウイッテは、

「貴方が真実を述べてくれたことに感謝する」

と言い、小村も、

「詳細で、しかも率直な説明に敬意と謝意を表したい」

と答え、議場に和やかな空気がひろがった。

その日は、昼の休憩時間をはさんで討議がつづき、ハルピンから旅順までの南満州支線すべてを要求した小村は、日本軍占領地の長春《ちょうしゅん》から旅順までに譲歩して第七条は妥結をみ、第八条も異論はなく午後六時三十分閉会になった。

八

その夜、小村は、随員を全員集めて打合わせ会議をひらいた。

講和条件のうち絶対に受諾させるよう指令された満州、韓国問題はほぼ日本側の要求が通り、小村が日本政府から託された使命は果された。

残された講和条件は、持ち越された第五条樺太割譲、第九条償金支払ヒ、第十条中立港ニ抑留サレタロシア艦ノ引渡シ、第十一条極東デノロシア海軍力ノ制限、第十二

条ロシア領沿岸ト河川ノ漁業権許可の五個条で、第十二条はウイッテが条件つき受諾を回答しているので問題はないが、他の四個条は強く反対することが予想された。

明十七日からは第九条償金支払いとそれにつづく要求条件の討議に入るので、いわば講和会議の最大の難関にさしかかったのである。

小村は、公使館付海軍武官竹下中佐に対して、第十条中立港ニ抑留サレタロシア艦ノ引渡シ、第十一条極東デノロシア海軍力ノ制限要求について意見を求めた。竹下は、極東での日本海軍勢力は最強の状態にあって、抑留されたロシア艦を加えてみたところで、現有兵力に益するとは考えられない、と答えた。むしろ、それら抑留艦の修理や改装に不要の出費を強いられるだけで、逆に不利益な結果を生むかも知れぬ、と説明した。

また、極東でのロシア海軍力の制限要求も余り意味はない、と述べた。潰滅《かいめつ》したロシア海軍が、戦前の兵力を回復するまでにはかなりの長い歳月を必要とし、さらに基地の点でも旅順を失いウラジオストックのみになったロシア海軍が兵力を大増強することは不可能だ、と言った。

小村も、日本を出発前、海軍首脳部から同じような説明を受けていた。それにもかかわらずあえてその二個条を加えたのは、談判の折の駆引きに利用するためで、最後の段階でその二個条を撤回するつもりでもあった。

結局、残された条件は、樺太割譲と償金支払いの二要求だけであった。それをロシア側が受諾する確率はほとんどないが、執拗《しつよう》な粘りで受諾させることに最大の努力をはらおうと決意した。

随員が去った後、かれは一人で部屋の椅子《いす》にもたれ、長い間煙草《たばこ》をすいながら討議の方法について熟考をかさねていた。


翌朝、雨はあがり青空がのぞいた。

道は相変らず泥濘《でいねい》に化しているので、小村たちは小蒸汽艇で工廠に向った。海軍関係の議題が討議されることも予想されたので、竹下海軍中佐も同行して会議場に行き、山座、デニソンとともに全権室で待機した。

午前九時四十五分、日露両国全権が着席し、小村が償金支払いを要求する覚書を提出、研究再考することを求めた。

ウイッテは、覚書を一瞥《いちべつ》すると、

「回答書に記したように、我が国は、絶対にこの条件を拒絶する。論議の必要はない」

と、早口で言った。

小村は、ウイッテを鋭い眼で見つめると、

「討議することすら拒絶するとは理解できない」

と、非難した。

「このような要求を受け容れるのなら、むしろ戦争を継続した方がいい。ロシアは、戦争をつづける十分な決意をかためている」

ウイッテは、上ずった声で言うとテーブルを拳《こぶし》で激しくたたいた。

小村も拳をにぎりしめると、

「日本政府の戦争継続の決心もきわめて固い。しかし、最後の死闘になる以前に、平和が得られるならと考え、私をこの会議に派遣したのだ」

と、言った。

「償金を支払うのは、完全に戦争に敗れた国のすることである。我がロシアは、二、三の小戦闘で敗北しただけのことで、もしも日本軍が連戦連勝し、モスコー又はペテルスブルグを攻略したなら、償金支払いに応ずることもあるだろう」

ウイッテの言葉に、かれの随員たちは一様にうなずき、さらにローゼン副全権がウイッテの主張を補足した。

日本側は、高平をはじめ出席者は口をつぐみ、討議の内容に耳をかたむけていた。

小村が、発言した。

「御承知の如《ごと》く、日本は陸海軍ともに大勝利を得ているが、それにもかかわらずこのような穏和な講和条件を提出している。もし、立場が逆で、ロシアが現在の日本のようであったなら、ロシアの日本に対する要求はきびしく、このような穏やかなものではないはずだ」

ウイッテは頭をふり、

「もし、我が軍が東京を攻略したような場合には償金支払いを求めるだろう。しかし、それ以前に講和会議が開かれたならば、償金要求のような苛酷《かこく》な要求はしない」

と、反論した。

「苛酷ではない。穏やかな条件であることは、全世界の意見でもある」

「日本の条件が穏やかだという世界の世論があることを、私は知らない」

「穏当だという世界各国の意見は、多くの新聞で報道されている」

「私と貴方の読む新聞が同じではないのだろう。私の読んでいる新聞には、苛酷だと書かれている」

応酬はつづいたが、小村はウイッテが譲歩する気配が全くないことを察し、後に研究し合うことにして第十条、第十一条の討議に移ることを提案した。

ウイッテは、新聞発表文に償金支払いの第九条についての討議をどのように記すべきかを問い、小村は、

「同意に達しなかった、とする以外にないだろう」

と、答え、ウイッテも諒承《りようしよう》した。

午後零時五十分、昼食のため休憩に入った。

午後三時五分再開、中立国の港に抑留されたロシア軍艦引渡しを要求する第十条の討議に入った。

日本海海戦でロシア艦隊は三十八隻《せき》中二十六隻が撃沈または捕獲され、十二隻が戦闘海面から逃れた。が、それらの艦も一隻が座礁《ざしよう》して自爆、一隻が逃走中沈没し、六隻がマニラ、上海にのがれアメリカ政府と清国政府に抑留された。残りの四隻中三隻がウラジオストックに入港、他の一隻だけが遠くロシア本国にたどりつくことができたのである。

日本が引渡しを要求した抑留艦は、主として清国の上海にのがれた駆逐艦「ボードルイ」、特務船「コレーヤ」「ラヴィリ」の三隻であった。それは、清国が中立国とし

てロシア艦の武装解除をおこたったからで、国際法上からも、引渡しをうける権利があると要求したのである。

しかし、ウイッテは、中立国の港に入ったロシア艦は、ロシアに引渡されるべきもので、国家の体面からも応じられない、と反駁《はんばく》した。

小村は、意見が一致しないので第十一条極東でのロシア海軍力制限の問題に移った。この要求について、ウイッテは「ロシアハ近イ将来、東洋ニ著大ナ海軍力ヲ持タヌ事ヲ声明シテモヨイ」と回答書に記していたので、討論はこの声明を中心におこなわれた。

小村は、この声明文は甚だ漠然としていて具体性に欠ける、と一蹴《いっしゅう》した。

ウイッテは、

「漠然としていると言うが、現在配置される艦艇のトン数をきめても、時代の流れで価値が変るし、具体的なことをきめても無意味であり、これで十分だと思う」

と述べ、

「無遠慮な言葉を口にすることを許して欲しい。日露両国は隣国同士で、互いに利益を尊重し損害をあたえぬよう心掛けることが必要である。その関係をさらに一歩進めて、協力し合うまで推し進めたいというのが、皇帝陛下以下我々ロシアの政治家の念願である。その考えにもとづいて第十一条についてロシアが声明文を発表するというのに、貴方はそれを不十分だと言う。それは相互信頼を失うものである」

と、説いた。

さらにウイッテは、「敢《あ》えて臆《おく》せずに言う」と前置きし、

「ロシアは、この度の日本との戦争で海軍力の大半を失った。ロシアは、東洋以外に黒海、バルチック海に艦隊を配置しなければならぬ事情がある。しかし、現在の状況では、日本海軍の如き強大な海軍力を持つことは、容易ではない。もしも、黒海、バルチック海に有力な艦隊を配置することが出来たとしても、東洋では、制海権を完全に握る日本海軍の前で何の行動も起すことは出来ない。このような事情を考え、いたずらな疑いをいだかないで欲しい」

と、熱っぽい口調で言った。

小村は、

「両国が信頼関係を持たねばならぬという御意見には、全く同感である。しかし、開戦前、私は戦争回避のため誠意をもって全力をかたむけたにもかかわらず、ロシア政府は、約束したことにしばしばそむき、苦しまされた記憶を今もって忘れられないでいる。また、ロシアが東洋以外に黒海、バルチック海に艦隊を配置しなければならぬ

事情は十分に理解できるが、ロシアは、開戦前、日本艦隊より優位に立とうとして黒海、バルチック海の海軍主力のほとんどすべてを東洋に派遣したではないか。このような過去の事実があるので、漠然としたものではない明確な約束をとりつけておきたいのだ」

と、反論した。

これで討議は終了し、この二条件については明日結論を出すことになった。

さらにウイッテは、今後の会議日程について発言し、

「明朝、第十一条について両国の意見書を交換することにしてはどうか。そのようにすれば、残った議題は第十二条のみになり、これも明日、簡単に決定を見るにちがいない。その後、もう一度会議を開けばよいと思う。ただし、今までの会議録の整理がとどこおっているという報告を受けているので、明後土曜日を休会とし、また日曜日はこの土地の習慣にしたがって休会としたい。それで、月曜日午後三時に会議を開くこととし、それを最後の会議にしたい」

と、提案した。

小村は、承諾した。

午後六時半、かれらは散会し、小蒸汽艇でホテルに向った。すでに日は没し、汽艇

はライトを灯《とも》して海上を進んだ。川岸には蛍《ほたる》の光が乱れ飛んでいた。

夕食をすますと、小村は、高平、佐藤、山座、安達、落合、デニソンを自室に招いた。ウイッテは、四日後の月曜日に最後の会議を開きたいと言ったが、四つの条件についてては意見が激しく対立したままで、ウイッテはそれらの討議の必要なしとし、それが会議の決裂という形になることもやむを得ないと考えているにちがいなかった。

小村は、とりあえず桂臨時外相と金子堅太郎にその日の会議の結果と、月曜日に最後の会議が開かれることを打電させた。

それまでの会議の経過からみて、小村は、ロシア側が四条件について受諾する意向はないと考え、高平たちも同じ意見であった。会議終了後、ロシア側は、しきりに本国へ暗号電報を発信している。ウイッテらは、自室にこもって協議しているようだった。

ホテルに帰ったウイッテは、新聞記者の質問に対して、月曜日の会議が終り次第、ニューヨークに出発することをほのめかしたという。それは駆引きとばかりは言えず、加速度的に強硬な意見がたかまっているロシア本国から、会議をただちに中止して帰国せよという指令がウイッテに出されているという情報もあった。樺太割譲、償金支払い、抑留艦引渡し、海軍力制限の四要求は、ロシア国を甚《はなは》だしく侮辱するもので論議の必要などないという声明が、ロシア政府からしばしば発表されているともいう。

小村は、会議の決裂の危機がせまったことを知った。

かれは、それを回避する方法として最後の手段をとることを決意した。抑留艦引渡し、海軍力制限の二条件を囮《おとり》にし、それを撤回する代りに樺太割譲、償金支払いの二条件の要求を推しすすめようという方法だった。かれは、その成功の確率がほとんどないことは知っていたが、少くともそれがきっかけで四日後の会議を最後の会議とせず、討議続行の余地をつくるべきだと思ったのである。

その案を随員たちにしめすと、かれらは一様に賛成した。かれらは講和会議の経過に失望し、表情は暗かった。

小村は、高平と今後とるべき態度について協議した。ルーズベルトは金子堅太郎を通じて、決裂の段階に入った時には講和会議の斡旋者《あっせんしゃ》として日露両国の間に立ち、他の列国の協力を得て調停に乗り出し、講和条約の成立に努めるということをしばしばつたえてきていた。

ウイッテたちは、月曜日の会議後にニューヨークへ発《た》つとほのめかしたというが、自分たちも強い姿勢をしめしてポーツマスから引揚げ、ニューヨークに行ってルーズベルトの調停工作に期待すべきだ、と思った。高平も全く同意見で、小村は、桂臨時外相に自分たちの決意をつたえ、指示を仰ぐことになった。

小村は、電文の内容を口述し、山座がまとめた電文に手を入れ、本多電信主任に発信を命じた。それは、「談判不調ノ際ノ措置請訓ノ件」と題した「秘密第七九号」で、「連日ノ講和談判モ愈々《いよいよ》次ノ月曜日ヲ以《もっ》テ最終回」となるが、樺太割譲と償金問題についてはロシア側は絶対に拒絶の態度をくずさないと判断される。そのため、抑留艦艇引渡しと海軍力制限の二条件を撤回して樺太、償金の受諾を強く求めるが、それをロシア側が受け容《い》れる望みはほとんどない。ロシア側はニューヨークに引揚げる模様なので、日本側もこの地を離れ、ルーズベルトの最後の手段にまかせようと思う。それも、ほとんど効果は期待できぬ情勢で、私は平和回復のために全力をつくすが、それが無駄になることも十分に考えられる。その時には、「遺憾ナガラ最早《もはや》已ムヲ得ザル次第ニ付戦争継続」を御前会議で決定する以外にない。もし、これについて御指示があるならば、二十日の月曜日前に「御発電アランコトヲ希望ス」という内容であった。

また、小村は、金子にも同じような内容の電報（特電第一七号）を発信させた。

その日、ホテルにとどいた多くの機密電報の中には、相変らずドイツ、フランス、オーストリアの各日本公使からのものが多かった。それらは、ロシア政府内で戦争継続論が異常な強さでたかまり、ロシア皇帝ニコライ二世も完全に同調し、講和会議中止の決意をかためたらしいという情報がしきりだ、とつたえていた。むろん樺太割譲をはじめとした四条件は、強く拒絶することに一致していることも付け加えられていた。

小村は、月曜日の会議終了と同時に、会議が決裂にいたった原因は、日本の和平に対する努力を無視したロシアの不誠実にあるという声明文を記者団に発表し、ポーツマスを引揚げる手筈《てはず》をととのえた。

小村が就寝したのは、午前二時すぎであった。

その頃、小村が金子宛《あて》に発信した電報は、ニューヨークの日本領事館についていた。深夜、館員に起された内田総領事は、午前二時三十分、金子に電話をかけて小村からの暗号電文が到着していることを告げた。金子は、すぐに随員の阪井を総領事館に向かわせ、電文をホテルに持ち帰らせると暗号を翻訳させた。

金子は、小村が月曜日にポーツマスを引揚げる決意をかためたことに驚き、あらためて事態が最悪の状態に入ったことを知った。

かれは、一睡することもできず、夜明けを待ってルーズベルトの別荘に急いだ。途中、駅で待ちかまえていた記者に訪問の理由を問われたが、ルーズベルトから家族の写真を贈られたので、その返礼に自分の家族の写真を持ってゆくところだ、と言って、記者の追及をかわした。

別荘に行った金子が小村の電文を見せると、ルーズベルトは大きく息をつき、額に手をあてた。かれは、しばらく思案していたが、

「最後の手段をとろう。私からロシア皇帝に親電を送り、譲歩の精神で会議を進めるよう勧告する。ただし、私が全権のウイッテを無視して直接ロシア皇帝に勧告すれば、ウイッテの感情を害することになるので、副全権ローゼンをここに招いてそのことをつたえよう」

と言って、秘書官ローブを招くと電文を口述して筆記させ、ただちにウイッテ宛に電報を打たせた。

金子は急いでニューヨークに帰ると、大統領が調停工作をはじめたことを小村に打電した。

また、ウイッテは、本国政府に対して、日本側が強硬な態度で四条件の受諾をせまっていることを暗号電報で報告し、早急にそれに対する処置を指示して欲しい、と請願した。

それに附随して、自らの意見も強く主張していた。かれは、本国政府内に戦争継続

の声が高いというが、わがロシア陸軍は、現在の陣地を守ることはできるだろうが日本を征服する見込みはほとんどなく、戦争継続はロシアの将来にとって禍《わざわ》いとなると述べていた。そして、講和会議については、償金の要求はあくまでも拒否するが、樺太割譲の件については、わが国が樺太を領有する以前に日本が権利を持っていたこともあり、樺太を軍事基地化しないことを条件に日本へ割譲することも考えられる……として、政府に樺太問題についての譲歩も求めていた。

十八日午前七時、小村は起床し、佐藤、デニソンと食堂におもむき、朝食をとった。新聞の朝刊には、各紙とも会議が決裂の危機に直面していることを大きく報じ、両国全権とも月曜日にポーツマスを引揚げる予定であると記されていた。記者たちは興奮し、小村たちを血走った眼で見つめていた。

その日は自動車が故障していたので、小村たちは馬車と小蒸汽艇で会議場におもむいた。

第七回本会議は、午前十時、開会された。

着席すると、小村は、ウイッテに前夜作成した覚書を手渡した。そこには、樺太割譲、償金支払い問題についてロシア側が受諾の方向で考えるなら、第十条抑留艦艇の引渡し、第十一条極東でのロシア海軍力制限の二要求を撤回することが英文、仏文の二通に書かれていた。

それを読んだウイッテの眼に、驚きの色がうかんだ。かれは、

「それでは、この覚書に対する我々の回答を書面で提出しよう」

と言い、内容をプランソン、ナボコフ両書記官にロシア語で口授し、書面の作成をはじめさせた。

しかし、かれは、すぐにそれをやめさせると、小村に顔を向け、

「両国全権委員のみで秘密に話したい事がある。書記官等に席をはずさせ秘密会を開きたいが、貴方の御意見をうかがいたい」

と、真剣な表情で言った。

小村は、二条件の撤回申出《もうしい》でに心を動かされたウイッテが新しい提案をするにちがいないと察し、

「同意する」

と、答えた。

そのため日本側の佐藤、安達、落合とロシア側のプランソン、コロストヴェッツ、ナボコフの六名が退席して控室に入り、会議室には小村、高平、ウイッテ、ローゼン

の四名のみが残った。

部屋には扇風機のまわる音がしているだけで、緊迫した静寂がひろがった。

ウイッテが、ロシア語で話しはじめ、それをローゼンが英訳した。

「私は形式を離れ、実質的な事を内密に協議したい」

と前置きして、

「私は、本国政府から樺太割譲、償金支払いについては絶対に受諾してはならぬという厳命を受けている。しかし、このままでは、会議は決裂以外にない。私個人としては、是非講和会議を成立させたいと願い、打開案を政府に求めようと思っている」

と、述べた。

ウイッテは沈鬱《ちんうつ》な表情で、自分がロシア本国を出発した頃に比べると、戦争継続論がすこぶる強烈になり、政府も、樺太、償金問題に強硬に反対している国民の声を無視出来ないのだ、と苦しい立場にあることを訴えた。

これに対して小村は、自分も講和会議を成立させたいと思っている、と同感の意をしめし、

「わが政府も、国民の感情を無視できない。特に日本は、ロシアとちがって国民に参政権があたえられているので、ロシア以上に世論を尊重しなければならない事情にあ

る。日本国民は、戦争継続を強くとなえ、樺太のみならずシベリアの沿海州まで割譲させよと迫っている。しかし、日本政府は、平和を願い、穏当な条件を出し講和会議の成立を望んでいるのである」

と、答えた。

ウイッテは、両掌《りょうて》をテーブルの上で組み、長い間思案していた。

「妙案がなくて困っている。まず償金支払いの要求だが、この件については、ロシアは完全に敗北したのではないのだから絶対に承諾はできない。ただし、樺太問題については、もしかしたら妥協の道があるかも知れない」

ウイッテの言葉に、小村は黙ってかれの顔を見つめていた。妥協とはなにか、ウイッテがどのような譲歩案をしめすのか、かれは待った。

ウイッテが掌をとき、椅子《いす》の背に体をもたせかけた。が、すぐに前かがみになり再び掌を組んだ。

「あくまでも私個人の考えだが、たとえば樺太の北部をロシア領とし、南部を日本領とする案はどうだろうか。樺太北部は、ロシアにとって黒龍江一帯の地の防衛に必要である。また南部は漁獲資源が豊富で、樺太南部が領土となれば日本には好都合なはずだ。樺太二分案について、貴方の御意見をうかがいたい」

ウイッテの視線が、小村に据えられた。

小村は、無表情に答えた。

「樺太に対する国民の愛着は強い。しかも、現在、日本軍は樺太全島を占領しているので、その割譲をあくまで望んでいる。しかし、ロシアの事情も同情できるので、ロシア側が一歩譲歩する気持があるなら、我々も甚だ無理ではあるが一歩を譲らぬでもない」

この回答で、両国全権委員の表情はやわらいだ。

小村は、さらに言葉をついだ。

「私個人の考えとしては、もしも樺太を南北に二分する案がよいとすれば、現在樺太は日本軍が占領しているのであるから、北半分をロシアに返還するには、相当の代償を支払ってもらわねばならぬ」

「確かに一理ある」

ウイッテは、うなずいた。

「その代償の額であるが、少くとも十二億円以下では日本政府も承諾しないと思う。また、樺太を二分するとしたら、境界線は北緯五〇度が適当であろう」

ウイッテは北緯五〇度を境界線とすることに同意したが、十二億円の償金支払いについては本国政府が承諾することはほとんどない、と答えた。

しかし、話し合いの末、ウイッテは、十二億円を樺太北部の代償とすれば日本側と妥結に達することを本国に電報し、また小村も本国政府の指示を仰ぐことになった。

昼食のため休憩に入り、食事後、さらに協議をかさね、午後二時半、秘密会議は終った。

その後、両国書記官六名が加わって、本会議が再開され、第十二条のオホーツク海、ベーリング海に面するロシア領の沿岸、湾、港、入江、河川の漁業権を日本にあたえる条件の審議に入った。

ウイッテは、入江、河川の漁業権を除くことを希望し、小村もそれに同意して、短時間で第十二条は妥結した。これによって講和条件すべての討議は終った。

ウイッテは、次回の最後の会議について、書記官が会議録調整に手間どっているので、一日延期し、火曜日の八月二十二日午後三時にしたいと提案し、小村も承諾して午後四時三十分、散会した。

ホテルにもどった小村とウイッテは、それぞれ本国にその日の妥協案について指示を仰ぐため電報を打った。小村はその電文の中で、ウイッテが代償金を十億円以下にするよう主張した場合にはただちにポーツマスを引揚げる、と会議決裂も覚悟していることをつたえた。

その日、ルーズベルトからウイッテに対して、ローゼンをオイスター湾に出張させて欲しいという電報が到着、翌朝、ローゼンは、随員のクダシェフをともなって汽車でニューヨークに出発した。

ローゼンが突然ルーズベルトのもとに向ったことを知った新聞記者たちは、その原因を探るためウイッテたちに質問を発したが、かれらは巧みにその追及をかわしていた。

新聞には、会議決裂を予想する悲観記事ばかり掲載されていたが、その論調は、急にロシアへの同情に変っていた。ウイッテは、「我々は、日本側の要求に対して常に譲歩を余儀なくされ、受諾を強いられている」と口癖のように記者に話していたが、会議が決裂した場合、その責任は強硬な姿勢をくずさぬ日本側が負わねばならぬという論説もみられるようになっていた。

その日、小村は金子に電報を打った。ウイッテが樺太二分案を提案したことをつたえ、また今朝ローゼンがオイスター湾に出発したので、「ローゼンニ、ブッカラザル様時間ヲ見計ラ」ってルーズベルトに会い、ローゼンとルーズベルトとの会談の内容をきいて通報して欲しい、と依頼した。

金子は、八月二十一日午前十一時、オイスター湾に大統領を訪れた。その途中、駅で十数名の新聞記者にとりかこまれ、大統領訪問の目的を問われたが、かれは午餐《ごさん》に招かれただけだと言って、ハイヤーに乗りこんだ。

ルーズベルトは、不機嫌そうな表情で金子を迎えた。金子がローゼンとの会談の内容について問うと、ルーズベルトは、

「ローゼンは、私から貴方を通じて小村男爵《だんしゃく》に会談内容が洩《も》れることを警戒していて、樺太、償金の二条件は断じて拒否すると言い、私の勧告についても、ウイッテにつたえると言うだけでなんの効果もない会談であった」

と述べた。

ルーズベルトの顔には、会議の決裂を予測する暗い表情がうかんでいた。

金子は、ウイッテが樺太を二分する案を出し、小村も同意をしめしてその代償に十二億円の要求をおこなったことを告げ、さらにウイッテも小村も、それぞれ本国にその妥協案を打電したことをつたえた。

ルーズベルトの表情は、明るくなった。

「それは初耳だ。ローゼンもそのことについては口にしなかった。一つの活路が開かれた。日本が完全占領している樺太の北半分をロシア領として認めるということは、

日本側の大きな譲歩だ。ロシアが、その代償を日本に支払うのは当然である。私は、ロシア皇帝に電報を送り、その妥協案を受諾するよう勧告しよう」

ルーズベルトは眼を輝やかせ、ローブ秘書官を呼ぶと、金子の意見も入れて電文を作成した。その中でルーズベルトは、日本の要求十二条のうち八個条はすでに確定し、抑留艦引渡し、海軍力制限の二個条も日本政府が撤回し、さらに樺太北部をロシアに返還することを内諾したことをきいたとき、自分は驚くと同時にこれによって日露講和が成立するにちがいないという喜びにひたった、と記した。さらに、代償支払いについては、

「日本ハ既ニ樺太ヲ占領シ、ロシア国ニ於《おい》テハ海軍ナキ以上ハ、到底樺太ヲ奪回スルコトヲ得ズ。然《しか》ルニ日本ヨリ樺太ノ北半分ヲ返還スル譲歩ヲ示ス以上ハ、ロシア国ニ於テモ代償金ヲ支払フコトハ当然ナリ」

として、その妥協案を全面的に支持した。

この親電は、ルーズベルトからロシア駐在米国大使メイヤーに送られ、メイヤーからロシア皇帝にとどけられた。また、親電を発信したことをつたえるため、同文の写しがウイッテにも送られた。

金子は、ルーズベルトの別荘を辞すると、ニューヨークにもどった。その途中、か

れは客車の中で小村への報告電文をつづったが、ルーズベルトの調停工作を無駄にさせぬためにも、小村に会議の引きのばし策を講じさせねばならぬ、と思った。

最後の会議は、明二十二日の午後三時から開かれるという。ルーズベルトはロシア皇帝に親電を送ったが、むろん皇帝は政府首脳者と協議するはずで、その返電がウイッテとルーズベルトのもとに届くにはかなりの時間がかかるにちがいなかった。明日の会議開会時刻までに皇帝の返電がとどくとは考えられず、そのまま会議の決裂を迎えてしまうおそれが十分にあった。

かれは、事務所にもどると小村への報告電報の末尾に、

「少クトモ一日間ノ会議延期ヲハカルコト得策ナリ」

と、勧告した。また、ルーズベルトは、代償金十二億円は高額すぎるので六億円ぐらいまで譲歩する用意もひそかにしておいた方がよいのではないか、と洩らしたことも付け加えた。

金子からの電報を待っていた小村は、その電報をうけた上で最後の会議にのぞみたいと考え、佐藤愛麿を使者にウイッテの部屋へおもむかせて翌日の会議を一日間延期したいと申出させた。ウイッテも本国からの訓電が到着しないことに苛立《いらだ》っていたのですぐに応じ、会議は八月二十三日午後三時に変更された。

日露両国全権ともに、本国からの妥協案に対する指示を待つだけになった。小村もウイッテも、それぞれの部屋にとじこもっていた。

本国からの至急電が、その日、まず日本側に入電した。桂臨時外相からの第五五号電で、「政府ハ貴官等ノ報告ニ対シ最モ慎重ノ考量ヲ加ヘタル結果」、妥協案によって会議を成立させるよう指示し、代償金十二億円ハ多少減額してもよく、いずれにしても小村等の適切な努力で妥協の道が開かれたことは「帝国政府ニ於テ最モ満足スル所ナリ」と、全面的に賛成の意向であることをつたえていた。

日本側への入電につづいて、ロシア外相ラムスドルフからウイッテ宛《あて》の暗号電報も入電した。

それを眼にしたウイッテは、顔をしかめた。

駐露米国大使メイヤーからルーズベルトの親電を渡されたロシア皇帝ニコライ二世は、その電報用紙の端に鉛筆で、

「一握りの地も一ルーブルの金も日本に与えてはならぬ。誰がどのような勧告をしても、私を一歩も譲歩させることは出来ない」

と書いて、ラムスドルフ外相に渡したという。ラムスドルフは、皇帝の強い意志を告げ、「皇帝陛下ノ談判打切リニツイテノ勅命ハ、恐ラク明二十二日夕刻ニ打電サレ

ルダラウ」と、記していた。

ウイッテは、嘆息した。自分が提案した樺太二分案は皇帝をはじめ政府首脳部に完全に否定され、そのような譲歩を試みた行為を強く非難している。談判の打切り命令は、皇帝が自分を全権として不適当だと判断した証拠であり、政治家としての失脚にむすびつく。かれは、窮地におちいった。

ウイッテは、最後の抵抗を試みることを決意し、ラムスドルフ外相宛に電報を打った。償金の要求は断じて受け容《い》れられぬが、樺太は現実に日本軍に占領されていてロシア軍が奪回することは不可能であり、樺太問題についての日本の譲歩も拒絶して談判打切りを宣言すれば、ロシアは全世界から非難されるだろう、と訴えた。

これに対して、翌二十二日朝、ラムスドルフ外相から返電があった。その内容は、

「皇帝陛下ハ、日本ガ要求ノスベテヲ放棄シナイ事ヲ確認シタノデ、ココニ談判ノ打切リヲ正式ニ貴官ニ命ジタ。償金問題ハモトヨリ樺太問題ニツイテモ、コレ以上ノ討議ハ不必要デアル」

という激烈なものであった。

それを追うようにラムスドルフ外相から、

「貴官ハ、談判打切リノ勅命ヲ受ケタ事ヲアメリカ大統領ニ告ゲ、コレ迄《まで》ロシアニ示

シテクレタ好意ニ感謝ノ言葉ヲツタヘヨ」

という電報が着き、さらに、

「ロシア政府ハ談判打切リヲ声明スルカラ、打切リノ正確ナ日時ヲ電報デ報告セヨ」

という電報も入った。

この相つぐ電報で、ウイッテも会議決裂を回避することは絶対に不可能だと判断した。が、かれは突然談判打切りを声明することはロシアにとって好ましくないと考え、ラムスドルフ外相に、

「勅命ニ従ヒ、明二十三日ノ会議デ談判打切リヲ日本側ニ声明シ、大統領ニモ報告スル。シカシ、大統領ハロシア皇帝陛下ニ宛テタ親電ニ対スル陛下ノ返電ヲ受ケ取ツテヰナイ。ソレナノニ談判打切リヲ宣言スレバ、大統領ノ感情ヲ損ネルデアラウ。ソレヲ避ケルタメ、最後ノ会議ヲ引延スル策ヲトルコトヲ許シテ欲シイ」

と、発信した。

小村のもとにも、ヨーロッパの日本公使からロシア皇帝と政府が談判打切りを決定したことが続々と通報されてきた。陸相サカロフは、満州のロシア軍が日本軍よりはるかに優勢であると皇帝に上奏し、また満州派遣ロシア軍司令官リネウィッチ大将、前司令官クロパトキン大将も、勝利は疑いないのでいたずらな講和を成立させるべき

ではなく戦争継続を命じて欲しい、という電報を皇帝に寄せているという。

さらにドイツの長尾中佐からも、

「主戦派ハ、ロシアノ首都ニ於テ戦争継続賛成ノ署名ヲ求メ、……百方手ヲ尽シ戦争継続ノ運動ヲナシツツアリ」

と、通報してきた。

小村は、二条件の要求の一部も受諾させることは絶望であることを知った。

また、桂からは、日本国内で講和会議の経過に強硬な論議が起っていることもつたえられてきた。講和条件そのものが穏当すぎるという不満が大勢を占めていた上に、ロシア側がそれを受け入れず講和成立がおぼつかないという新聞報道に、一般の憤《いきどお》りが急激にたかまっているという。

それを裏づけるように、河野《こうの》広中《ひろなか》を中心として結成された講和問題同志連合会が、八月十七日、東京明治座で大会を開き、小村に対して、ロシア側に妥協しなければならぬような屈辱的な会議は即座に打ち切れ、という激しい調子の電報が送られてきた。また、和歌山県有志大会の主催者からも、交渉打切りと戦争継続を望む電報も寄せられていた。

そうしたあわただしい空気の中で八月二十三日午後二時三十分、両国全権は、最後の本会議にのぞんだ。

小村は、本国政府の承諾を得たと前置きして、樺太を二分し、その代償金として十二億円の支払いを要求する覚書をウイッテに渡した。

ウイッテはそれに眼を通すと、

「樺太北半分をロシアに返還する代償として十二億円を支払えと言うが、それは、最初に日本側が提示した償金支払い条件を名目を変えて要求したと同じではないか。わがロシア政府は、一切の金銭の支払いに絶対に応じられない」

と、答えた。

ウイッテは、一つの提案を試みた。

「私個人として問いたい。もしも、樺太全島を日本に譲った場合、日本は金銭の支払い要求を撤回する意志はないか」

「ない。現在残されているのは、樺太北部返還とそれに伴う代償金支払い問題の二つで、これ以上の譲歩を日本政府が許可するはずがない」

小村は、冷ややかな口調で答えた。

その問答によって、小村とウイッテは、互いにこれ以上の妥協点がないことを確認し合った。ウイッテは、

「なにか別に質問があればお答えしたい」

と落胆した表情でただしたのに対し、小村は、

「この上なにも問うことはない」

と、答えた。

ウイッテは、

「討議はすべて終ったが、これで袂《たもと》をわかつのは少し心残りにも思う。三日後の八月二十六日に最終会議をもう一度開きたいが、如何《いかが》」

と提案し、小村もそれに同意した。

その日、ウイッテは、小村とのやりとりを記者たちにつたえた。かれは、樺太全島を日本に与える意志などないが、その仮の提案をしても小村は代償金の要求に執着したことを口にし、

「私には、よくわかった。日本は、金銭を得たいために戦争をしたのだ。この事は、必ず書いて欲しい」

と、言った。

その発言は記者たちの関心をひき、翌朝の新聞に一斉に報道された。一部の新聞の解説はウイッテに同情し、日本は金銭を目的に戦争をはじめ、さらに継続も企ててい

ると非難していた。記者たちは、講和会議の決裂が時間の問題であることを報じ、日本の穏当な要求を国の威厳を傷つけると言って拒否するロシア側の大国意識と、それを支える皇帝専制国の体質に批判の筆を向ける新聞もあった。が、同時に一方では、代償金を要求する日本側の態度に対する批判もあって、かれらは論説の手がかりをつかみあぐんでいるようであった。

小村と高平はホテルの部屋にとじこもっていたが、竹下中佐は、佐藤愛麿、立花大佐とともに海水浴やドライブをし、市の有力者主催のパーティーにも出席していた。竹下は、親しい講道館の柔道家山下義韶《よしあき》と門下生たちをニューヨークから呼び寄せ、招待された屋外パーティーで稽古《けいこ》を披露させたりしていた。

その日の深夜、小村は、本多電信主任に起され、長文の電報を渡された。それは金子堅太郎からの暗号電報で、午後七時にニューヨークから発信された緊急電であった。かれは読み終ると、本多に高平と山座を呼ぶように命じた。電文を翻訳して内容を知っている本多は、すぐに部屋を出て行った。

山座についで高平が、本多とともに部屋に入ってきた。

小村は高平に電文を渡し、高平は読み終ると山座に渡した。

電文は、金子のもとに届けられたルーズベルトの秘密書簡の全文であった。そこには、金銭のために戦争継続も覚悟している日本に対する非難の世論が強いので、金銭に関する要求をすべて撤回した方が、今後、日本のために利益になるだろう、と記されていた。また、ルーズベルトがロシア皇帝に、譲歩を求める第二回目の親電を発したことも書かれていた。

これまでルーズベルトは、日本が樺太北部をロシアに返還する代りに代償金の支払いを求めるのは当然だ、と強調していた。それが、突然、償金要求は好ましくないと態度を一変させた理由が解《げ》しかねた。

小村は、ルーズベルトが世論を恐れているのだ、と思った。ルーズベルトはその年の春に再選され、日露講和を成立させることで国民の支持をさらにたかめようとしているにちがいなかった。かれは、常に世論の動きに注意をはらい、急にたかまってきた日本の金銭要求に対する批判を重視し、自分の立場が悪評にさらされることを危惧《きぐ》して日本側に要求の撤回を求めてきたのだと推定された。

書簡の内容を記した電文に添えられた金子の感想にも、

「私ハ驚キ、疑ヒ、其《その》原因ヲ推測スルニ苦ミタリ」

と記されていたが、陰の支援者であったルーズベルトが態度を一変したことは、日本側にとって大きな打撃であった。むろん、ルーズベルトの書簡内容は、臨時外相桂太郎にも発信されているはずであった。

小村は、金子への返電を本多に発信させた。一刻も早くルーズベルトに会い、その真意をただして欲しいと依頼した。

金子からの返電は、早くもその日の午後二時にとどいた。

その日、マクレーン州知事の招待でポーツマス市西方六〇キロのマンチェスター市にある世界一と称される綿糸紡績工場へ行く予定になっていて、小村は、自分たちが平静であることをよそおうため佐藤、立花、竹下、小西の随員とともに自動車でおもむいて見学し、夕方ホテルにもどった。

かれは、本多から金子の電報を渡された。事情は、さらに悪化していた。ルーズベルトは、二回目のロシア皇帝への親電に対する返電を受けとったが、皇帝は、樺太二分案も代償金支払いもすべて拒絶し、

「私ハ、全ロシア国民ヲ励マシ、自カラ先頭ニ立ツテ満州ニ出陣スル」

と答えたという。

ルーズベルトは、ロシアの頑《かたくな》な態度を憤り、

「ロシアには、全く匙《さじ》を投げた。講和会議が決裂した折には、ラムスドルフ外相、ウイッテは自殺して世界にその非を詫《わ》びねばならぬ」

と、激しい言葉を口にしていたという。

小村は、また金子が大統領からきいた話として、ロシア皇帝と政府首脳者が、すでに協定が成った満州、韓国等に関する八個条の協定もすべて破棄して、戦争をつづける決意をかためたことも知った。

八月二十六日の朝が、明けた。空は青く澄んでいた。

ウイッテ側は、その日の会議で決裂を予測したらしく、午前中に随員のコロストヴェッツが、明日ポーツマスを引揚げる準備として部屋代その他の請求書をホテルに要求したという。また、九月五日ニューヨーク発のドイツ客船でヨーロッパへ去るので、ニューヨークのホテルに一行の部屋を予約させるため、書記官のバッチェフを先発させたこともあきらかになった。

講和会議の決裂が確定的になり、ホテルは騒然とした空気につつまれた。

午後三時三十分、小村、高平、ウイッテ、ローゼンのみで秘密会が開かれた。

小村は、

「樺太北部をロシア領、南部を日本領とする妥協案と代償金要求について、ロシア政府の回答は？」

と、問うた。

ウイッテは暗い表情で、

「政府は、全面的に拒絶してきた。今までに妥協に達した満州、韓国問題すらも、政府内で強い反対がある」

と、答えた。

小村は、代償金の点で譲歩することを胸に秘めながら、

「なにか妥協点が見出《みいだ》せるなら、意見を出していただきたい。私の方も慎重に考えてみたい」

と言ったが、ウイッテは、

「なにもない」

と、答えた。

「それでは談判は不調に帰し、当然の結果として戦争継続ということになる。私は、あなたの強調するようにロシアに戦争をつづける余力があると認めると同時に、日本にも十分に戦力があることをつたえたい。しかし、もしも妥協点があるなら互に譲歩すべきだと思い、今日まで努力してきたのだが……」

小村は、落着いた声で言った。

「私もローゼンも、貴方と同じように妥協点を見出すべく力をつくしてきた。しかし、ロシアの軍部は講和の成立に反対し、あくまで戦うと主張し、私たちの言葉に耳を傾けようとしない。これ以上談判をつづけても意味はなく、なるべく早く終結させる方がいい。もはや、自分たちの力ではどうにもならない。日本全権委員が、平和のために十分努力されたことを知っている。互に悪感情をいだくことなく袂をわかちたい」

ウイッテの顔に、苦渋の色が濃く浮かんでいた。

小村も、おもむろに口を開いた。

「貴方達が平和のために尽力したことを、私も十分に知っている。解決の道はないと思うが、あと一回会議を開いたら、と思う。その折に、妥協案に対するロシア政府の正式の回答を書面で提出していただきたい」

ウイッテはそれを承諾し、翌々日の八月二十八日月曜日の午後三時に再会することを約束した。

ホテルにもどった小村は、早速桂臨時外相宛《あて》に、「講和談判決裂ノ危機ニアタリ状況報告ノ件」と題して暗号電文を発信させた。

小村は、決断をくだしていた。ルーズベルトのロシア皇帝への勧告も全く効果がなく、ルーズベルト自身さえ、代償金要求の撤回を日本側に求めている。小村にとって、それは絶対に応じられぬことで、会議決裂を決意したのである。

かれは、桂宛の電文の中で「……談判ヲ断絶スルノホカモハヤ取ルベキ途《みち》ナシ」と断定し、二十八日の会議後、全員がポーツマスを引揚げる、と報告した。

小村は、夕食後、高平をはじめ随員すべてを自室に集め、

「ポーツマスに来て以来、予備会議一回、本会議九回を重ねてきたが、折衝は完全にゆきづまり、明後日の会議で決裂を宣言する」

と、述べた。

会議の経過を十分知っている随員たちは、小村の決断を当然のことと考えているらしく無言でき入っていた。

さらに小村は、

「明後日、会議決裂と同時に全員ポーツマスを引揚げニューヨークに向う。それも出来るだけ機敏におこないたいので、その日のうちに出発する。各自荷物をまとめて待機して欲しい」

と指示した。

随員たちは小村の部屋を辞すると、電信事務をおこなう事務室に集って会議決裂に対する感慨にひたりながら、酒を酌《く》み合った。自然に、戦争が再開された場合のこと

が話題になり、立花大佐は満州派遣軍の今後の動き、竹下中佐は連合艦隊の予想される作戦について述べたりした。かれらは、酔うままに漢詩を作ったり短歌を詠《よ》んだりして、夜おそくまで話し合っていた。

翌二十七日は日曜日で、その日も晴天であった。

随員たちは、引揚準備にあわただしく動きはじめた。翌日の夕方、乗車予定のニューヨーク行きの汽車の手配やホテルの請求書計算を依頼するかたわら、私物をまとめることにもつとめていた。

山座は、小村に命じられてポーツマス市の好意に謝するため慈善事業資金として贈る二万ドルの小切手を切り、それにつけ加える書面もタイプライターで打った。

その日、ウイッテ側は数回にわたってロシア本国に暗号電報を打電していたが、小村側の受発信もしきりだった。

午後、桂臨時外相から「秘密第六八号」の緊急電が入電した。それは、政府から最後の訓令を発する予定だが、慎重に審議する時間が欲しいので、翌日の会議をさらに二十四時間延期するよう手配すべしという指示であった。

小村は、すでに討議の余地もないと思ったが、高平を招いてウイッテに最後の会議を一日延ばすよう申込むことを命じた。高平は、ロシア語に精通している落合をともない、ウイッテの部屋を訪れた。

高平は、ウイッテに本国からの最後の訓令がまだ到着しないので会議を延期したいと申し出た。が、ウイッテは無意味だと言って承諾しなかった。かれは、その理由として、ルーズベルトの二度目の親電に対して、ロシア皇帝は、「方針の変更は一切ない」と回答したこともあきらかにし、ポーツマスからの引揚の準備もすべて終っているので予定を変更することはできない、と述べた。

押し問答が一時間近くもつづき、最後に高平がかさねて強く求めると、ウイッテは、

「それでは、今度こそ最終の会議とすることを確約していただきたい」

と言って、ようやく承諾した。

高平はウイッテの部屋を辞すると、廊下に集っていた記者たちに、

「ポーツマスと東京は時差が十四時間もあるので、政府からの電報がとどかない。そのため、会議を一日延期することに決定した」

と、つたえた。

小村は、高平が部屋にもどると、ただちに桂臨時外相宛に、会議の二十四時間延長を打電させた。そして、高平からウイッテとの会談内容の報告を受け、ロシア皇帝がルーズベルトの第二回親電を全く拒絶したことをきくと、桂宛にその旨《むね》をつたえる電

報も発信させた。

その中で小村はロシア皇帝のルーズベルトに対する返電からみても講和成立の「望ミハ全ク絶エタモノト認メザルヲ得ズ」と述べ、

「不肖ナガラ微力ノ及ブ限リヲ尽シタルモ、不幸ニシテ事ココニ至ルニ就テハ甚《はなは》ダ遺憾ナルモ、最早《もはや》此儘《このまま》ニテハ解決ノ方法之《これ》ナクニ付、不得已《やむをえず》最後ノ手段ヲ取ルコトニ決心シタル次第ナルニヨリ本員等ガ取ルベキ手段ニ付テハ予《あらかじ》メ御承知アランコトヲ請《こ》フ」

と記した。

随員の立花大佐が、小村の部屋を訪れ、重大な進言をした。

「今日までの会議経過をみますと、講和は決して成立せずと考えられます。おそらく、ロシア皇帝は、満州軍指揮のリネウィッチ大将に対し、談判決裂と同時に全軍の総進撃を命じるにちがいありません。リネウィッチは、勝利まちがいなしとして戦争継続をしきりに上奏したいきさつからも、必勝を期して行動を起すことと思います。日本陸軍としては、全力をあげてリネウィッチ軍を撃破し、その後、あらためて講和会議にのぞむ以外に打開策はないと信じます。大臣におかれては断然主戦論を堅持され、本国に対して戦争継続を進言していただきたい」

立花は、切々と訴えた。

小村は、かれの言葉に大きく動かされた。ロシア皇帝が強硬な態度をとり談判打切りを命じているのは、勝利をとなえる軍部と武断派の上奏に同調しているからにちがいなかった。立花の言う通り、リネウィッチ軍の敗報を手にしなければ、皇帝の姿勢を変えることは絶対に不可能であり、講和成立も期待できぬ、と思った。

かれは、立花の意見に同調し、深夜、桂宛に電報を打った。その中でかれは、樺太、代償金の両方を放棄すればロシア皇帝は講和に応ずるだろうが、それはわが国がロシアに屈服することを意味し、「コノ上ハ断然戦争継続ヲ決意サレ、第二ノ時機ヲ待チテ講和」会議を再開するほか道はない、と激しい調子の進言をおこなった。

また、立花大佐は、会議の経過を連日のように山県参謀総長に電報で報告していたが、小村が政府に戦争継続の進言をしたと同時に、山県宛に至急電を発した。かれは、講和会議の決裂は必至で、大本営としては、

「断然小規模的計画ヲ打破シ、兵力、器械共ニ必ズ敵ヲ圧倒スル丈《だけ》ノ準備ヲ急設スル事、帝国興廃上ノ最大要務ニシテ、望ムベクモナキ講和会議ヲ続行シ、イタヅラニ時日ヲ遷延《せんえん》スル事アランカ、先制ノ利或《あるひ》ハ遂《つひ》ニ彼ニ帰シ、従来ノ形勢ヲ一変シテ如何《いか》ニ切歯憤慨スルモ事遂ニ為《な》ス可《べ》カラザルニ至ルベシ」

として、日本陸軍はただちに防備をかため、すすんで攻撃態勢を至急ととのえるべきだ、と進言した。

その日、金子から、ルーズベルトがドイツ皇帝を動かし、列国の調停で問題を公平に解決したいと希望しているという電報が入電したが、すでに解決策が絶えたことを知った小村は厚意を謝しながらも、効果が期待できぬとしてルーズベルトの斡旋《あっせん》を辞退した。

翌日は、汽車の手配変更などで書記生の動きがみられるだけで、引揚準備を終えた随員たちは、事務室に集っていた。かれらは本国からの最終訓電を待っていたが、それは戦争継続決議をつたえる訓令にちがいないと予想していた。

その日の新聞の論調は、口裏を合わせたように日本を支持する内容が大半だった。日本が樺太北部返還という譲歩をしめしたのに、それすら拒否しているロシアに対する激しい批判が打ち出されていた。もしも、談判が決裂すれば、世界の世論はロシアを非難し、嘲笑《ちょうしょう》するだろう、と記されていた。

記者たちの中には、激昂《げっこう》してロシア側随員にその頑《かたく》なさを責める情景もみられた。

ホテルの避暑客たちは、早朝から周辺に作られたゴルフ場やテニスコートで時間を過していたが、時折り競技の手をとめて翌日に会議の決裂が迫ったことを話題にしたりしていた。

小村は、佐藤、デニソンと朝食時に食堂におもむき、いつもと変らぬように食事をとったが、自室に入るとさすがに疲れたらしく、ソファーに小さな体を横たえた。窓の外からは、小鳥の囀《さえず》りや汽船の汽笛が聞えてきていた。

正午をすぎても政府からの最後の訓電は来ず、随員たちは事務室で苛立《いらだ》っていた。

午後一時すぎ、事務室のベルが鳴った。コンマーシャル・ケーブル電信会社から「ポーツマス　コムラ」宛の電報が到着した合図であった。

埴原三等書記官がすぐに階下におりてゆくと、電報を手にもどってきた。東京の外務省との間に交わされる暗号電報で、ただちに本多が翻訳にとりかかった。

暗号表を眼にしながら文字を組立ててゆく本多の顔に、緊張の色が浮び出た。

「帝国政府ハ　閣議及御前会議ニ於《お》テ慎重凝議ノ末　陛下ノ聖断ヲ仰ギ　結局下文ノ如《ごと》キ廟議《びょうぎ》一決セリ」

かれの持つ鉛筆が、紙に一文字ずつ記されてゆく。日露講和に対する最後の決断が下されたのである。

随員たちは、本多の記す文字を眼で追っていたが、かれらの顔から一様に血の色がひいていった。

本多の口からすすり泣きの声がもれ、随員たちの眼にも涙が光った。

翻訳を終えた本多は、鉛筆を机の上におくと突然号泣しはじめた。電文には、開戦の目的である満州、韓国の重要問題が解決したので、樺太割譲、償金問題の二条件を放棄し、「此際《このさい》　講和ヲ成立セシムルコトニ議決セリ」と記されていた。電文の要旨は、

㈠この機会をのがさず、あくまで講和成立をはかること。

㈡その目的のため償金支払い、樺太割譲の両条件を放棄するが、まず償金問題を放棄し、それでも会議決裂の恐れがあると判断した折には、樺太割譲の放棄も申し入れる。

㈢但《ただ》し、樺太問題の放棄は、アメリカ大統領に至急連絡をとり、その勧告にやむなく応じたように仕組む。が、大統領が動かぬ場合には、やむを得ず日本政府最後の譲歩として放棄することを提案せよ。


というウイッテの提案した樺太南部を日本領とする妥協案すら放棄した、全面的な譲歩であった。

随員たちは、呆然《ぼうぜん》として身じろぎもしなかった。やがて、一人が憤《いきどお》りの声をあげると他の者たちも堪えきれぬように声をふるわせて不可解な訓令をなじった。それまで

樺太、償金の両問題で折衝をつづけてきた努力も無視され、それらをすべて放棄することは、ロシアの頑な抵抗に屈服させられたことになる。

むろん、政府が会議の決裂を恐れてそのような決議をしたことは理解できたが、両条件の要求をつらぬくためロシア側に対しただ一人で応酬をくりかえしてきた小村の努力も、その訓令で徒労に終ったことになる。

受発信で夜もほとんど眠らぬ本多は、憤りと悲しみで肩をふるわせて泣いていたが、電文をまとめると事務室を出て行った。

かれは、小村の部屋のドアをノックし、内部に入った。小村は仰向《あおむ》けになって薄く眼を閉じていた。その顔には、深い疲労の色がにじみ出ていた。

本多がすすり泣きながら電文を差し出すと、小村は横になったまま受け取り、読みはじめた。本多は、小村の顔を見るのが堪えきれず視線を床に落していた。

小村が電文を読み終り、半身を起すと、黙ったまま電文の端に読了したことをしめす署名をして本多に返した。

本多が部屋を出て行くのと入れ代りに、高平、佐藤、山座が姿を現わした。かれらは、言葉もなく立っていた。

小村は、かれらに椅子《いす》に坐《すわ》るように言い、いつもと変らぬ表情で翌日の会議にのぞ

む打合わせをおこなった。かれは、

「まずウイッテに、代償金の撤回を声明して反応をうかがってみよう。それでもウイッテが少しの心の動きも見せぬ場合には、樺太全島を無条件でロシアに返還する方法をとる」

と、冷静な口調で言った。

部屋には安達、立花、竹下、デニソンも姿をみせ、小村の顔を見つめていた。

九

東京では、元老、閣僚たちが、連日、詳細に送られてくる小村からの報告電報に一喜一憂していた。

会議が進むにつれて、かれらの表情に憂色が濃く、講和成立に悲観的な空気が流れるようになった。金子からもそれを裏づける電報が続々と入電し、ヨーロッパ各国駐在の公使や諜報員《ちょうほういん》からもロシア側が戦争継続の意志をかためたことがつたえられていた。

ウイッテが樺太二分案を提案し、小村が代償金を要求するとつたえてきた折には、講和成立の希望も生じたと考えられたが、それもロシア皇帝の予想以上の強い反対で、たちまち消えた。

元老、閣僚はルーズベルトの斡旋に最後の望みを託していたが、それもロシア皇帝の態度を軟化させることは困難だろう、と予測していた。

八月二十六日の会議後、小村からの電報によって、政府は、会議決裂が確実になったことを知った。さらに小村は、二日後の二十八日の最後の会議で、全員ポーツマスから引揚げる決意をかため、さらに政府に対して戦争継続を決意するよう進言してきた。

会議決裂が決定すれば、ウイッテはその旨を本国政府に至急電でつたえ、それを待っていたロシア政府は、満州にあるリネウィッチ大将指揮の大軍に戦闘開始を命ずるだろう。

元老、閣僚は、会議をひらいて早朝から深夜まで対策を協議した。

元老、閣僚の中には、講和会議の決裂を覚悟で強硬に要求を押し通すことを主張する者もいたが、それが戦争継続につながることだけに譲歩もやむを得ないという声が次第に支配的になっていた。

それを決定づけたのは、山県参謀総長の現地軍視察報告であった。

戦争の将来をうれえた天皇は、小村全権が横浜を出発後、山県に満州におもむかせ派遣軍の状況と将兵の士気調査を命じた。

山県は、七月二十一日、奉天の満州派遣軍総司令部に到着、大山総司令官から軍の現況をきいた。さらに翌日には、最前線を視察し、二十五日に総司令部で会議を開いた。出席者は、総司令官大山巌元帥《げんすい》、総参謀長児玉源太郎大将、第一軍司令官黒木為楨《くろきためもと》、第二軍司令官奥保鞏《おくやすかた》、第三軍司令官乃木希典《まれすけ》、第四軍司令官野津道貫《のづみちつら》、第四師団長川村景明《かわむらかげあき》の各大将であった。

大山をはじめ児玉らは、情報を綜合《そうごう》した結果、ロシア軍の増強は予想以上に進み、リネウィッチ総司令官の指示のもとに戦線の整備も着々とととのえていると説明した。総兵力は歩兵五百三十八大隊、騎兵二百十九中隊、砲兵二百七隊で、日本軍の三倍にも達する大兵力であった。

しかも、増強されたロシア軍将兵は、ヨーロッパ方面から送られた精鋭で、連敗の汚名を返上しようと戦意もさかんであるという。

たとえ、日本軍が新たな作戦行動を起してハルピン攻略を目ざしても、途中に三つの堅固な陣地があり、その一つを占領するだけでも少くとも二、三万の死傷を覚悟する必要があると述べた。

山県は、現地軍指揮層の綿密な現状報告を聴取して、戦争継続はきわめて危険であるという結論に達し、急いで帰国すると天皇、元老、桂首相に報告したのである。

小村からポーツマス引揚の電報を受けた桂は、二十四時間の会議延長を小村に指示すると同時に元老、閣僚の合同会議を招集した。

八月二十八日午前七時、首相官邸で会議が開催された。出席者は伊藤、山県、井上、の三元老（松方正義は病気欠席）と桂首相をはじめ寺内陸軍、山本海軍、芳川《よしかわ》内務、清浦農商務、曾禰《そね》大蔵、波多野司法、大浦逓信《ていしん》、久保田《くぼた》文部の各大臣であった。

桂は、それまでの小村全権からの会議経過の概要を報告、まず会議決裂を回避させるかどうかについて意見をもとめた。それは戦争の継続を覚悟するか否《いな》かという質問と同じであった。

戦場視察をした山県が、あらためて現地軍の情勢について発言した。戦場では、一応戦争継続も予想して戦闘準備をととのえてはいるが、有利に戦闘を展開しリネウィッチ軍を撃破してハルピンに進攻することができたとしても、その攻略は本年末になり、さらに兵を進めてウラジオストックを占領することに成功したとしても、それ以上の進撃は不可能で、ロシア軍を再起不能にさせることは望めない、と説明した。また、軍事費は一年に十七、八億円にも達するにちがいなく、それが調達できなければ、弾薬も糧食もつき、全軍が大陸の原野に立ち往生しなければならなくなるだろう、と述べた。

現在でも軍事費をひねり出すのは困難な情態で、伊藤、井上をはじめ曾禰蔵相も、そのような支出は無理で、財政は完全に破綻《はたん》する、と断言した。

結局、戦争を継続することは到底不可能だということに意見が一致し、講和を成立にみちびくための協議に入った。むろん議題は樺太割譲と償金支払いの二条件の扱いがすべてで、それらをどの程度譲歩するかが論議の焦点になった。

償金問題については、財政の建直しのためぜひとも要求したかったが、ロシア側も極度に貧窮していて、それに応ずることはできそうにもなく、十二億円を六億円まで減額したら、という意見もあった。が、山本海相は、

「償金問題は放棄すべきである。吾々《われわれ》は、金銭を得るために戦争をしたのではない」

と言い、それに山県、寺内も同調し、結局、償金要求は一切放棄することに決定した。

ついで、樺太問題に移ったが、議論は白熱化した。

樺太は日本軍が完全に占領した地であり、戦勝国としてその割譲を要求するのは当然であるという主張が大勢を占めた。しかも、その地は歴史的にも日本領であり、ロ

シアに返還する理由は全くないと強調する声も多く、代償金問題の放棄を口にした山本も、樺太領有をあくまで貫くべきだと主張した。

しかし、そうした声も、山県の発言によって打消された。

「ロシア皇帝は、ひと握りの土も日本に渡してはならぬと厳命している。私としてもまことに憤慨に堪えぬが、樺太割譲を要求することは戦争継続に直接つながる。講和の成立を実現させるためには、大譲歩をする以外にない」

と、説いた。

会議の席に悲痛な空気が流れ、一部の者からウイッテの提案した樺太北部のみをロシアに返還する案を推しすすめてはどうかという意見もあったが、情勢を綜合判断した結果、それも拒否されることは確実なので、樺太すべてを放棄する以外にあるまいという空気が濃厚になった。

かれらの顔には、苦渋の色がにじみ出ていた。国内では講和会議に対する不満が日増しにつのり、即時会議中止、戦争継続の声がたかまっていて、新聞もロシア側の強い姿勢を突きくずせぬ小村全権をはじめ元老、閣僚に激しい非難を浴びせている。もしも、条件中の最も重要な償金支払いと樺太割譲要求の放棄を決定すれば、国内に大騒乱が起ることはあきらかだった。

しかし、講和成立を期するかぎり償金、樺太両問題の一切の放棄は絶対に必要であり、結局、全員一致で放棄を決議した。会議の終了は、午後二時十分であった。

その後、かれらは、ただちに車をつらねて皇居におもむき、天皇出席のもとに御前会議を開いた。

桂首相兼臨時外相が、元老・閣僚合同会議の決議を報告すると、天皇はそれを期待していたらしく即座に裁可をあたえた。

皇居を退出した桂は、急いで首相官邸にもどると小村全権に対し、御前会議の決議による償金、樺太両問題の無条件放棄を命ずる至急電の文案を作成し、外務次官珍田捨巳に手渡した。

珍田は、電信課事務主任幣原喜重郎《しではらきじゅうろう》に命じ、午後八時三十五分に発信させ、小村のもとには、二十八日午後一時（現地時間）に到着したのである。

発信を終えて一時間ほどした頃、幣原の部屋に上司の外務省通商局長石井菊次郎が姿をあらわし、これから駐日イギリス大使館へ行く、と言った。かれは、マクドナルド大使に電話で呼ばれたのだが、夜遅く電話をかけてきたマクドナルドに腹立たしさを感じているようだった。

石井は、不機嫌そうに外務省おかかえの人力車に乗って夜の道に出て行った。

四十分程過ぎた頃、石井があわただしくもどってくると、外務省に残っていた幹部を全員集めた。石井は、

「南半分は、助かるぞ」

と、興奮した声で言った。

かれがイギリス大使館に行くと、マクドナルド大使がかれを部屋に招じ入れ意外なことを口にしたという。それは、本国政府からの電報による重要な内報であった。

駐露アメリカ大使メイヤーは、ロシア皇帝にルーズベルトの二回目の親電を渡し懇談したが、その折、皇帝は、

「償金支払い要求など断じて受けいれぬが、樺太はロシアが領有してからわずか三十年ほどであるし、南半分を日本に譲る気持がないでもない」

と、語った。

メイヤーは、親交のあるロシア駐在イギリス大使にそのことをもらしたので、イギリス大使はイギリス外務省に打電し、それが駐日大使に電報でつたえられてきたのだという。

さらに、イギリス大使がその電文を読んできかせてくれたので、石井は事実であることを知り、急いで外務省に帰ってきたのである。

ポーツマスでの最後の会議開催時刻は、迫っていた。小村は、本国からの訓令にしたがって償金についで樺太全島の放棄を声明するだろう。むろんウイッテのもとには皇帝から、樺太南半分を日本領とすることに異存はないという秘密指令がつたえられているはずで、小村が全島の放棄を声明すれば、ロシア側は狂喜し、日本に南半分の譲渡もせずにすむ。

すでに御前会議で全島の放棄が決議されているが、元老、閣僚にこのことを急報し、さらに天皇の裁可も得て小村全権に改正した訓令を至急電でつたえる必要があった。

石井は、電話で元老、閣僚に連絡しようとも思ったが、重要な機密事項であるので、幹部を手分けして元老、閣僚の自宅へ通報する方法をとった。

すぐに人力車がかき集められ、幹部たちは外務省の門からあわただしく散って行き、石井は、桂首相のもとに急いだ。

幣原は、珍田外務次官の官邸に行って、珍田を起し、事情を説明した。珍田は、驚き、桂のもとへ行く身仕度をはじめた。

幣原は、急を要することなので、とりあえず小村全権に電報を打ち、御前会議決定をつたえた電報を実行に移すことは猶予《ゆうよ》するようにと訓電を発してはどうか、と進言した。

珍田は即座に承諾したので、幣原は省に車を走らせると独断で電文を作り、

「先刻電報済ノ政府訓令ハ、暫《しば》ラク執行ヲ見合ハセ、後電ヲ待タレタイ」

と、至急電を発した。

外務省員の深夜の訪れをうけた元老や閣僚は、互いに使いを出して決議の変更を認め合い、それをとりまとめた桂首相が、夜が明けた頃、珍田次官をともなって宮中におもむき、天皇に事情を報告した。桂は、樺太南半分を要求しても、講和会議が決裂するおそれはないと確信していると述べたので、天皇は裁可した。桂は、急いで外務省にもどり、小村への訓令の作成にとりかかった。

桂をはじめ元老、閣僚の間に、一つの疑惑が生じていた。イギリス大使の通報によれば、ロシア皇帝がアメリカ大使メイヤーに樺太南半分を日本にゆずる意志があると述べたというが、当然、それはメイヤーから大統領ルーズベルトに報告されているにちがいなかった。

それを受けたルーズベルトは、常識的に考えて金子堅太郎を通じ日本政府と小村全権に内密につたえてもよいはずであったが、なぜ、かれが口をつぐんでいるのか、理由がつかめなかった。

桂たちは、一つの推測を下していた。ルーズベルトは、会議が決裂し両国全権がポ

ーツマスからニューヨークに引揚げてきた後、樺太を日露両国で二分するという斡旋《あっせん》案《あん》を出し、一気に講和成立へ持ち込む意図をいだいているのではないか、と思った。もしも、それが実現すれば、ルーズベルトは賞讃《しょうさん》につつまれ、国内的にも大統領としてのゆるぎない声価を得られるはずであった。

桂は、その公算がきわめて大であると判断し、電文には、ルーズベルトの勧告は排し、日本政府独自の立場で償金、樺太北半分の放棄を会議に提出することを指示した。

幣原が独断で作成した電報は、二十八日夜、ポーツマスに着電した。

小村は、電文の意図を理解することができず、次の訓電を待った。

八月二十九日午前零時を過ぎた頃、桂からの修正訓電が到着した。

本多電信主任が翻訳した電文を受けた小村は、高平、山座を自室に呼び、電文をしめして政府が樺太南半分を要求せよという根拠について、意見を交し合った。理由についてては結局つかむことはできなかったが、講和成立を絶対条件とする元老、閣僚が天皇の裁可も得て修正訓電を発してきたのは、なにかそれを裏づける確実な新しい情報を得たからにちがいない、と判断した。

「もしも樺太の南半分の割譲が通れば、日本の恥辱は幾分軽くすむかも知れない」

山座がつぶやくと、高平もうなずいていた。

山座と高平は去り、小村はベッドに身を横たえた。

蚊帳《かや》の外では、蚊の音がきこえていた。

……夜が、明けた。

小村は早めに食事をすませると、随員たちに新しく訓令された電報の内容をつたえた。

その日も晴天で、車は土埃《つちぼこり》をまきあげて工廠《こうしょう》に向った。

ウイッテたちは、それを追うようにホテルを出発した。

かれらの表情は、暗かった。

随員の海軍大佐ルーシンは、満州軍総司令官付であった経験から日本と戦争をつづけても勝利の見込みはほとんどないと口癖のように言い、ウイッテをはじめ随員たちに強い影響をあたえていた。かれらは、皇帝を強硬にさせている本国の主戦派に苛立《いらだ》ちと憤《いきどお》りを感じていた。

殊《こと》にウイッテは、本国に帰った折の自分の立場を思い、萎縮《いしゅく》した気持になっていた。本国では主戦派が大勢を占め、常に戦争の継続に反対してきたかれについて皇帝にさまざまな中傷を告げているという通報もあり、講和会議の決裂は、かれの身を危うくさせるおそれが多分にあった。

かれのもとには、皇帝から樺太南半分の日本への譲渡は許すが、償金支払いには決して応じてはならぬという最後の訓令が、前日にとどいていた。

かれは、その訓電に失望した。小村の厳しい態度からみて、そのような償金支払いをふくまぬ条件を日本側が認めるはずはない。その証拠に、小村ら一行は、汽車の手配をし、ホテルの精算もすませている。さらに洗濯屋から衣類すべてを届けさせホテルから借りた耐火金庫も返して、会議終了直後、匆々《そうそう》にポーツマスを引揚げる準備も終えている。

ウイッテは、会議決裂の折にロシア全権としてとるべき手段もととのえていた。

かれは、内ポケットに会議決裂を本国につたえる至急電の電文を入れていた。その日の会議で、小村がかさねて償金支払いを強く求めた折には、おもむろに席を立って会議室のドアを開き、隣室にひかえる随員にロシア語で、

「ロシア煙草《たばこ》を持ってきてくれ」

と言って、電文を随員に渡す予定になっていた。

その言葉は発信を意味する隠語で、随員は自動車でホテルにもどり本国に打電する。

それは、満州にいるロシア軍の即時進撃命令になるはずであった。

ウイッテ一行が午前九時五十分に会議室に入ると、小村らは、すでに着席していた。

ウイッテたちは、会議の決裂寸前であるのでかたい表情をしていたが、小村たちの顔には感情の動きはみられなかった。

時計の針が、午前十時をしめした。

小村が口を開き、両国全権委員による秘密会議を開きたい、と提案した。

ウイッテは同意し、日本側の佐藤、安達、落合、ロシア側のプランソン、コロストヴェッツ、ナボコフが退席し、会議室には小村、高平、ウイッテ、ローゼンが残った。

重苦しい空気がただよい、ウイッテはテーブルに視線を落し、ローゼンは窓に眼を向けていた。

「まず、先日、私の方から出した妥協案について、ロシア国政府の正式の回答書をお渡しいただきたい」

小村が、発言した。妥協案とは、日本側が抑留艦艇の引渡し、海軍力制限の条件を撤回すると同時に、樺太南半分の割譲と代償金十二億円を要求する案であった。

ウイッテが、書類袋から妥協案に対するロシアの正式回答書を出し、小村に渡した。

それは、仏文、英文の二通であった。

小村は一読し、高平に渡した。

意外であった。回答書には、初めに日本が俘虜《ふりょ》にした多くのロシア将兵に対する給養費以外には一切の金銭支払いを拒絶すると書かれていた。次に樺太割譲問題であるが、ロシア皇帝は極東平和の回復のため樺太南半分の譲渡に同意する、とある。それは、小村が本国政府から最後の訓令として受けとった内容と完全に一致していた。小村は、初めて桂らがロシア皇帝の譲歩案をなんらかの方法で知り、急いで樺太全島の放棄から北半分の返還に修正したことに気づいた。

かれは、全身の関節がゆるんだような深い安堵《あんど》を感じた。苦しみぬいてきただけに拍子抜けした思いでもあった。

ウイッテとローゼンは、小村と高平の表情を不安そうにうかがっている。小村は、自分の頰がゆるみかけるのを抑えていた。ウイッテたちは、代償金に固執しつづけてきた日本側が、ロシア側の回答書を不満とし、拒絶すると信じていることはあきらかだった。

高平が回答書を読み終えると、小村は書類袋から覚書を取り出した。そこには、日本の償金支払い要求には正当な理由があるが、ロシア政府が承服せぬことを考慮し、一つは人道と文明のため、一つは日露両国の真の利益を考えて、その要求を撤回する、と書かれていた。

小村は、

「私は、日本国全権として本国政府の訓令により特別の通告をする」

と言って、英文、仏文二通の覚書をウイッテに渡し、
ウイッテは英文の覚書をローゼンに渡した。仏文の覚書に視線を据えた。小村は、ウイッテの顔を見つめていた。ウイッテの口もとがゆるみはじめたが、それを抑えようとつとめているのが感じとれた。

読み終ったウイッテが、覚書に視線を落しているローゼンに顔を向けた。その眼には、あきらかに歓喜の色がうかび出ていた。

ウイッテは、顔をあげたローゼンとロシア語で囁《ささや》き合うと、小村に顔を向け、

「回答書にある通り、ロシア皇帝陛下は代償金支払いを拒絶し、樺太南半分を日本に譲渡する事を明確に御承諾なされた。貴方の覚書に代償金支払い要求の放棄が記されているので、吾々《われわれ》は日本側の新提案を受諾せざるを得ない」

とロシア語で述べ、それをローゼンが英訳した。

小村は、うなずくと、

「日本国天皇は、平和の回復を強く念願としているので、金銭の支払い要求を撤回し、北緯五〇度を境界として樺太北部をロシア領とすることを私に命じられた」

と、答えた。

さらに小村とウイッテは、樺太には互いに軍事施設を設けぬこと、樺太北部とシベリア大陸間の海峡、樺太南部と北海道間の宗谷《そうや》海峡に、両国船の航行を自由にすることを承認し合った。

これによって、講和条件はすべて妥結し、秘密会議はわずか五十分間で終了した。五分後、本会議に移ることになり、小村と高平は、そのまま椅子《いす》に坐《すわ》って煙草をくゆらしていた。

ウイッテの顔に喜びの色があふれ、紅潮した。かれは、席を立つと随員の控え室に入り、ローゼンもそれを追った。

椅子に坐っていた随員たちは、ウイッテを不安そうに迎えた。

「諸君、平和にきまったぞ。お芽出とう。日本はすべてを譲歩した」

かれは、低い、しかし興奮した声で言った。

随員たちは一斉に立ち上り、ウイッテに秘密会議の内容をたずねた。ウイッテが口早やに説明すると、随員たちは先を争うようにかれの手を握り、肩を抱いて激しく接《せっ》吻《ぷん》した。冷静なローゼンも、感動をおさえ切れぬように、

「ウイッテは偉大だ。良くやった、立派に任務を果した」

と、くりかえした。

ウイッテは祝福を受けながら、日本の賠償要求撤回によって講和会議が成立したことを報《しら》せるラムスドルフ外務大臣宛《あて》の短い電文を書き上げると、随員の一人にすぐ発信することを命じた。

ウイッテは、ローゼン、プランソン、コロストヴェッツ、ナボコフをともなって会議室に入った。テーブルには、すでに安達、落合も席についていた。

コロストヴェッツ著「ポーツマス講和会議日誌」（島野三郎訳）には「日本側は、何も特別なことが起ったわけではないように、泰然自若としていた」と、その折の小村らの印象が記され、本会議がはじまってからも、ウイッテが興奮を抑えきれぬように紙をしきりにちぎっている前で、「日本側は誰も彼も表情一つ変えず、何を考えているのか全く分らなかった」とつづられている。

あらためて、ウイッテと小村から回答書と覚書が交され、妥協が成立したことを正式に確認し合った。

つづいて、和議成立にともなう実行方法に対する審議がはじまった。まず、小村が日露両国軍の満州から撤兵する方法について記された書面を提出し、ウイッテはそれを承諾した。ついで、休戦、俘虜返還、通商条約、漁業条約の審議がつづけられ、それらもすべて意見の一致をみた。

協定の仕上げをする作業が残されただけになり、ウイッテは、随員の中の専門委員を会議に出席させたいと提案し、小村は同意した。

会議は午後零時三十分に休会となったが、両国側の随員は食事もせず、あわただしい動きをしめした。小村も、山座とともに桂、金子、ルーズベルトへの全条件妥結の電文を作成し、小西外交官補に至急電で発信することを命じた。

小西は、会議場を出ると自動車でホテルへ向った。

ロシア側も電報をしきりに発信し、また随員は、ロッキンガム・ホテルにいる親しい記者にうわずった声で講和成立の電話をかけたりした。

午後三時、会議は再開された。日本側の出席者は変らなかったが、ロシア側は軍事関係についてエルモロフ陸軍少将、条約文案についてマルテンス、財政についてシポフのそれぞれ専門委員を同席させた。

条約締結に附随した細目が午後五時まで審議され、その結果、条約文の作成については、日本側がデニソン、補佐として安達、落合、ロシア側がマルテンス、補佐にポコチロフ、プランソンがあたることになった。

ウイッテが、一週間以内に条約文を完成して署名を終えたいと述べ、小村も同意して午後五時に散会した。

ホテルにもどると、講和成立を知った記者や避暑客たちが車寄せの附近にむらがっていて、両国全権が到着すると、一斉に拍手をして迎えた。

小村たちは軽く頭をさげて応じたが、ウイッテたちは笑顔で記者や避暑客たちと握手をしながらホテルに入った。ロビーには、平和回復と大書した横幕が張られ、ホテルの内部は沸きかえっていた。

日が没し、電燈《でんとう》がともると、騒ぎは一層たかまった。州知事マクレーン夫妻をはじめ市の有力者たちが続々と自動車や馬車でかけつけてきて、祝いの言葉を交し合った。

日本側の者は姿を見せなかったが、ウイッテたちはかれらの集るバーに入ってきて、人々の握手と祝福の言葉を受けた。

シャンペンがあけられ、マクレーン知事が平和の到来を祝して乾杯した。かれらは、互いにロシアとアメリカの繁栄を祈って祝杯をあげ合った。また、ウイッテは、記者団を前に会議に協力してくれた感謝の言葉を述べ、激しい拍手につつまれた。

そうした騒ぎを遠く耳にしながら、日本側の随員たちは部屋にとじこもって酒を飲んでいた。かれらは、樺太南半分を確保したものの、結局はロシア側の圧力に屈したことに失望の色を濃くしていた。親日的な「ロンドン・タイムス」の記者モリソンが随員の部屋を訪れてきて、憤然としてロシア側の頑固な態度を激しく非難したが、随員たちは口数も少く、ウイスキーを口にふくんでいるだけであった。

その夜、小村は記者団に対し、

「日本国天皇ハ文明ト人道ヲ尊重シ、平和ノ為《ため》ニ妥協ノ精神ヲ以《もつ》テ、私ニ軍費支払ヒノ要求ヲ撤回シ、樺太ノ分割ヲ承認セラレ、会議成立ヲ命ゼラレタリ」

という趣旨の声明文を発表した。


翌朝の新聞は、講和成立の記事で埋められていた。

ウイッテは最大級の外交官と評され、ルーズベルトの巧妙な斡旋《あっせん》と日本の寛大さが賞讃《しょうさん》されていた。ウイッテの喜びにみちた談話も記事になっていたが、かれは外交の勝利だ、と誇らしげに語っていた。

その日、上海、長崎間の気象状況が悪く電信不通で、日本政府からの返電はなかったが、ルーズベルトからの祝電は寄せられていた。また、国務次官パース、マクレーン州知事らが祝賀挨拶《あいさつ》のため小村を訪れた。

電報も各地から寄せられ、「寛大ナ勝利国日本ヲ祝ス」「輝ヤカシイ勝利ヲ飾ル名誉ノ平和成立ヲ賀ス」など、ひきもきらなかった。

また、ニューヨークの金子からは、日本が金銭に固執したという印象をのぞくため新聞記者団と会見し、

「日本政府が戦勝国として当然の理由をもつ償金支払い要求を潔《いさぎよ》く撤回したのは、日本人が金銭よりはむしろ人道を重んじ、文明を尊び、世界の平和を愛する人種であるからにほかならない。私事であれ国事であれ、われら日本人は金銭よりも名誉を重んじる」

と語り、それがその日の新聞にも大きく掲載されたことをつたえてきていた。

条約文の作成作業が、日本側デニソン、ロシア側マルテンスを中心に進められたが、デニソンは外交実務家としての才能を十分に発揮し、かれが主導的立場に立って推しすすめていた。

九月一日、小村は、ウイッテとローゼンを自室に招いて、休戦協定に署名、翌日、ホテル内で会議を持ち、些細《ささい》な疑問点の意見調整をおこなった。

条約文の作成にあたって、マルテンスはさまざまな要求を口にしたが、デニソンはそれらを一切排除し、いつの間にかデニソンが作成の中心人物になっていた。

他の随員たちは、ようやく憩《いこ》いの時間を持つことができるようになり、佐藤、山座、立花、竹下は、舟を雇って海釣りをし、山座が魚の刺身を作り魚を焼いて、夕方まで

海上で過したりした。

涼しい日がつづいた。

会議が終了し暑熱も去ったので、記者や避暑客たちが続々と帰りはじめ、超満員であったホテルも急に閑散となった。

九月三日は大暴風雨で、ホテルの窓には飛び散った樹葉が貼《は》りついていた。

桂をはじめ元老たちから、小村の労をねぎらい講和成立を喜ぶ電報が相ついで入電してきたが、アメリカの新聞には、東京で講和条約に激怒した市民が騒動をひき起したことが報じられていた。小村には予期したことであったが、その表情は暗かった。

翌日は雨で、ホテルの滞在客はさらに減った。

その日、午後五時から条約の調印をすます予定であったが、清書が間に合わず翌五日午後三時に延期された。

夜、小村、高平の主催で会議成立を記念する大夜会が催された。州知事夫妻をはじめ市の有力者、記者たちが招かれ、ウイッテとローゼンも顔をみせた。小村はその席で平和回復を祝い、ポーツマス市と市民、記者団への感謝の挨拶をおこなった。ウイッテとローゼンは、小村の挨拶が終るとすぐに退席した。

翌日は、朝から霧雨が降っていた。

正午頃、条約文の清書もすべて終ったので、予定通り午後三時から調印をおこなうことが発表された。

やがて雨がやみ、まずロシア全権一行がホテルを出発し、少しおくれて小村らも自動車をつらねて工廠《こうしょう》に向った。全員フロックコートを着用し、立花大佐、竹下中佐は正装の軍服を身につけていた。

車が会議場建物の玄関につくと、海兵一分隊が整列していて捧《ささ》げ銃《つつ》の礼をおこない、軍楽隊が祝賀の曲を奏した。構内に入ることを許された新聞記者たちは玄関にむらがり、写真師たちはしきりに撮影をおこなっていた。

日露両国全権は、それぞれ全権室に入り、両国の随員は別室に集って条約正文の最終点検をおこなった。それも終り、コロストヴェッツが小村の部屋に、山座がウイッテの部屋におもむき、準備の完了を告げた。

小村とウイッテは、それぞれ会議室に入り、日本側は小村、高平の両側に山座、デニソンが坐り、ロシア側はウイッテ、ローゼンをはさんで四名が着席した。他の随員は、それぞれ自国の全権の背後に立った。また記念すべき調印の参観を許された工廠長ミード少将、「メイフラワー」艦長ウィンスロー、「ドルフィン」艦長ギボンス両大佐、国務次官パース、ニューハンプシャー州知事マクレーン、ポーツマス市長マルヴィンの六名が壁を背に立っていた。

三時四十分、調印がおこなわれることになり、佐藤とプランソンが関係文書を両国全権の前にひろげた。講和条約英仏文二通ずつと追加約款《やっかん》、最終会議録それぞれ二通、計十二通であった。

ウイッテは随員のジロンから借りた万年筆で、ローゼンは卓上におかれた金製の鵞《が》ペンを手にし、また高平は自分の万年筆で署名した。小村は、十二通の書類に一通ずつ別の鵞ペンを使って署名した。随員も招待者たちも、神妙な表情で見守っていた。

七分後に両国全権の署名が終るのを見とどけたパース国務次官が室外に待機していた秘書官にその旨《むね》を伝え、秘書官は、階段を走りおり、玄関の外に立つ工廠警備分隊長に、

「三時四十七分、両国全権は署名を終えた」

と、告げた。

分隊長は、手にした赤い旗を高くあげ構内に整列している分隊員に合図を送った。

と同時に、祝砲が発射され、二十一発の砲声がいんいんととどろいた。祝砲とともに港内に碇泊《ていはく》している汽船は一斉に汽笛を吹鳴し、市内の教会からも鐘の音が鳴りひび

いた。

ローゼンが立つと、小村全権、高平副全権に向って、

「両男爵《だんしゃく》が、終始、誠実な紳士として会議を推しすすめられたことに心からなる敬意の言葉を送ります。尚《なお》、日露両国の友好関係をたかめるために今後も御尽力を願いたい」

と、慇懃《いんぎん》な英語で述べ、テーブル越しに手をのばし、

「敬愛する友人の手を握らせていただきたい」

と言って、小村と高平に握手し、ウイッテも立って握手を求めた。

いったん着席した小村が再び立つと、

「両閣下が平和を心から望まれたことによって、ここに講和条約が成り、人道、文明に寄与されたことはまことに賞讃すべきことであります。今後、日露両国の友好に尽力することは私の義務であり、喜びでもあります」

と、英語で答え、ウイッテとローゼンに手をのばし、高平とともに握手を交した。

小村と高平が着席すると、パース国務次官の指示でシャンペンが運ばれた。そして、一同で乾杯しようとしたが、グラスがなく、秘書官はあわてて食堂にグラスをとりに行った。

両国全権は席をはなれて、互に歩み寄ると歓談した。

ウイッテがにこやかな表情で小村に近づき、フランス語で、

「ポーツマスにはいつまで滞在なされますか？」

と、問うた。傍《そば》にいた随員のナボコフが英訳しようとすると、小村は、

「今日すぐにボストンに向い、ニューヨークに行く予定です」

と、答えた。

ウイッテや随員たちは、一瞬、呆気《あっけ》にとられて小村の顔を見つめた。ウイッテの問いに即座に答えた小村の言葉は、流暢《りゅうちょう》なフランス語であった。

ウイッテたちは、小村がフランス語に通じながら会議中にそれをかくしていたことに初めて気づき、驚いたようにしばらくの間口をつぐんでいた。

コロストヴェッツがその場の空気をやわらげるように、ロシア国内では条約締結に批判が多いが、外電によると東京でも条約に反対した騒動が起っていることを口にし、小村に感想を問うた。小村は、表情も変えず、

「私は、本国の多くの人々から非難を受けることを覚悟していた。ウイッテも批判されるかも知れないが、だれにしてもすべての人々を満足させることはできないものだ。私は、自分の責任を果したことに満足している」

と、淀《よど》みないフランス語で答えた。

ようやくグラスが運びこまれ、招待者もまじえて一同、杯をあげて乾杯し、調印が終ったことを祝う言葉を述べ合った。

やがて、両国全権はパース次官に案内されて二階の食堂に向った。

全権たちが廊下に出てドアが閉ざされると同時に、会議室に微笑《ほほ》えましい騒ぎが起った。すでにテーブル、椅子《いす》はパース次官を介して平和をもたらした貴重な記念物として競売に附され、ウイッテとローゼンの坐《すわ》っていた椅子はルーズベルトが買収済で、大きなテーブルは工廠勤務のチャールス・W・パークス大尉《たいい》が、また小村の坐ってい た椅子はポーツマスの有力者ウィリアム・F・ヘーンが高額で落札していた。残された記念品は、入札の範囲外であるテーブル上の文房具類で、自由に持ち去っても良い品物であった。

随員たちと招待者がテーブルのまわりに走り寄ると、署名に使われた鵞ペン、封蠟《ふうろう》、鉛筆などを競い合ってつかむ。その騒ぎの中で、立花大佐が無表情に青銅製の見事なインク壺《つぼ》を手にし、人々は羨望《せんぼう》の叫び声をあげた。

ウイッテ一行は感謝の祈りを捧げるため教会へ行くことになり、小村らは、かれらと一人ずつ別れの挨拶をして握手した。小村らは夜七時三十分発の汽車でボストンに向い、ウイッテ一行は、翌日の出発予定であった。

小村らは車をつらねてホテルにもどり、支配人や従業員の挨拶を受け、払いもすませた。手荷物類が従業員の手で運び出され、日が没した頃、小村たちは車に分乗してポーツマス駅にむかった。

駅前にはおびただしい見送人が集っていて、さかんに握手を求め歓声をあげた。州知事マクレーンがボストンまで見送ることになり、小村は展望台に立ち、ハンカチや手をふる市民に応《こた》えた。汽車は、七時三十五分に出発した。

汽車には特別客車が連結され、豪華な夕食が運ばれた。その夜は満天の星で、汽車は時折り鐘を鳴らしながら進み、午後十時過ぎにボストンに到着した。

駅前にも市民がむらがり、小村たちはかれらの歓声をうけながら車でホテル・ツアレインにおもむき、投宿した。

翌六日朝、小村は、随員やマクレーン知事らと四頭立馬車に分乗して、川に架った橋を渡りケンブリッジ（Cambridge）地区にある、母校ハーバード大学を訪れた。そして、教授らの案内で古都らしい雰囲気《ふんいき》につつまれた大学の構内を歩き、クラブで昼食をとった後、再び馬車に乗って北駅に向った。駅に近づいた頃、驟雨《しゅうう》に襲われた。馬車は無蓋《むがい》馬車なので小村たちは雨に打たれ、馬丁は鞭《むち》をふるって馬を走らせた。

駅前には見送人が集り、その中にはハーバード大学に留学中の日本人学生二人もまじっていた。

小村らは、駅でマクレーン知事と別れの挨拶を交し、午後三時五分発の特別列車に乗り、ボストンをはなれた。そして、八時にニューヨーク駅についた。そこには内田ニューヨーク総領事や在留邦人多数が出迎えていて、かれらの挨拶を受け、内田の用意した車でウォルドルフ・アストリア・ホテルに入った。

小村は、ルーズベルトに挨拶してからなるべく早目に帰国したかった。が、適当な便船がなく、九月二十日シアトル発「ダコタ号」で日本へ向う予定になった。

その日、ホテルで桂首相から小村、高平両全権宛《あて》の、

「平和条約調印ヲ了セル旨　貴電ニ接ス　閣下等折衝機宜ニ適シ此《この》結果ヲ得ルニ至ルニ対シ　政府ハ茲《ここ》ニ深厚ナル感謝ノ意ヲ表ス」

という電報を受けとった。

小村は、疲れて匆々《そうそう》にベッドに横になった。

翌朝、山座が、暗い表情をして新聞を手に小村の部屋を訪れてきた。

「誤報だと思いますが……」

山座は、新聞を小村に差し出した。

第一面に、大きな見出しで九月五、六の両日に東京で大騒擾《だいそうじょう》事件が起ったことが活字に組まれていた。記事を読み進んでいった小村の顔に、かすかな翳《かげ》りが浮び出た。講和条約の内容に憤激した市民が、至る所で放火、投石をおこない、桂と小村の官邸を襲い、小村の家族を全員殺害したと記されている。講和斡旋《あっせん》をしたアメリカ大統領への怒りも甚《はなは》だしく、キリスト教会が焼き払われ、米国公使館は日本将兵の護衛を受けているともいう。

危惧《きぐ》していたことが現実のものになった、とかれは思った。国民の憤《いきど》おりは、自分に最も激しく向けられているはずだった。人々は自分の家に押しかけ怒りをたたきつけたのだろう。放火し、家族を殺害したことも十分に考えられた。

長男欣一は二十二歳で、十八歳の長女文子、十歳の次男捷治とともに妻の町子をかこんで身をふるわせていたにちがいない。かれらが殺された情景が思い描かれ、殊《こと》に精神に異常を来《きた》している妻がどのような乱れ方をして殺害されたかを思うと哀れであった。

「これから内田総領事に電話をして、新聞報道が事実かどうか外務省に問い合わせの至急電を打ってもらおうと思っています」

山座が、沈んだ声で言った。

小村はうなずくと、

「昨夜から悪寒《おかん》がし、熱もあるようだ。少し休みたい」

と言って、ベッドに身を横たえた。

ひどい寝汗をかき、寝着はすっかり濡《ぬ》れていた。筋肉がゆるんでしまったように、だるい。ボストンで驟雨に遭ったため、夏風邪でもひいたようであった。

山座は、静かに部屋のドアをしめて去った。

かれは、まどろんだ。妻や子供たちの顔が夢の中で次々に現われ、押しかけた男たちの前に立ちはだかった宇野弥太郎が殴り倒される姿も浮び上った。

ドアがノックされ、眼を開けると山座が入ってきて電報を差し出した。小村は、横になったまま電文を読んだ。それは、桂臨時外相からワシントンの日本公使館を経由してニューヨーク駐在内田総領事に転電されたもので、前日に在外公館すべてに発信された電報であった。

東京ニ於《お》ケル講和条件ニ対スル反抗ノ示威運動ノ件

九月五日午後　東京ニ於テ講和条件ニ対スル反抗ノ示威運動アリ　夜ニ入リテ多少ノ暴行ヲ試ムルニ至リ警察官ト一、二回衝突アリタルモ格別ノ困難ナクシテ鎮静

セリ　尚数回ノ示威運動アルナラント思ハルルモ毫《ごう》モ懸念《けねん》スベキコトナシ　新聞通信員ヨリ誇張ノ報道ヲ伝フルモノアルベキヲ以《もっ》テ為念《ねんのため》右電報ス
「領事館に今朝早く届いていた電報で、館員がすぐに持ってきてくれました。誤報でよろしゅうございました」

山座が、言った。

小村は眼を閉じると、

「ありがとう」

と、低い声で答えた。

その夜、在留邦人主催の晩餐会《ばんさんかい》に招待されて出掛けたが、食欲はなく、すぐにホテルへもどった。

翌八日、熱はさらにあがり、呼吸も苦しくなった。

かれは、翌日ルーズベルトをオイスター湾の別荘に訪れることになっていたので、随員たちが心配することを恐れ体の変調をさとられぬよう無理にベッドをはなれた。

条約締結によって満州、韓国問題は解決したが、それを実現させるには清国と韓国の諒解《りょうかい》を得る必要があり、ロシアが裏工作で攪乱《かくらん》する懸念もあった。それを阻止するためには、講和会議を斡旋したルーズベルトに会って、強い協力を求めておかねばならなかった。

山座が小村の身を気遣って何度も部屋に来たが、小村は、風邪気味であるにすぎないと言って、医師の診断もかたく拒んだ。

その夜、小村はベッドに入ることもせず、椅子にもたれたまま一睡もしなかった。ひとたびベッドに身を横たえれば再び起き上ることはできそうにもなく、ルーズベルトに会うまでは、死ぬにも死ねぬ、と思った。

翌朝、小村は、車でオイスター湾におもむきルーズベルトに会った。

小村は、ルーズベルトの講和成立への努力に対して厚く謝意を述べ、ルーズベルトも小村の平和回復への熱情と忍耐をたたえた。

ついで、小村は、満州、韓国問題について、実行上障害が起きた折には日本も強い態度でのぞむことをつたえ、ルーズベルトは諒承し、すすんで協力すると約束した。

会談が終り、随員とともに午餐に招かれた。が、小村は料理に手を出すこともできず、元気をよそおってルーズベルト一家と談笑した。

食後、小村はルーズベルトに誘われて、海を望む庭を散策した。

ふと、小村の顔色に気づいたルーズベルトは足をとめると、

「バロン小村。貴方《あなた》は病気ではないのか」

と、言った。

「少し気分が悪い」

小村は、低い声で答えた。

「それはいけない。早く帰って休養をとらなくては……」

ルーズベルトは驚き、すぐに車の用意を命じた。

小村は、ルーズベルトに礼を言い、車の座席にもたれて別荘を去るとニューヨークのホテルにもどった。

ベッドに身を横たえた小村の意識は薄れた。山座たちは狼狽《ろうばい》し、すぐに医師を招いた。

医師が来た頃、小村はようやく意識をとりもどしたが、呼吸困難で胸を激しく波打たせていた。熱は華氏一〇二度（摂氏三九度）もあって、唇は白く乾いていた。医師は、感冒から胆囊《たんのう》障害を起し、胃液不通で消化不良になっていると診断し、二、三日で快癒《かいゆ》するだろう、と言った。

小村ら一行は、二十日にシアトルで乗船し帰国する予定なので、十四日にはニューヨークを汽車で出発しなければならなかった。医師の診断で予定を変更せずにすむことを知った随員たちは、安堵《あんど》した。

翌々日の夜、旅行中でニューヨークを留守にしていた金子が、随員の阪井をともなって見舞いに来た。

小村は、手をさしのべ金子の手を弱々しくにぎった。

金子は、その手の熱さと異常な顔色に驚き、山座に症状をたずねた。山座は、医師がすぐに快癒すると言ったが熱はさがらず、逆に華氏一〇七度（摂氏四一・八度）にもあがっている、と答えた。

金子は驚き、阪井に著名な医師の往診を乞《こ》うように命じ、阪井はすぐに部屋を出ていった。

やがて、医師が二名やってきて診察したが、原因がつかめず頭をかしげるだけであった。そのため金子は、内田総領事と相談して病理学の大家であるデラフィールド博士に診察を依頼しようとしたが、旅行中で、強く来診を乞うた結果、十三日午後、診察することを約束してくれた。

出発は十四日で、医師たちは旅行など思いもよらぬ、自殺行為に等しいと反対したが、小村は、横になりながらでも祖国へ一日も早く帰ると主張し、随員に命じて手荷物の整理をはじめさせた。

高平は困惑し、桂臨時外相に電報を打ち、小村の病状を報告し、その出発を延期さ

せるため、

「充分摂養ヲ加ヘ帰途ニ就カルベキ旨《むね》、閣下ヨリ至急電報セラレンコトヲ希望ス」

と、懇願した。

十三日午後、デラフィールド博士が来診し、腸チフスの疑いがあると診断して数週間の絶対安静を告げたので、やむを得ず小村は、翌日の出発を断念した。

小村は、高平と相談し、講和条約の仏文原本、英文謄本《とうほん》その他重要書類を山座政務局長に託して先に帰国させることに決定した。山座と同行する随員は、立花陸軍大佐、安達一等書記官、落合二等書記官、デニソン顧問と書記生平田鉚太郎、石氏章作であった。

高平、埴原はワシントンの公使館にもどり、竹下は、単独で帰国することになった。小村のもとには、佐藤弁理公使、本多秘書官、小西外交官補の三名が残ることにきまった。

また、重大な任務を果した金子堅太郎は、山座らと出発する予定であったが、

「小村を看護しながら一緒に帰る」

と言って、出発を延期した。

翌十四日、山座らは午後二時四分発の汽車でシアトルに向うことになり、一同そろ

って小村に別れの挨拶《あいさつ》をしにきた。

小村は、高熱に喘《あえ》いでいたが半身を起し、山座たちの労を謝して、一人一人に握手した。そして、特に山座には、

「国民の不平は激烈であるはずだ。しかし、条約の実行は断乎《だんこ》果して欲しい。戒厳令をしいてもやってもらわなければならない、と桂首相につたえてくれ」

と、依頼した。

山座たちは、深く頭をさげて部屋を出て行った。

その日の夕方、金子が見舞いに来た。新聞には東京騒擾事件の正確な報道がつづき、桂からの事件の経過を報《しら》せる電報も到着していたが、その規模はきわめて大きく、あきらかな暴動で、内乱と表現する新聞もあった。

金子は、

「山座たちが無事に迎え入れられればよいが……」

と、呟《つぶや》くように言った。

十

八月二十九日、ポーツマスで小村全権とウイッテの間で全条件の妥協が成ったことは、三十日夜の号外で東京その他各地につたえられた。

講和条件そのものに不満をいだいていた人々は、抑留艦艇引渡し、ロシア極東海軍力制限、償金支払いの三要求を放棄し、さらに樺太北部もロシアへ返還したという報に、激昂《げっこう》した。

戦争で失ったものは、莫大《ばくだい》だった。動員された兵力は一〇八万八、九九六名、そのうち戦死四万六、四二三、病気、負傷のため兵役免除となった者約七万、俘虜《ふりょ》となった者約二千であった。その他、馬三万八、三五〇頭が死に、九十一隻《せき》の艦船が沈没または破壊された。費消された軍費は、陸軍十二億八、三二八万円、海軍二億三、九九三万円計十五億二、三二一万円であった。

国民は、家族の働き手である男子を戦場に送って戦病死で失い、傷者を抱えねばならなくなっていた。また、軍費の調達にこたえて公債を買い求め、重い非常特別税の圧迫をも受けていた。

人々は、連戦連勝の結果として講和会議に多くの期待を寄せた。償金四十億円、樺太以外に沿海州割譲を求める声も高かったが、講和条件の要求が余りにも小さすぎることに失望し、さらにその条件すらも大譲歩を余儀なくされたことに憤りを爆発させたのだ。

人々がそのような感情をいだいたのは、政府が戦争の実情をかたく秘していたことに原因のすべてがあった。海軍は完全に制海権を支配していたが、陸軍は大増強されたロシア軍と戦闘をつづければ勝利の確率が少く、またそれによる軍費の膨脹《ぼうちょう》で日本の財政が崩壊せざるを得ないことを知らせることはしなかった。

その理由は、ただ一つであった。もしも、憂《うれ》うべき実情を公表すれば、ロシアの主戦派は勢いを強め、講和会議に応ずるはずがない。たとえ講和会議が開催されたとしても、ロシア側は日本の要求を拒否し、逆に不当な提案を押しつけてくるにちがいなかった。

そうした内情を知らぬ国民は、講和条約を締結した小村全権とそれを支持した元老、閣僚に怒りをいだいたのだ。

新聞各紙は、九月一日、日露講和条約の成立を大きく報ずると同時に、一斉にそれに対する激しい非難の論説を掲載した。「斯《こ》の屈辱」「敢《あ》て閣臣元老の責任を問ふ」

「遣る瀬《やせ》なき悲憤・国民黙し得ず」などの見出しのもとに、ロシアに屈した日本の軟弱外交を責め、中には国民が一斉に立ち上り暴動をひき起すのも時間の問題だ、と説く新聞もあった。

新聞の論調は日増しに激越なものになっていったが、徳富蘇峰《とくとみそほう》の主宰する「国民新聞」のみが条約の成立を容認する社説をくりかえし掲載していた。蘇峰は、満州、韓国両問題が解決をみたことを喜び、

「此《こ》の度の講和条約にて、我が主義は完全に貫徹し、……我れは戦勝の効果を遺憾なく発揮したり」

として、条約締結を屈辱と言い失敗ととなえる説をいましめていた。

講和反対の運動が各地で開催され、元衆院議長河野広中を会長とする講和問題同志連合会は、八月三十一日に政府攻撃と条約破棄の運動方針を定め、小村全権に対して、

「閣下ノ議定セル講和条件ハ、君国ノ大事ヲ誤リタルモノト認ム。速《すみやか》ニ処決シテ罪ヲ上下ニ謝セヨ」

と、電報を打った。

それにつづいて九月三日には大阪、栃木県、名古屋、呉で、四日には山形、神奈川、三重の各県、堺、高松等で大会がつぎつぎに開かれ、おびただしい人々が参集した。

同志連合会ではさらに九月二日に会合を持ち、五日午後一時に日比谷公園広場で国民大会を開き、一時間後に新富座で演説会、その後、金二十銭の会費で折詰、酒二合を出して懇親会を開くことを決議した。そして、「来《きた》れ憂国の士」と題する檄文《げきぶん》を各方面に配布した。大会の実行委員には小川平吉、桜井熊太郎、大竹貫一、恒屋盛服、村松恒一郎、高橋秀臣、大谷誠夫、細野次郎の八名が選出された。

また、九月四日正午前には、同志連合会を代表して河野広中が宮内省《くないしょう》におもむき、

「閣臣全権委員は、実に陛下の罪人にして又実に国民の罪人なり」

という講和成立反対を天皇に訴える上奏文を提出した。

実行委員は国民大会の準備に専念し、「松本楼附近樹林中に於《おい》て花火二発打上の為《た》め土地使用仕度」という日比谷公園使用願書を東京市役所に提出して許可を得、さらに音楽隊を編成させ、軽気球七個と長さ一丈五尺（四・五五メートル弱）の大旗一本、八尺（二・四メートル強）の長旗十本、小旗五千本も準備した。軽気球の垂れ紙と長旗には、「嗚呼《ああ》大屈辱」「破棄破棄」「吾《われ》に斬奸《ざんかん》の剣あり」などという文字を墨書し、旗には黒い喪章をとりつけることも定められていた。

警視庁では、民心が激しく動揺している中で大会が開かれることは危険だと考え、中止させることを決定した。そして、所轄《しょかつ》の麴町《こうじまち》警察署の向田幸蔵署長が実行委員の

小川平吉、高橋秀臣に出頭を命じ、大会の中止を勧告したが応ずる気配はみせなかった。

大会前日の九月四日午後十一時二十分頃、無名の一会員高田三六名義で、日比谷公園地使用の屋外集会届が、連合会事務所員によって麴町警察署にとどけられた。向田署長は治安警察法第八条により禁止するため、その旨を高田三六につたえようとしたが、高田は外泊していて所在をつかむことができなかった。連合会では、禁止命令を避けるため、巧みに警察の追及をかわしていたのである。

警視庁では、官房主事（高等警察）川上親晴、第一部長（警務・刑事）松井茂、第二部長（保安）黒金泰二の最高幹部と、日比谷公園、新富座を管轄内におく麴町署、京橋署の各署長向田幸蔵、田川誠作が対策を協議し、危険発生を防ぐため、公園の六つの門を木柵《もくさく》で閉鎖することを決定した。また、松井第一部長が総指揮に当り、本所、浅草、新宿、品川、千住《せんじゅ》、板橋、水上の各署長を招集、各署から選抜された警官二百五十名を麴町署に、百五十名を京橋署に配置した。松井は、東大卒業後警察界に入り、欧米に留学して警察制度の改革に取り組んでいた新しい考え方をもつ人物であった。

かれは、各警察署長に対して、民衆にはおだやかな口調で接し、さらに抜剣を禁じ、紐《ひも》で帯剣をかたく縛ることを命じた。

大会当日の九月五日は、朝から暑熱が甚しかった。

午前八時、向田麴町署長は、警部以下三百五十名の警官をしたがえて出動し、公園の日比谷、有楽、桜、霞《かすみ》、西幸《にしさいわい》、幸の六門に配置し、自らは正門の日比谷門で指揮に任じた。

大会は午後一時からであるのに、その頃から来会者が早くも集りはじめ、園内に入ろうとする。警官はそれを制止していたが人の数が増してきたので制止も困難になり、向田は、六門の閉鎖を命じた。門の傍にはあらかじめ多くの丸太が用意されていて、高さ四尺（一・二メートル）の格子《こうし》門《もん》を閉じ、その内側に杭《くい》を打ち、丸太を縦横にしばりつけた。

それを眼にした公園監督白石信栄は、公園を所有する東京市役所に電話でつたえ、向田署長に会って、市に無断で柵を作るのは違法であり、ただちにそれを取りのぞき、門を開くよう求めた。そのうちに市役所の庶務掛長山崎林太郎も駈《か》けつけてきて抗議したが、向田署長は、門の外で騒ぎはじめた群衆に眼を向け、

「見られる通りの状況なのでやむを得ない。安寧秩序を維持するため、柵を設けたのだ」

と、反論した。

参集者から報告を受けた同志連合会は、東京市参事会に警察の不法行為を訴え、参事会は尾崎行雄市長を内務省に、渡辺勘十郎助役を警視庁におもむかせて抗議させたが、拒絶された。

正午過ぎになると、日比谷門の前の群衆の数は三万名にも達して険悪な空気になり、大会禁止の措置に激昂し、

「禁止の理由を述べよ。公園の閉鎖は不法だ。柵を踏み破っても公園に入るぞ。警察署長を殺せ」

などと叫び、警官は、おだやかな言葉でなだめていたが、かれらは怒声をあげながら門に押し寄せ、警官を石柱に押しつけるようになった。

それまで警官たちは門の外に踏みとどまっていたが、群衆に押しまくられて門の内部に身を避け、一部の者は門外にとどまった。

そのうちに鳶《とび》職人のような数名の者が、軽快な動きで門にとりつき、柵をむすんだ縄を素早く解いた。それを眼にした警官たちが梯子《はしご》などを支えに門が開かれるのを防いだが、群衆は激しい投石をはじめ、門外の警官もステッキや洋傘で乱打され、内務省の方向に逃げた。

人々はそれを追い、進んできた市内電車を停止させると、運転手、車掌をひきずり

下して殴打《おうだ》した。群衆の中には人力車夫もいて、かれらは電車の関係者に反感をいだき、車夫に同情していた者も加わって暴行したのである。

向田署長をはじめ警官たちは投石を浴びて傷つき、制服を血に染めながら門を守っていた。が、それもわずかな時間のことで、群衆は喚声をあげて門を押し倒し、園内になだれこんだ。

その報告を受けて馬を走らせて来た松井第一部長は、公園の近くにある内務大臣官邸におもむいて芳川顕正《あきまさ》内相と協議した。その結果、騒動をこれ以上激化させることを避けるため各門を一斉に開くことを命令した。

日比谷門が破壊されると、門外で情況を見守っていた河野広中ら同志会幹部は、来会者に守られ長旗を押し立てて正門に近づいた。十数名の警官が、その旗を奪おうとしたが、人々は警官を取りかこんで殴打し園内に入った。

河野らが園内運動場の中央に進むと、周囲に長旗が続々と集り、喪章をつけた小旗がむらがった。

やがて大幹部が広場中央の壇上にのぼると、花火が打ち上げられ、軽気球が空に舞い上った。

まず、山田喜之助が開会を宣し、座長の河野広中が拍手と歓声に迎えられて決議文を朗読した。それにつづいて楽隊が国歌を演奏、一同万歳を唱和して大会を終り決議文が参会者に配布された。それには講和条約破棄と、満州派遣軍の総進撃をねがう旨《むね》が記されていた。

大会幹部は、演説会場の新富座にくりこむことになっていたが、河野らは急に予定を変更して群衆とともに二重橋前に向った。一部の者たちは二重橋詰の皇宮警手に石を投じ、さらに駈けつけた警官たちを包囲して殴打、投石を繰返し、中には仕込杖《しこみづえ》、棍棒《こんぼう》をたたきつける者もあった。その救援のため新宿署長宮城正良、千住署長白石愛介のひきいる警官隊が駈けつけて大乱闘になり、多くの負傷者を生じた。その折も、警官は抜剣しなかった。

河野たちは、騒ぎの中を群衆とともに新富座へ向った。

その頃、すでに新富座は参会者で超満員の状態にあり、入りきれぬ者が道路にひしめいていた。

制服警官と角袖《かくそで》警官二百名が京橋署長田川誠作の指揮のもとに新富座周辺に配置され、演説会の解散を命じたが効果がなく、逆に小川平吉ら幹部が解散の不法を叫んだので大混乱になった。

署長は、場内にふみこんで数名を捕えたが、群衆は場内の煙草《たばこ》盆や塀《へい》の屋根の瓦《かわら》などを手当り次第に投げ、杖や棒で抵抗した。が、その間に小川平吉をはじめ四十名が逮捕され、署長たちが群衆をさとしたので、ようやく午後五時頃には騒ぎも鎮《しず》まった。

群衆の一隊は、京橋区日吉町の国民新聞社に向った。ただ一紙講和条約支持をとなえていた国民新聞社は、政府の御用新聞、非国民新聞と冷罵《れいば》され反感の的になっていたので、午後一時半頃には数千の群衆が煉瓦《れんが》造二階建の社屋の前に集り、一斉に投石をはじめた。京橋署ではあらかじめ十四名の警官を配置していたが、警官たちは傷ついて建物内にしりぞき、電話で救援を乞《こ》うた。が、救援隊が到着せぬ午後二時二十分頃、群衆は新聞社入口に押しかけて扉を破り、輪転印刷機を破壊し活字、洋紙を道路に投げ出した。新聞社員栗原武三太、阿部充家は、日本刀を抜いて応戦、数名を傷つけた。

やがて二百余人の警官と騎馬巡査が駈けつけて慰留したので、ようやく午後四時頃、破壊はやんだ。

日比谷公園で大会が終了後、一団は公園に近い内務大臣官邸に向った。

午後二時頃、官邸裏門の塀に貼紙《はりがみ》をした者がいた。そこには、天誅《てんちゅう》という字の下に、梟首台《きょうしゅだい》にのせられた小村全権の血に染った首が描かれていた。群衆がその周囲に集り、口々に、

「小村を斬首せよ」

と叫び、騒然となった。

官邸を警護していた室田浅草署長、官邸詰の小原警部は、二十名の警官に命じて貼紙を剝《は》ぎとらせたが、それをはばもうとした者たちとの間で激しい格闘が起った。その頃、国民新聞前からまわってきた群衆も加わり、午後四時頃には一万名以上にもふくれ上った。

駈けつけてきた向田麹町署長は、部下の警部、巡査を正門前に二列横隊に整列させ、自らは小原警部と群衆に解散するよう説得した。が、邸内に芳川内相以外に桂首相もいるという噂《うわさ》が流れ、一人の男が、

「大臣どもを官邸と共に焼払ってしまえ」

と叫び、多くの者がそれに和して門に押し寄せた。

それがきっかけで投石がはじまり、道路端に積み上げられていた市電工事用の石材を投げる者も出てきたので、警官隊は門内に退いた。群衆はそれを追って棍棒、丸太を手に進み、ガス燈《とう》、門扉《もんぴ》を破壊し、さらに門の傍の警衛詰所に火を放った。

邸内乱入は避けられないと判断した向田署長は、部下に抜剣を命じた。警官たちは刀をふるって群衆に進み、人々も仕込杖、棍棒で渡り合い、たちまち双方に数十名の

負傷者を出した。

それによってわずかに騒ぎは鎮まったが、邸内の芳川内相は、群衆の気持を鎮めるためにはむしろ警官を官邸内に置かぬ方がよいと指示し、裏門から警察署長をはじめ警部、巡査百五十名を退出させ、邸内にはわずか松岡板橋署長以下警部二名、巡査二十名を残すのみになった。

しかし、その処置も効果はなく、群衆は増すばかりで、午後六時頃、官邸内の第四号官舎に放火し、塀は破られて群衆が邸《やしき》の構内になだれこんだ。

官邸には芳川内相をはじめ山県内務次官、仲小路警保局長、松井第一部長がいたが、生命も危うくなったので、芳川は電話で軍隊の出動を要請した。それを受けた近衛《このえ》師団と第一師団の歩兵三個中隊が、午後七時頃からつぎつぎに到着、門の前で整列した。群衆は、邸の窓に投石をつづけていたが、さすがに軍隊にひるみ午後十時頃にようやく解散した。

その頃、群衆は、市内の警察署、巡査派出所の大々的な焼打ちをはじめていた。まず、幸橋、虎《とら》の門、桜田門、有楽町など日比谷公園に近い派出所を焼き、一団は芝方面から麻布《あざぶ》へ、他の一団は新橋、京橋、神田へ進み、さらに築地《つきじ》から深川、本所、浅草にも達して放火をつづけた。また、神田へ進んだ一団は上野へ、分れた一団は小川町、九段坂、市ヶ谷、神楽坂《かぐらざか》、小石川方面にまで達した。

かれらは、警察署、分署、派出所を襲って書類、器具を路上に投げ出し、建物を破壊、放火する。その間、警官との間に乱闘がつづき、中にはいち早く逃げ出す警官もいた。

それらの放火によって、下谷《したや》、深川両警察署をはじめ分署七、巡査派出所二百二十六が焼き払われ、派出所五が破壊された。また、日本堤分署への放火によって、附近の民家四十九戸が類焼した。東京市の派出所の七割以上は焼失し、浅草、下谷、神田、京橋、日本橋、牛込、本郷、新宿の各署管内の派出所はすべて焼きつくされたのである。

翌六日になっても、派出所の焼打ちはやむことなくつづけられ、午後三時頃、浅草区三軒町の美普教会が放火されたのを初め、福音伝道館、聖約翰《せいやくかん》教会、救世軍分営、美以教会、天主教会堂、国際キリスト協会講義所、同盟キリスト教会、日本メソヂスト教会、下谷教会に続々と火が放たれ、日本基督《キリスト》教会、日本基督明星教会は破壊された。そのきっかけは、浅草公園で伝道していた日本人のキリスト教布教者が、

「ロシアは敗北したが、わずかに日本に樺太南部を割譲したにすぎず償金も支払わずにすんだ。これは、キリスト教国であるロシアを、神が救い給《たも》うたからである」

と言ったことが、人々を刺戟《しげき》したのである。

また、電車十六台が焼かれ、米国公使館に約千名の群衆が押し寄せ、米国人数名が殴打された。

内相官邸が襲撃された頃、小村全権の官邸前にも群衆が集りはじめ、不穏な形勢になった。

それまで留守宅には、小村が横浜を出発してから慰問や激励の手紙が来ていたが、講和条約成立が報道されてからは、「国賊小村は自決し天皇、国民に謝罪せよ」とか「斬首《ざんしゅ》する」といった過激な手紙などが数多く舞い込むようになり、一家皆殺しにするという手紙も増していた。そのため、警視庁では警官を配置していたが、内相官邸の襲撃によって、松井第一部長は、桂首相官邸とともに小村の官邸にもそれぞれ二十名の警官を派遣した。官邸には、小村の妻町子、長男欣一、長女文子、次男捷治と執事宇野弥太郎、女中、下男がいた。

午後七時頃、家の中に数名の巡査を連れた警部が入ってくると、

「群衆がやってきています。内相官邸は襲撃されました。戸を一つ残らずしめて下さい」

と、叫んだ。

宇野と欣一は、雨戸や窓を急いで締めてまわり、町子たちを奥の部屋に集めた。

やがて群衆が日比谷公園方面から続々と押し寄せて門前に集りはじめ、口々に国賊、売国奴、露探《ろたん》などと叫び、その声は怒号となって家を包んだ。

そのうちに、石油を注ぎ火のつけられた俵が塀越しに投げこまれはじめ、庭一面に火炎がひろがった。

警官たちは水を注いで消してまわったが、投げ込まれる俵がさらに増したので、警部が家に穴倉か地下室はないかと宇野たちに言った。家が焼き払われることを予想し、家族を焼死させぬためそこに避難させたいというのだ。が、官邸にそのようなものはなかった。

怒号がさらに激しくなり、町子は文子、捷治と抱き合って身を震わせていた。火の塊は建物にとどかなかったが、樹木がつぎつぎに燃えはじめた。警部は、警視庁に救援の電話をしきりにかけたが、各所に派出所の放火がおこなわれ、その方面に警官がまわされているので救援隊は到着しない。そのうちに群衆が門内になだれこみはじめ、それを制止する警官との間に乱闘が繰りひろげられた。

窓ガラスが破られ雨戸を拳《こぶし》や棒でたたく音もしはじめたので、町子たちは、母屋《おもや》からはなれた台所に避難した。欣一も宇野も殺されることを覚悟し、住居内にとどまっていた。

その時、近衛師団の一隊が到着し、門の内部に入った群衆を排除にかかった。が、群衆はひるむことなく抵抗したので、兵は一斉に銃に着剣し、整列して突撃の姿勢をしめした。

それに恐れをなした群衆は徐々に門外に出たが、路上からしきりに投石をくりかえして罵声をあげ、やがて門前の路上から散っていった。

九月六日、政府は東京市と隣接地に戒厳令の一部を施行し、東京衛戍《えいじゅ》総督佐久間左馬太大将は、近衛師団、第一師団に対し騒擾《そうじょう》を起す群衆に対する処置として、
一、言語ヲ以《もっ》テ先《ま》ヅ解散ヲ命ジ、又ハ其《そ》ノ非行ヲ制止スベシ
二、言語ヲ以テスルモ解散又ハ制止ノ命ニ応ゼザル時ハ、空砲ヲ発射シ警戒ヲ与フベシ
三、前項ノ方法ニ依《よ》ルモ尚《な》ホ、解散又ハ制止ノ命ニ応ゼザル時ハ、最後ノ手段トシテ断然兵器ヲ実用スルコトヲ許ス
と、布告した。

また、緊急勅令として新聞、雑誌の取締りをおこない、全国の三十九の新聞、雑誌が発行禁止処分をうけた。

その騒擾事件はあきらかな暴動で、警視庁が確認した民衆の死傷者は死者十七、負傷者五百二十八であったが、逮捕を恐れて逃げた者が大半で実際の負傷者は千又は二千人と称された。警官、軍人、消火に従事した消防士には死者がなく、負傷者約五百名であった。

民衆の死傷者の中には、群衆が総倒れになって下敷きになった者も多かったが、警官に傷つけられた者が大半であった。警官に傷つけられた者が殊《こと》に多かったのは、内相官邸附近九十六、浅草今戸分署附近十五、新宿署附近十五、京橋署附近十二、本郷署附近九で、加害警官の処分が後に司法部の責任問題になり、議会で警視庁廃止案すら提出された。

東京についで九月十二日夜、講和反対演説会が横浜の羽衣座で開かれたが、その折にも警官隊との間で衝突事件が起った。それを憤《いきどお》った数千の群衆が伊勢佐木署を襲撃、松《まつ》ヶ枝《え》町、賑《にぎわい》町、末吉町、千秋橋、日出橋、亀ノ橋、千年町、吉浜町の八巡査派出所を焼き、二派出所を破壊した。

また、九月七日には、神戸市でも騒擾が起った。

その夜、湊川《みなとがわ》神社前の大黒座で講和反対演説会が開催され、管轄《かんかつ》の相生《あいおい》署は参会者を刺戟することを避けるため開催禁止等の処置をとらず傍観の態度をとった。そのため、九時半頃、会は平穏に終了したが、一部群衆が、湊川神社の境内に立つ伊藤博文の銅像に投石をはじめた。兵庫県令として神戸港の発展に寄与した伊藤の業績を記念した銅像であった。

群衆は、元老の中心人物である伊藤が屈辱講和成立を支持したことを憤ったのだが、やがて綱、丸太などで銅像を引倒して首、手足を丸太で叩《たた》きこわし、四、五百名が綱をかけて数町はなれた福原遊廓《ゆうかく》まで曳《ひ》きずっていった。

その途中、相生町五丁目派出所、福原口派出所に瓦や石を投じ、また有馬道派出所も破壊し、相生橋署員が出動したので解散した。

東京騒擾事件では、約二千名が逮捕され、三百八名が起訴されたが、証拠不十分として二百八十三名が無罪釈放された。また、国民大会を開催し現場で逮捕された同志連合会の小川平吉ら六名の幹部は七日夜釈放され、後に河野広中ら二十六名が起訴されれた。が、これも証拠不十分で無罪の判決が下された。また、抜剣して民衆を傷つけた警官三名も起訴され処罰された。さらに、事件の責任を負って警視総監安立綱之が辞職、ついで内務大臣芳川顕正も辞任し、ようやく東京をはじめ全国の騒動は鎮まった。

しかし、依然として講和反対の演説会は各地で開かれ、新聞には戦場の将兵や在郷軍人が講和成立に憤りをいだいていることが報道され、山県参謀総長は、軍隊内に不穏な空気が生じることを恐れ、ひそかに各部隊に対して将兵の間に不平不満がひろがらぬよう警告した。

十月五日午前四時、東京衛戍総督部は、「犬吠埼《いぬぼうざき》沖ヲ通過」というアメリカ汽船「ダコタ号」からの無電を受信、外務省をはじめ関係官庁に連絡し、軍隊の出動を命じた。

また、桂首相は、その船に乗る山座が条約正本をひそかに所持していることを小村から報《しら》されていたので、珍田次官にその正本を講和反対運動組織の手に奪われぬよう慎重な配慮を指示した。

「ダコタ号」は、午後一時四十五分、剣ケ崎《つるぎ》沖を通過、午後四時十五分横浜港内に錨《いかり》を投げた。珍田は、同船の山座に対し、

「暫《しば》シ上陸ヲ猶予《ゆうよ》セヨ」

と、無電で連絡した。

待機していた水雷艇五十四、五十五号艇と水上警察署所属船「飛龍丸」が、「ダコタ号」の周囲の警戒に当った。

やがて、港務部検疫船《けんえきせん》「朝陽丸」が「ダコタ号」の舷側《げんそく》につき、山座ら随員一行の検疫を終えた。それを待っていた珍田次官、石井通商局長をはじめ神奈川県知事、神奈川県警務長、港務部長、横浜市長が乗船し、山座と挨拶《あいさつ》を交した。

石井は、山座と船室に入り、東京、横浜の騒擾事件を簡単に説明し、条約正本が奪われる危険が十分に予想されることをつたえた。そして、次官と協議した結果、正本を石井が受け取って外務省に運び、山座はあたかも正本を持っているかのようによそおって外務省に向って欲しい、と依頼した。

山座は承諾し、正本を石井に渡した。

石井はすぐに水雷艇に移乗し、「ダコタ号」をはなれて品川に向い、その地で上陸すると私服巡査に守られ待っていた自動車で外務省に向った。

山座は、珍田らと「朝陽丸」に乗った。風が強く波が高かった。

「朝陽丸」が「ダコタ号」をはなれた直後、護衛の五十五号艇が進行方向に突き進んできて、ほとんど直角に船首に衝突した。

その衝撃で、港務官八戸厚一郎が海面に落ち水雷艇の舵《かじ》に接触した。八戸はすぐに救い上げられたが、右肋骨《ろっこつ》下部に深い傷を負っていた。

思わぬ事故に、山座たちは不吉な予感におそわれた。「朝陽丸」の船首の副材のコーベル五枚がすべて剝離《はくり》してしまっていたが、浸水も少かったので水上警察署の汽艇に護衛されて進み、午後五時三十分頃、港務部波止場に着いた。

一行は、騎馬警官に守られて馬車に分乗した。途中の沿道には多数の制服巡査、角《かく》袖《そで》巡査が立ち、その中を馬車は早い速度で走り、横浜駅に到着した。

そこにも巡査多数が警戒に当り、山座たちは、かれらにかこまれて午後五時五十分発の汽車に乗り、六時五十分新橋に着いた。

駅から外務省までの沿道には、近衛師団の兵が立っていて、人の通行も規制されていた。

十一

小村は、高熱に苦しみながらニューヨークのホテルで病臥《びょうが》していた。

九月十六日には、天皇から見舞いの電報がとどき、帰国途中のウイッテからも病気快癒を祈る旨《むね》の電報があった。

小村は、帰国できぬことに苛立《いらだ》っていた。絶対安静なので便器を使わねばならぬが、小村は看護婦が制止するのもふりきってベッドからおり、便所へ行く。

佐藤ら随員は、心配して金子に忠告して欲しい、と頼んだ。

見舞いに訪れた金子は、

「医師の注意は守らねばならぬ。帰国後、君は条約締結を報告する大任をいだいている。君の体は君だけのものではなく国のものでもある。自愛してくれ」

と、切々と訴えた。

小村はうなずき、それからは絶対安静を守った。

十八日に、元連合艦隊軍医長の鈴木重道海軍軍医総監がホテルにやってきた。鈴木は、ミシガン州デトロイト市で開かれる万国軍医会大会出席のためサンフランシスコ市からシカゴ市に来たが、小村の発病を知って旅程を変更し訪れてきたのである。

鈴木は、アメリカ人主治医から病状をきいて診察し、たまたま往診に来たデラフィールド博士と話し合った。鈴木の診断は肺尖《はいせん》カタルで、チフス説をとるデラフィールドの診断とは異っていた。鈴木は、チフス診断に必要な血液検査もおこなわれていないことを知って、チフスと診断した根拠をデラフィールドに問うた。

デラフィールドは機嫌を損じて、尚もチフスであることを強調したが、鈴木は、数百例のチフス患者の治療に従事した経験から自説をまげなかったため、デラフィールドは、

「今後の治療はおこなわぬ」

と激怒し、部屋を出ていった。

鈴木は、同席していた金子堅太郎に、

「私には確信があります。大臣は過去に肋膜炎《ろくまくえん》になられましたが、それが再発し肺尖カタルにかかっているのです。まちがいありません」

と告げた。そして、それまでのチフス患者に対する手当をすべてやめ、栄養をとらせるため刺身その他を小村に食べさせた。

鈴木の処置は効を奏し、熱も徐々にさがり、数日後にはベッドからおりて椅子《いす》に坐《すわ》ることができるようになった。

デラフィールドは、十月下旬まで旅行などできぬと言っていたが、鈴木は、帰国をあせる小村の気持を推しはかって十月上旬に出発することを許した。

小村は喜び、早速船便を調べさせ、十月二日にカナダのバンクーバーからアメリカ汽船「エムプレス・オブ・インディア号」が日本に向うことを知り、早速手配し、桂臨時外相宛《あて》に出発予定を打電した。

その頃になると、小村は金子と内外情勢について話し合うことも多くなり、新聞も読みあさった。

金子は、東京騒擾事件がアメリカ人にあたえた影響の重大さを憂《うれ》えていた。事件の内容は、東京にいる通信員から電報で送られ、新聞は紙面を大きくさいて報道していた。

その中には、暴動に参加した群衆が、講和成立を斡旋《あっせん》したルーズベルト大統領を罵《ば》倒《とう》しながら米国公使館に押しかけた記事もあった。また、日本に滞在中の太平洋汽船会社副社長ハリマンが、大蔵大臣曾《そ》禰《ね》荒助《あらすけ》主催の晩餐会《ばんさんかい》に出席した帰途、米国公使ら八名と人力車をつらねて帝国ホテルに向う路上で投石を受け、ハリマンの随員ライルの胸と首に石が当り、ホテルに行くことを断念して公使館に急ぐ折、再び石を投げられたことも大きくとりあげられていた。

さらに、アメリカ人を憤激させたのは、十三カ所の教会に対する放火と破壊で、類のない不祥事として激しい非難に終始した論説が連日のように掲載されていた。

「日本は異教徒の国であるが、たとえ宗教が異っているとしても、神に祈りを捧《ささ》げる神聖な場所を焼き払い破壊するのは、人間でないことをしめすなによりの証拠である」

「日本人は、戦争中、見事な秩序と団結で輝やかしい勝利を得た。かれらは、人道と文明のために戦い、講和会議の締結にもそれを我々に感じさせた。しかし、東京騒擾事件では、かれらが常に口にしていた人道と文明のためという言葉が偽りであることを明らかにした。かれらは、黄色い野蛮人にすぎない」

さらに新聞は、米国人牧師のいる教会を襲い、米国公使館、米国人を襲撃したことを重大視し、

「ルーズベルト大統領の厚意あふれる斡旋に対し、日本人は、感謝とは全く逆の暴言と暴行によって応《こた》えた。今後、数年間、わが国と日本との関係が好転することはないだろう」

と、攻撃していた。

「教会をなぜ焼いたのかと問われると、弁明の仕様もない。私を見るアメリカ人の眼が、ひどく冷くなった」

金子は、困惑したように言った。

「ハリマンのことだが……」

小村が、気遣わしげに言った。

ハリマンは、世界的に著名なアメリカの鉄道王で、ニューヨーク金融界の第一人者シッフとともに、日本の軍費外債を引受けてくれた有力な財界人であった。

かれは、極東でアメリカの企業の大発展を志し、雄大な計画を発表していた。それ

は、南満州支線を買収し、ロシアとの間にシベリア鉄道使用契約を結ぶことによって、モスコーからシベリアを横断、大連、旅順につなぐ交通路を手中にすることであった。その計画が完成すれば日本、満州、シベリア、ヨーロッパの商権を掌握できる。

ハリマンは、日本駐在アメリカ公使グリスコムと連絡をとり、日露講和会議で確実に南満州支線の権利がロシアから日本に移譲されると推測し、日本が荒廃しきった南満州支線の整備をする財力がないことを知って買収の可能性は大きいと考えているようであった。

かれは、講和本会議がポーツマスで開始された八月十日、ニューヨークを出発して日本へ向ったが、それは新聞にも報道されていた。

小村は、戦争の結果ようやく得た南満州支線がアメリカ人に買収されることを恐れていた。元老の中には、軍費をついやしたことで財政が破綻《はたん》寸前であることから、南満州支線の修復と経営に悲観的な考え方を持っている者がいることも知っていた。そうした元老たちが、ハリマンの財力に期待する危険が予想された。

小村の危惧《きぐ》に対して、金子が一つの明るい情報をもたらした。

数日前、大統領の従弟《いとこ》であるモンゴメリー・ルーズベルトが金子を訪れてくると、ハリマンの買収計画に不賛成であるという大統領の言葉をつたえた。モンゴメリー・

ルーズベルトは、ハリマンの計画を挫折《ざせつ》させるため、日本が独力で南満州支線の経営をおこなえる資金の調達に奔走し、五大銀行から低利の融資の諒解《りょうかい》をとりつけた、という。ただし、それにはレール、機関車、貨車等をアメリカから必ず買うという条件が附された。

小村は、金子の話に安堵《あんど》した。純然とした借財であれば返済すればすむことで、ハリマンの計画を阻止することができる。かれは、一日も早く帰国したいと願っていた。

九月二十七日の出発日に、かれは、久しぶりに浴衣《ゆかた》をぬいで洋服に着換えた。体の衰弱が激しく微熱もとれていなかったので、副主治医のアメリカ人と看護婦がバンクーバーまで同行することになった。また、カナダ太平洋鉄道会社は、特別列車で乗換えなしにバンクーバーまで直行できるよう配慮してくれた。

小村はホテルから担架で運び出され、車で駅に行くと、再び担架にのせられて専用客車に移された。同行者は、佐藤、本多、小西、金子と随員の阪井徳太郎、鈴木純一郎、それに医師と看護婦の八名であった。

ワシントンから高平と竹下中佐も来て、内田総領事とともに見送った。汽車は午前九時四十五分、ニューヨークをはなれた。

小村は、車中で横臥したまま過し、十月一日、アメリカとカナダの国境を越えてバンクーバーに到着、領事森川季四郎の出迎えをうけた。そこで医師、看護婦と別れ、翌日午後七時、「エムプレス・オブ・インディア号」に担架で移された。

小村は、船内でも身を横たえていた。海上は、往路の時とはちがって荒れ模様で、船の動揺は甚《はなは》だしかった。

かれは、本多に命じて天皇に報告するための講和会議日誌をまとめさせた。また、条約で決定した満州、韓国の今後の対策について詳細に口述し、本多に記録させ、本多が船の動揺で甲板で顚倒《てんとう》して胸を強打し寝込んだ後は、小西に記録を進めさせた。その意見書には満韓経営綱領と表書きされ、小西が清書し、二通作成した。

十月十五日、船が明日横浜に到着することが船長からつたえられた。

小村は、本多を船室に招くと、

「万一、私に異変が起った場合には、私の安否をかえりみる必要はない。必ずこの意見書を守って山座に渡し、さらに山座から桂総理に手渡すようにして欲しい。私が病《びょう》軀《く》を押して帰国を急いだのは、満州、韓国問題を解決したかったからだ。横浜上陸後、殺されるようなことがあるかも知れないが、この意見書を必ず政府に渡すのだ。一通は私が持ち、一通は君にあずける」

と言って、意見書を本多に渡した。

本多は、

「一身に代えても……」

と答え、受け取った。

「エムプレス・オブ・インディア号」の横浜着の予定は、荒天つづきのため一日遅れになっていた。

政府は、十五日着の予定に従って小村の出迎え準備をととのえていた。東京騒擾《そうじょう》事件から四十日しか経過していないので、小村が殺傷されることも考えられ、軍隊と警察に厳重な警備を要請した。

東京衛戍《えいじゅ》総督は、十四日午後二時五十分、

一、小村全権委員帰朝上京ニ際シテハ、兵力ヲ以《もっ》テ警戒ス。憲兵及警視庁ニ於《おい》テモ所要ノ警戒ヲ為《な》ス筈《はず》。

一、新橋停車場ヨリ宮城及外務省ニ至ル沿道ハ、両師団其《そ》ノ担任区域毎《ごと》ニ警戒兵ヲ配置スベシ。

一、新橋停車場ヨリ参内及外務省ニ到《いた》ルノ途中ハ、特ニ留守第一師団ヨリ騎兵第一小隊ヲ出シ、全権委員ノ警護ニ任ズベシ。
一、全権ハ来《きた》ル十五日又ハ十六日入京ノ予定ナルモ、目下分明ナラズ。従ツテ其ノ日時及通路等ハ、確実ニ分明次第更ニ通報スベシ。
という命令を発した。

衛戍総督部、警視庁は、人心の動きを探ったが、表面的には一応平静と思われるが、講和成立に対する憤《いきどお》りは依然として激しく、小村の帰国と同時に騒擾が再発するおそれがあると判断していた。

それを裏づけるように十五日朝、牛込警察署長から、牛込郵便局前に、

「小村全権の帰朝に際し、国旗、提灯《ちょうちん》等を出して敬意を表する家は焼打を為すべし」

と墨書された貼紙《はりがみ》があったことが警視庁に通報され、また、それと同様の趣旨の貼紙が数カ所にみられたという情報が相ついだ。

その日、外務省関係者は、ひそかに小村を出迎えるため横浜に向い、珍田次官、随員の山座政務局長、安達一等書記官、落合二等書記官と松方正作人事課長、吉田要作秘書官が上州屋に、デニソンがオリエンタル・ホテルに投宿した。また、元老伊藤博文は横浜市尾上町五丁目の高島嘉右衛門《かえもん》邸に入った。横浜から新橋までの小村の通過予定は、厳秘にされていた。

その夜、衛戍総督部から小村の留守宅に憲兵将校が急使として派遣された。

憲兵は、明日中には小村が横浜に入港予定であることを告げ、

「横浜への出迎えは、どのようにする予定ですか」

と、長男の欣一に問うた。

欣一が家族そろって出迎えると答えると、憲兵は、

「御婦人のお出迎えは御中止願いたい」

と、言った。

埠頭《ふとう》、駅、沿道の警戒態勢は十分ととのえられているが、横浜から新橋までの沿線の警戒は困難で、爆裂弾を汽車に投げるか、線路に仕掛けて爆破される恐れもある。そのため、出迎え人はなるべく少くして欲しいという。

欣一は諒承し、かれ一人が早朝の汽車で横浜へ向うことになった。

翌十六日午前三時二十分、「エムプレス・オブ・インディア号」から犬吠埼沖通過の無電が入り、横浜の各警察署に通報された。前夜、地方から壮士風の男が五十名ほど横浜市内に潜入したという情報が入っていて、県警察では宿屋の一斉取調べをおこなったが、消息をつかむことができなかった。

夜が明け、珍田次官らは港の埠頭に行き、また早朝の汽車に乗ってきた清浦農商務

兼内務、大浦逓信《ていしん》、久保田文部、波多野司法の各大臣、立花歩兵大佐、さらに天皇の使者である井上侍従武官、小村欣一ら家族も到着した。

入港予定時刻は八時で、市内の要所に警官が非常線を張り、殊《こと》に波止場には多数の警官が配置された。また、港内には小蒸気船二隻《せき》と端艇七艘《そう》に巡査が乗って警戒に当っていた。

「エムプレス・オブ・インディア号」は濃霧にさまたげられて入港は大幅におくれ、午前九時三十分剣ヶ崎を通過、正午にようやく港口の検疫船《けんえきせん》の傍《そば》に投錨《とうびょう》した。中央のマストには日本の国旗がかかげられていた。

小蒸気船が接舷《せつげん》し、珍田、山座、神奈川県知事、港務部長が「エムプレス・オブ・インディア号」に乗り、小村と挨拶《あいさつ》を交した。小村は正装していたが、顔は青く痩《や》せこけ、出迎えの者たちに痛々しい印象をあたえた。かれは、欣一の顔を認めるとわずかにうなずいただけであった。

山座は、小村に重大な報告がある、と低い声で言い、小村の船室に入った。

「実は、全権がお留守の間にアメリカの鉄道王ハリマンが元老、閣僚を説き、日本政府とハリマン同率の資本投下という条件で南満州支線の経営をすることに決定し、桂総理と覚書を交しました」

山座が、言った。

小村の顔色が一変し、テーブルを激しくたたくと、

「なんという愚かしいことを……。漸《ようや》く得た南満州支線をアメリカ人に売ってしまったのか。こんなことがありはしないかと思ったので、病いを押して帰国してきたのだ」

と、荒々しい口調で言った。その顔には、憤りと悲しみの色が浮んでいた。

「一つの救いは、覚書の交換をしただけで、桂さんが、小村全権の諒解を得た上でということで正式調印を延期したことです。ハリマンは、四日前に横浜を出発し、現在、太平洋上です。元老、総理が覚書を破棄するかたい決意をいだけば、撤回させることができるかも知れません」

山座が説明すると、小村はうなずいた。

小村は、危惧していたことが現実のものになったことを知った。国家の存亡を賭《か》けて開戦に踏み切り、多くの将兵の犠牲によってようやくかち得た南満州支線を、アメリカの財閥の手に渡してしまうことは、断じて阻止しなければならなかった。ハリマンとの契約が発効するようなことになれば、今後、日本の計画している満州経営も根底からくずれ去る。そして、極東地域の大動脈がアメリカの手に落ち、日本のみなら

ず清国、韓国の死命も制せられるのだ。

そのような予測もせず、一財界人のハリマンに元老、閣僚が乗じられて、覚書を交したことが腹立たしかった。

小村は、山座とともに船室を出ると、珍田らが待っている食堂におもむき昼食をとった。

船が錨《いかり》をあげて港内に進みはじめた。やがて、軍艦「磐手《いわて》」、アメリカ軍艦「ウィスコンシン」などから一斉に十九発の祝砲が放たれ、「エムプレス・オブ・インディア号」は午後一時三十五分、第二区第九号浮標で停止した。

細かい雨が降り出し、大使旗はしおれて旗竿《はたざお》に貼《は》りついた。

各大臣らが埠頭から小蒸気船で船に乗りつけ、小村に出迎えの挨拶をし、病状について問うた。小村は、快癒《かいゆ》している、と答えた。

午後二時二十分、「磐手」艦上にラッパの音が起り、小村一行は出迎人とともに小蒸気船に移った。船は警官の乗る船の群にかこまれて進み、皇宮附属邸の小桟橋についた。そこには伊藤博文が迎えに出ていて、小村の労をねぎらいかたく握手した。

小村らは附属邸で小憩の後、伊藤らとともに馬車に分乗して附属邸の門を出た。騎馬警官が前後左右をかため、馬車の列は駅方面にむかって進んだ。

沿道には、警官や角袖《かくそで》巡査が一定の間隔に並び、一切の交通を遮断《しゃだん》していた。出発時に道をふちどった国旗の列はみられず、市内には、静寂がひろがっていた。

小雨の中を進む馬車の車輪の音と馬の蹄《ひづめ》の鳴る音がひびくだけで、家の中から見つめる市民の表情も硬かった。

馬車が駅につき、小村らは特別仕立の列車に乗った。

列車が発車し、黒煙を吐いて進んだ。車窓からは、沿線の所々に立つ警官たちがこちらに敬礼しているのが見えた。

午後四時、汽車は新橋駅についた。駅内外の警戒は厳重を極め、一般の乗車券、入場券の販売は停止され、プラットフォームには、着剣した兵が整列していた。在留外国人たちの間で、小村が暗殺される場所は新橋駅が最も確率が高いとして賭けがおこなわれていたが、警備陣も同じ予測をしていて緊迫した空気がひろがっていた。

プラットフォームには桂首相、山本海相らが出迎えに出ていて、小村と挨拶を交すと両側に立ち、小村の腕をかかえてプラットフォームの出口に進んだ。かれらは、小村に爆裂弾か銃弾が浴びせられた折には、共に斃《たお》れることを覚悟していたのである。

出口附近にも着剣した兵が両側に並び、広場にもおびただしい兵、憲兵、警官が人垣を作っていた。その背後には一般人が小村に眼を向けていたが、むろん小旗を持った者もなく、駅前の商店の旗もおろされていた。

小村らは、宮内省《くないしょう》差廻しの馬車二台に分乗、騎兵百騎の護衛のもとに広場を出ると皇居に向った。途中には、兵や警官が立ち、交通を遮断していた。市内電車は、前部に国旗をつけるならわしになっていたが、その日は運転手たちの手ですべて取り除かれ、外濠《そとぼり》線のみが日英同盟の条約改定を祝う日本とイギリスの旗をつけていた。が、それも、小村が新橋到着時にすべてとりはずされていた。

馬車は、皇居内に入った。

小村は、ただちに天皇に講和会議の概要を報告し、天皇から慰労の勅語を賜った。かれは、退出すると馬車で外務省に行き、桂と談合した。ハリマンとの間にむすばれた覚書を破棄させることが、かれの急務であった。

小村は、桂から覚書交換までの経過を詳細に知ることができた。

八月三十一日、来日したハリマンは、開戦以来日本の戦時外債を積極的に引受けていてくれたので、政府は歓迎し、九月一日に伏見宮、桂首相、曾禰蔵相、元老井上馨主催の午餐《ごさん》、晩餐、園遊会に招いた。さらに四日に催された駐日米公使グリスコム主催のハリマン歓迎の大園遊会にも、元老、閣僚以下千余名が出席、その席でハリマンは、南満州支線計画の一端を述べた。

ハリマンは、東京騒擾事件が鎮《しず》まった後、参内して天皇に拝謁《はいえつ》し、グリスコム公使の強力な支援のもとに元老伊藤、井上、首相桂らと精力的な交渉をはじめた。ハリマンは、ロシアの勢力の回復を防ぐためにもアメリカ資本を導入するのが得策であると説き、日本側は財源捻出《ねんしゅつ》に苦しんでいたので、その申出を受け入れることになった。

殊に、ハリマンの申出に強く賛成したのは大蔵顧問ともいうべき財政通の井上馨であった。井上は、ロシアの勢力の捲《ま》き返しを深く憂《うれ》え、アメリカの支援のもとにロシアを牽制《けんせい》したいと考えていた。また、財政の貧窮している日本には、満州を経営する財力などないとも思っていたのである。

井上は元老、閣僚たちを説いて共鳴を得たが、ただ大浦兼武《おおうらかねたけ》逓相のみがアメリカの財閥の手に鉄道を渡すことは日本の将来に不利な結果を招くおそれがあると主張し、同意しなかった。しかし、井上は後輩である大浦を叱責《しっせき》し、閣議でその件を決定させた。

やがて、ハリマンはいったん帰国することになり、仮契約の調印をする運びになった。ハリマンは、船に乗るため横浜のホテルに泊り、桂は逓信省鉄道局長平井晴二郎を横浜におもむかせ、調印させることに定めた。

その日、大浦逓相は桂に、

「私は不安でなりません。小村外相の帰国を待って御意見をおききしてから決定すべきだと思います。調印は延ばした方が賢明です」

と進言し、桂も同意して、辛うじて調印だけはせずにすましたという。

小村は安堵《あんど》したが、ハリマンの巧妙さに恐れを感じた。ハリマンは、小村が会議でポーツマスに釘《くぎ》づけされている間に来日し、政府の要人を説得し、南満州支線経営の覚書を桂との間に交している。投資比率は、日米一対一とされているが、重役会をはじめ社内の取り決めはすべて英語でおこなわれ、日本側が不利な立場に立たされることはあきらかだった。それに、機関車等の車輌《しゃりょう》や施設は、鉄道技術の発達しているアメリカから送りこまれるはずで、結局、南満州支線はハリマンに代表されるアメリカの資本家に独占される。それがハリマンの意図であり、小村が全権として留守している間をねらって目的を果そうとしたのだ。

財政問題に呻吟《しんぎん》していた元老、閣僚の大半が、ハリマンを救世主のように国賓扱いし、かれの要求を入れたことが腹立たしかった。わずかに調印を避けたことは幸いで、かれは全力を傾けてハリマンの意図を打ち砕かなければならぬ、と思った。

小村は、桂からハリマンとの間に交した予備協定覚書を見せてもらった。

かれは、文字を眼で追った。

南満州鉄道及ビ附属財産ノ買収、改築、整備、延長、並ニ大連ニ於《お》ケル鉄道終端ノ改善及ビ完成ノタメ、資金ヲ充実セシムル目的デ、一ツノ日米シンヂケートヲ組織スルコト。

という項目を第一項として、第十一項までの契約条項が列記されていた。

「これは、重大事です。私は絶対に反対です」

小村は、覚書を置くと桂に強い口調で言った。

桂は表情を曇らせ、くぼんだ眼窩《がんか》の奥に鋭く光る小村の眼を見つめた。

小村は、覚書が講和条約の規定に反すると前置きし、

「南満州支線は、清国の諒解《りょうかい》を得た上でロシアから日本への移譲が決定するのです。日本政府がハリマンと直接契約をむすぶ筋合いのものでないことは、総理も十分におわかりのはずです。さらにわが国民は、講和条約にすら大不満で、もしも、ようやく得た南満州支線をハリマンに売渡したことを知れば、激昂《げっこう》してどのような大暴動をひき起すか知れません。ハリマンは、吾《わ》が国が多くの将兵の血でかち得た南満州支線を財力によって奪い取ろうとしているのです。そのような計画に、賛同できません」

と、拳《こぶし》を握りしめて言った。

桂は、かたい表情で小村の顔を見つめていた。ハリマンとの覚書が国の将来にとっ

て大きな障害になり、測り知れない損失を招くことにようやく気づいたらしく、顔から血の色が失《う》せた。

小村は、桂の翻意をきびしく求め、

「総理が調印を控えさせたのは幸運でした。私はハリマン案を粉砕するつもりですから、総理も全面的に協力していただきたい」

と、熱っぽく説いた。

桂は、率直に過失をおかしたことを認め、帰朝した小村から講和条約の説明をきくためと称して、閣僚を緊急招集した。

小村は、条約の締結経過を報告した後、ハリマン計画が日本の将来を危ぶませることを熱心に説いた。閣僚たちは耳を傾けていたが、その説明を納得し、閣議決定をひるがえすことに意見が一致した。

翌日、小村は、休養をとる間もなく元老たちの説得に走りまわった。最も積極的にハリマン案に賛成し、他の元老、閣僚を同意させることに力をつくした井上との会談は長時間にわたった。

井上は、日本には満州経営の財力がなくハリマンの協力申出を歓迎すべきだ、と強調した。

「資金がなければ南満州支線の経営は不可能なのだ」

井上の言葉に、小村は、

「低利で資金を貸してくれる機関があります」

と、自信にみちた口調で答えた。

かれは、アメリカを出発前、金子から、モンゴメリー・ルーズベルトがニューヨークの五大銀行との間で低利の借入れ斡旋《あっせん》をしてくれたことを口にし、ハリマンの力に頼る必要はない、と説明した。

井上は、資金の点で小村の言葉に納得したが、アメリカに鉄道経営を託すことはロシアの今後の進出をおさえる上で効果があり、ハリマン案は日本の安全のためにも有効だと反論した。

これについても小村は、講和条約成立後ルーズベルトに会って、満州、韓国にロシア側の圧力が再び加えられた時には、日本を積極的に支援するという口約束を得てきたことを告げた。

「第一、ルーズベルトは、極東の平和維持の障害になるとして、ハリマン計画に反対しているのです」

小村の言葉に、井上は口をつぐんだ。

井上邸を辞した小村は、伊藤ら元老の邸《やしき》をまわって主張を繰返し、ようやくハリマンとの間に交した覚書の破棄を決定させた。

その方法としては、ハリマンに破棄の通告をしなければならないが、ハリマンは、太平洋上をサンフランシスコにむかう船上にあって、連絡はとれない。そのため外務省からサンフランシスコ駐在の上野季三郎領事にハリマン宛《あて》の電報を託し、船が入港直後に上野を船におもむかせ、ハリマンに手渡すことを定めた。

ただ、ハリマンは日本の外債を引受けてくれている人物であり、その破棄通告がアメリカの世論を刺戟《しげき》することは好ましくないので、南満州支線は清国の諒承を得なければならず研究課題が多いので、実行は未定とする、という婉曲《えんきょく》な内容にした。

その電報は、ただちにサンフランシスコの領事館に発信された。

小村の体は衰弱していて、体重も十貫（三七・五キログラム）足らずになっていた。が、かれは早朝から夜おそくまで講和条約の後始末に奔走していた。

小村に対する一般の反感は依然として激しく、講和反対論者の本多晋が頭髪を剃《そ》り落し、

「本多晋儀　年来憂国病の処《ところ》　本日終《つひ》に社会上死去致　候《さうらふ》間此段《このだん》謹告す」

という一文を、戒名をそえて毎日新聞の広告欄に出したりした。小村暗殺の噂《うわさ》はしきりで、かれの身辺には常に多くの警官が配置されていた。

小村が帰国してから六日後の十月二十二日、横浜、東京両市と横浜、新橋間の鉄道沿線に国旗があふれた。連合艦隊が横浜湾に入り、司令長官東郷平八郎大将が第二艦隊司令長官上村彦之丞《かみむらひこのじょう》、第三艦隊司令長官片岡七郎、第三戦隊司令官出羽重遠の各中将らと幕僚をしたがえ、参内のため横浜から特別列車で東京へ向ったのである。

新橋駅には早朝から大群衆が国旗、旭日旗《きょくじつき》、祝賀の幟《のぼり》を手に集り、東郷たちを乗せた汽車が到着すると、万歳の声がふきあがった。プラットフォームには閣僚、軍人が出迎え万歳を唱和し、東郷らは挙手答礼をして改札口を過ぎ駅前に出た。人々は歓声をあげ旗や幟をふって押しかけ、その間を縫うようにして宮内省差廻しの馬車に分乗した。

馬車の列は広場に設けられた大凱旋門《がいせんもん》をくぐり、群衆は憲兵、警官の制止も無視して馬車をとりかこみ、万歳を連呼し、東郷たちは挙手して歓呼に応《こた》えた。

馬車の列は、皇居に向った。沿道には旗や幟を手にした人々が重り合うように並び、万歳を叫ぶ。家々には国旗がひるがえり、日章旗と旭日旗を交叉《こうさ》させている家も多かった。

東郷らは天皇に拝謁を賜り、退出すると海軍省におもむいて午餐会に出席、帰路についた。沿道や新橋駅には、往路よりもさらに多くの人々がつめかけ、駅前の商店の屋根にも人が鈴生《すずな》りになっていた。

その日、賑《にぎわ》いは夜になってもしずまらず、彩《いろど》られた電球が街々にともされ、旗を手にした各種団体の人々が、列をくんで万歳をとなえながら家並の間を練り歩いた。

十月末、上野領事からの電報が外務省に入った。十月二十七日、ハリマンを乗せた船がサンフランシスコに入港したので、上野はただちに船に行き、外務省からの電報をハリマンに渡した。ハリマンは、仮契約書に調印をしなかったことを悔い、深い失望の色をみせていたという。

小村は、ハリマンの計画を挫折《ざせつ》させたことに安堵した。

講和条約の最も重要な課題は満州、韓国問題で、それを結実させるためには、満州を領土とする清国と韓国の諒解を得なければならなかった。

小村は、自ら清国におもむくことを強く希望し、十一月二日に特派全権大使の大命を拝した。韓国には、伊藤博文が派遣されることになった。

帰国後わずか三週目の十一月六日、小村は、佐藤弁理公使、山座政務局長、松方外務書記官、立花陸軍歩兵大佐、田中耕太郎海軍中佐、落合二等書記官、本多、小西両書記官の、主としてポーツマスへの随員たちを伴い、横須賀から軍艦「対馬」警護のもとに仮装巡洋艦「満州丸」で清国に出発した。かれの体をうれえた桂は、特に東京帝国大学医科大学助教授の宮本仲を同行させた。

清国皇帝は、軍機大臣総理外務部事務慶親王らを全権に指名し、小村一行を国賓として迎えた。

会議は、十一月十七日から開かれ、はげしい応酬の末十二月十九日の第二十一回会議でようやく日清協約が成立した。小村はその中で満州に南満州支線の守備軍を置くことと、安東、奉天間に日本軍が敷設《ふせつ》した野戦鉄道の経営権等を清国に認めさせ、さらに南満州支線の経営は日清両国民以外に関係させぬという項目を加え、ハリマン計画を完全に挫折させた。小村は精力的に動いたが、その間に園遊会で卒倒し担架で運ばれる出来事も起った。

協約が成立した翌日、桂から電報が入り、講和条約締結にともなう騒擾《そうじょう》事件の責任を負って全閣僚が辞表を提出したので、至急帰国するよう指示してきた。小村は、ただちに外相辞任の返電を打った。

小村は、十二月二十四日北京を出発、翌三十九年一月一日、横浜に上陸し、その日のうちに東京にもどった。

　桂内閣は総辞職し、一月七日、西園寺公望が組閣をおこない、加藤高明が外相に就任した。

　野に下った小村は、翌々日、枢密《すうみつ》顧問官に任ぜられた。

かれは、激職から漸《ようや》く解放されたが、休息をとるべき家庭はなかった。妻の町子は、すでに正常な人間ではなくなっていた。

町子の精神状態は、小村が全権としてアメリカに出発した頃にくらべて甚しく悪化していた。外相官邸に群衆が押し寄せ、喚声をあげ火を投じられたことに強く影響されていたのである。

　町子は、人声に絶えずおびえるようになっていて、家の奥に身をひそませ、物売りの声や電話の音にも悲鳴をあげ、体をふるわせる。ふとんをかぶって長い間うずくまっていることもあった。

　外相官邸を引払わなければならなくなった小村は、落着き先をあれこれと考えた。かれは、家屋というものに関心がなく、官舎以外はすべて借家住いで過してきていたが、精神錯乱を起している妻のために小石川の原町に家を購入した。が、その検分もすべて宇野にまかせ、家を見ることすらしなかった。

町子と欣一、文子、捷治が原町の家に引越し、かれは帝国ホテルに泊って家族と別居した。それは、町子との離別に近いもので、かれは、宇野をともなって郷里の飫肥《おび》へ行き墓参をしたりした。

二月二十八日、加藤高明がわずか在任二カ月で外相を辞任した。鉄道国有化に反対したためとされたが、戦後急に権勢を増した陸軍が、満州で清国側の意向を無視し軍政存続を主張したことに反対したからであった。日清協約締結後、清国内の日本に対する反感は増大していた。

六月六日、小村は大使館に昇格したロンドンの大使館に、駐英大使として宇野をともない赴任した。

ロンドンに到着した小村の生活は、外交官として常軌を逸したものだった。公事以外には人との面会をかたくなに避け、大使館内にとじこもって読書に日を過すだけで新聞記者にも一切会おうとしなかった。その頃のイギリス社交界はきわめて華美で、園遊会がしばしばひらかれ、人々はダンスに興じていた。小村は、そのような会に足を向ける気にはなれなかった。

ポーツマス条約の成立にすべての力を注いだかれは、疲労をひたすら癒《いや》しているようにみえた。社交に背をむけたかれの大使としての評判はきわめて悪く、親日的な

「ロンドン・タイムス」外報部長チロルが、日本政府に注意をうながしたほどであった。が、元老、閣僚は、かれが日露戦争終結に果した業績を考え、傍観する姿勢をとりつづけた。

その間、西園寺内閣は、戦後処理にあたっていた。

国内問題では、まず戦争によって破綻《はたん》した財政の立て直しに取りくまねばならなかった。戦前には六億円程度であった国債が戦後は二十二億円にもふくれ上り、その金利支払いだけでも容易ではなかった。

しかも、基本政策である軍備の拡張、満州、韓国への投資にもせまられ、出費は増す一方で、物価は高騰《こうとう》し国民生活は圧迫されていた。

西園寺内閣が発足した直後、東京石川島造船所では賃金引上げの争議がおこり、それは他にも波及して大争議が各所で発生するようになった。また、社会主義運動も急速に活潑化《かっぱつか》していた。

満州、韓国への働きかけは、ポーツマス条約の規定に沿って強力に推しすすめられた。

韓国に対しては、講和条約第二条で日本の指導、保護、監理権をロシアに約束させ、さらに日英同盟改定、桂・タフト覚書によってイギリス、アメリカの支持もとりつけていた。

条約成立後、伊藤博文は特派全権大使として韓国におもむき、韓国皇帝と会見した。その席で、伊藤は韓国を日本の保護国とし、外交権も日本に移譲することを強要し、韓国政府は驚愕《きょうがく》し憤慨したが、日本の武力を恐れて要求をのんだ。

韓国内の日本に対する反感はつのっていたが、日本政府は、伊藤と韓国政府との間で交された協約にもとづいて、京城に韓国の外交管理をはじめ内政一般を統轄《とうかつ》する統監府を設立し、伊藤を初代統監に就任させた。

日本政府は、満州、韓国問題で強硬策をとってポーツマス条約の協定事項を十二分に結実させたが、伊藤博文、山県有朋らはロシアの復讐戦《ふくしゅうせん》を警戒していた。もともとロシアの政府要人と親しい伊藤は、ロシアと友好関係をむすぶことが日本の将来の安全のために必要だと主張し、西園寺首相もそれを容《い》れて、

「露国ヲシテ旧怨《きゅうえん》ヲ忘レ、努メテ我ニ親マシムルノ策ヲ取ラザルベカラズ」

という閣議決定をした。

また、ロシアも国内の革命気運と財政の窮迫、経済の混乱に苦しみ、さらに対外的にも、強力に世界政策を推しすすめるドイツに脅威をいだき、極東経営に力を入れる状態にはなかった。

フランスも同様にドイツを恐れ、イギリスと協調し、さらにロシアとイギリスを接近させ、英、仏、露三国によってドイツの野望を封じようとはかった。そのためには、イギリスの同盟国日本とロシアの融和策をとることが必要で、しきりにロシアに働きかけて日本と友好関係をとるようすすめた。

そのような日露両国の内外の事情があって、明治四十年七月二十八日にペテルスブルグで日露協商が成立し、敵対関係は消滅した。そして、翌月、英露協商も成立して英仏露三国の協調態勢がととのい、ドイツ、イタリア、オーストリア三国同盟と対決する体制が成り、後の第一次世界大戦へとつながってゆく。

小村は、そうした情勢をロンドンで静観していた。かれは、講和条約の成立者として西園寺内閣のとった政策と、それにともなう国際情勢の推移を見まもっていた。

明治四十一年七月四日、西園寺内閣は総辞職した。財界の不況に効果的な政策を打ち出せなかったからであったが、同時に一層のたかまりをみせていた社会主義運動に強い姿勢をとらなかった責任を問われたことも倒閣の原因であった。

後任には、元老の支持を得た桂太郎が指名され、十二日に組閣の大命が下った。桂は、ロンドンで大使生活を送っている小村を外相に指名し、電報で外相就任を要請した。イギリスの華やかな社交界に辟易《へきえき》して館外に出ることもしなかった小村は、承諾の返電を送った。

かれは、七月二十七日にロンドンを出発、ウイーンをへてロシアの首都ペテルスブルグにおもむいた。駐露代理大使には随員であった落合謙太郎が任ぜられていて、かれの案内でウイッテの家を訪れた。

ウイッテはポーツマスから帰国後、首相に就任、憲法の制定につとめたが、皇帝に忌避されてわずか半年間で解任され、失意の状態にあった。

かれは、小村を喜んで迎え入れた。

小村は、

「ポーツマスでは互いに祖国のために全力をつくしたが、全く夢のようだ。今は日露両国は友好国であり、嬉《うれ》しく思っている」

と、述べた。

ウイッテは、

「ポーツマス条約成立の時、世人は私が大成功をしたと言い、私自身もひそかに誇りをもった。が、今では私を非難する者が多く、それに反してあなたは、罵声《ばせい》に包まれながらもようやく国民の理解も得られるようになっていて羨《うらやま》しい」

と言って、外相就任を祝った。

小村が去る時、ウイッテは家の前に立って車が遠ざかるのを長い間見送っていた。

帰国後、外相に就任した小村は官邸に入ったが、宇野のみを手もとに置き、家族を原町の家から呼び寄せることはなかった。かれはロンドンでの二年間の生活で、家族に対する関心を全く失い、まして妻に会うことなど考えてもみなかった。むしろかれは、政治家として家庭の存在は忌《い》むべきものだと考えるようにすらなっていた。

かれがイギリスに在任中、長男欣一は東京帝国大学を卒業し、外交官試験に首席の成績で合格し外務省に入っていた。欣一は、帰国した小村に会いに来たが、小村はわずかに言葉を交しただけで町子の消息をたずねることもしなかった。

かれの生活は、徹底して簡素であった。官邸では着物で過していたが、それも夏、冬一枚ずつで、しかも粗末なものであった。多くの勲章をもらっていたが関心はなく、戸棚の中にしまったまま胸におびることはなかった。かれのもとにはさまざまな贈物があったが、包紙を開くこともしない。物品に対する興味の欠如しているかれは、贈物をもらっても迷惑そうに顔をしかめていた。宇野は、そうした小村の気持を知っていたので、食品の贈物は出入りの者に分けあたえ、他は空き部屋に包紙も開けぬまま積み上げていた。

入閣した小村は、前回、外相に就任した折とは異って、日露戦争を乗りきった外相経験者として内務大臣平田東助とともに閣内の重鎮として遇された。かれの政治に対する情熱が再びよみがえり、戦後の経営に積極的な政策を続々と実行に移した。

緊急に取りくまねばならなかったのは、アメリカに対する外交政策であった。

小村が全権としてアメリカに派遣された頃と比べて、日米関係は、いちじるしい変化をみせていた。日露戦争の連勝に興奮し日本に好意をいだいていたアメリカの世論は、戦争終結と同時に冷却化していた。そして、小村がニューヨークで病床生活を送っていた頃には、早くも国力を着実に充実させてきた日本に対する警戒論がきざし、それはまたたく間にアメリカ全土へひろがっていった。

小村が講和成立の任を終え帰国して間もなく、カリフォルニア州サンフランシスコ市の学務委員会が、日本人学童の公立学校入学を禁じる処置をとった。それは日本国内にもつたえられ、新聞は一斉に人種差別行為だとして非難し、中にはアメリカに報復すべきだという論説をかかげる新聞もあった。アメリカの対日警戒論は排日運動に発展し、アメリカ各地に住む日本人移民へ重圧となってのしかかっていた。

西園寺内閣は、アメリカとの関係の悪化をうれえ、自主的に移民の渡米を制限したが、アメリカ政府は、それにも飽きたらずさらにきびしい制限を課すように要求をくりかえしていた。

また、経済的にも、満州市場への進出をくわだてるアメリカと日本の軋轢《あつれき》も表面化し、アメリカ政府の態度は一層硬化した。新聞は、日本が武力をもってアメリカの支配下にあるフィリピン、ハワイを侵略する意図をいだき、さらに極東市場からアメリカの商品を駆逐することにつとめていると民心をあおり、遂《つい》には日米両国の武力衝突を予測する記事が掲載されるようになっていた。

親日的であったルーズベルト大統領も、日本に対する強い疑念と警戒心をいだくようになり、排日運動には反対していたが、日本の軍事力を無視できぬと公然と声明するまでになっていた。

かれは、日露戦争勃発《ぼっぱつ》後、連戦連勝をつづける日本の軍事力に注目し、それが将来アメリカをもおびやかす存在になることを予見していたが、それに対抗するには海軍の軍備強化をはかる以外にない、と声明していた。それは、日露講和条約が成立後、一層強い信念になり、大海軍の完成をめざして艦艇建造を指令していた。

このような警戒心から、ルーズベルトは、日本を牽制《けんせい》する計画を立てた。日本の新聞はアメリカを敵視する過激な記事をのせ、また軍部は戦後にわかに勢力を強めて政治にも介入するようになり反米論を説く者も多くなっていたが、ルーズベルトは、武力示威によってそれらを封じようとくわだてた。つまり、日本から戦争をいどまれた場合には、それに応ずる軍備と意志のあることをしめそうとしたのである。

かれは、大西洋に配置されていた主力艦隊を太平洋に回航させ、極東方面を巡航させる計画を発表した。それにもとづいて明治四十年十二月十六日、戦闘艦十六隻《せき》、装甲巡洋艦二隻、駆逐艦六隻、運送船八隻からなる大西洋艦隊は、イヴァンス司令長官指揮のもとに大西洋岸のハンプトンを出港した。そして、南米のマゼラン海峡を迂回《うかい》、翌四十一年五月七日、サンフランシスコに入港した。

艦隊の巡航予定は、濠州《ごうしゅう》、ニュージーランドをへてフィリピン方面に達し、ついで極東海域に向うと発表されたが、新聞の中には、十分な戦闘準備をととのえ日本近海にも進出すべきだと要求する記事をかかげるものもあった。

提督はスパーリー中将が交代し、艦隊は七月七日、群衆に見送られてサンフランシスコを出港した。

八月二十七日、外相に就任した小村は、対米関係の好転を念願とし、排日運動を鎮静化することが絶対に必要だと考えていた。そのためにも極東にむかったアメリカ大西洋艦隊に対するあつかいが、緊急の課題になった。

小村は、ドイツ皇帝がルーズベルトに秘密の親書を送って、アメリカが日本を威嚇《いかく》するため大西洋艦隊を極東方面に巡航させた行為を強く支持することをつたえた、という情報も得ていたので、その挑発に乗るべきではない、とも思った。

かれは熟考した末、その巡航を逆手にとって日米関係の好転に利用することを思い立った。そして、閣議にはかり、アメリカ政府に対して大西洋艦隊の横浜寄港を丁重に申し入れることを決議し、公使から大使に昇格していた高平にそれを命じた。

高平から申出をうけたルーズベルトは即座に承諾し、スパーリー司令長官に打電して日本訪問を命じ、親善の目的をはたすよう指示した。

十月十八日、フィリピンから日本にむかった大西洋艦隊は横浜に入港した。それを迎えた港内の艦船は、一斉に祝砲をはなって歓迎の意をしめした。

政府は、第一艦隊司令長官伊集院五郎中将を接待委員長に命じ、伊集院はスパーリー司令長官を訪問し、歓迎の辞を述べた。さらに翌日、天皇はスパーリー司令長官以下乗組士官を豊明殿でもよおされた午餐会《ごさんかい》に招いた。

スパーリーは、ルーズベルトからの感謝電報を上呈し、天皇はそれに対する答辞をおくった。

艦隊は一週間とどまり、その間、官民はこぞって乗組員の歓待につとめ、横浜出港時には、多くの人々が日米両国旗を手に見送った。

この模様は、通信員によってアメリカに送られ、報道された。記事の反響は大きく、巡航艦隊に対する日本の扱いに読者の反感はうすらぎ、新聞にも日米間に新たな親善関係が生れたという論調も見られた。

小村はこの機をのがさず、アメリカとの友好関係を回復させようとし、九月二十九日、高平大使に対して日米友好協商を締結するよう訓電した。

高平は、ルーズベルトを訪れて内諾を得、ルート国務長官と折衝をくりかえした。その結果、日米両国は互に侵略意図をもたず、経済協力のもとに世界平和に貢献するという条文が作成され、日米両国政府の同意を得て、十一月三十日、日米協商が成立した。

この協商成立は、アメリカの新聞に好意をもって迎えられ、日米戦争説のようないわれのない風説は今後消えるだろう、と論ずるものが多かった。

しかし、カリフォルニア州を中心とした排日運動は依然として衰えをみせず、小村は、長い日時をついやして徐々に解消させる以外にないと思った。そのためには、アメリカの実業家を招き、日本からも実業家を渡米させて意志の交流をはかることが有効だと考え、実業界の元老渋沢栄一らに実行を依頼したりした。

アメリカ艦隊の日本訪問は、日米関係の緩和に役立ったが、ルーズベルトにとってその巡航は一つの賭《か》けでもあった。

翌四十二年、ルーズベルトはドイツ海相チルビッツと会ったが、チルビッツは、

「あの巡航の時、私は、日本艦隊がアメリカ艦隊の留守をねらってアメリカ本土に攻撃をしかけるおそれがある、と思っていた。貴方《あなた》は、そのようなことを考えなかったのか？」

と、問うた。

「いや、その可能性があるとは思っていた。十中九は来攻しないと信じていたが、十中一は攻撃してくると予測していた」

と、ルーズベルトは答え、戦後、自信を深めた日本の軍人たちがアメリカを撃破できると信じているという情報も得ていたので、アメリカ政府は日本海軍の動静をさぐり、巡航艦隊にも、常に日本艦隊の攻撃にそなえて戦闘準備を完全にととのえておくように命じていた、と語った。

ルーズベルトは、日本海海戦で戦史に類のない大勝を果した日本艦隊の戦力に対して畏怖《いふ》を感じていたので、日本政府が平和的な態度で巡航艦隊の日本寄港を希望し、しかも大歓迎をしてくれたことに深い安堵《あんど》を感じたのである。

日露戦争によって、日本は東洋の一大強国となり、世界列強の一員にも加わった。

それは、欧米列強の搾取《さくしゅ》を一方的にうけていた被圧迫民族に影響をあたえた。黄色人種国である日本が白人種国であるロシアをやぶり、しかも欧米各国からの干渉も排して講和を成立させたことに、かれらは驚嘆していた。民族主義者たちは、欧米列強の植民地政策に反抗する自覚を強め、イギリスの植民地であるインドその他で、独立運動が急に勢いを強める結果を生んだ。

外相に就任した小村の信念は、軍備の充実と経済振興が日本を守る基礎であるということに尽きていた。それは、当時の政治家すべてに共通していたもので、かれの考え方は、元老、閣僚の強い支持を受けていた。

かれは、欧米列強と巧みに調和政策をとりながら、清、韓両国に終始強硬な姿勢でのぞんだ。それら両国を勢力下におくことが、日本の安全を守るために絶対に必要だと考えたのだが、清、韓両国はロシアの代りに日本からの圧力に苦しむ結果にもなっていた。戦前まで両国は、欧米列強の圧迫に呻吟《しんぎん》していたが、日露戦争の結果、両国は日本を苛酷《かこく》な軍事大国としておびえるようになったのである。

小村の外相としての使命は、講和条約の完全な実行にあった。かれは、日英同盟を強化し、アメリカの排日気運の緩和につとめ、さらに敵国であったロシアとの友好関係を回復させるとともに、清、韓両国への強力な外交政策を推しすすめた。

まず、かれは、西園寺内閣が十分に果せなかった満州について残された問題の解決をはかり、伊集院彦吉《いじゅういんひこきち》公使に命じて鉄道問題を中心に清国政府と交渉を執拗《しつよう》にくりかえさせた。

かれは、満州経営を不動のものにするため、満州五案件といわれる法庫門《ほうこもん》鉄道、大《だい》石橋《せっきょう》支線、京奉《けいほう》鉄道の延長、撫順煙台《ぶじゅんえんたい》炭鉱、安奉《あんぽう》鉄道沿線鉱山の諸問題と、清、韓両国間で国境が曖昧《あいまい》だった間島《かんとう》問題について権利の放棄を清国側に要求した。清国側はそれを拒絶したので、四十二年八月、最後通牒《つうちょう》をつきつけ、清国は九月四日、やむなく譲歩し、満州五案件と間島問題に関する日清協約が成立した。

さらに、かれは、韓国問題にも取りくんだ。

韓国内では、日本の強要した保護政策に対する反感が強く、明治四十年六月には、オランダのハーグでひらかれた第二回平和会議に前議政府参賛の李相卨、前判事李儁、前駐露韓国公使館書記官李瑋鐘の三人が韓国皇帝の全権委任状を手に、日本の横暴を訴え保護国あつかいされることからのがれるため列国の支援を得たいので会議に出席させて欲しい、とオランダ外相に要請した。

しかし、外相は、日本公使の紹介がないかぎり面会せずと答え、議長をはじめ各国代表もその要請を拒絶した。李たちは、ハーグにたまたま来ていた強硬な排日論者のアメリカ人ハルバートと協力し、新聞に論文をのせ演説会をひらいて日本の韓国対策を攻撃した。
統監伊藤博文は、韓国皇帝に対し李らの行為は保護協約に違反するものだと激しく非難し、皇帝は弁明につとめたがいれられず、責任をとって退位した。それを知った民衆は激昂《げっこう》し、兵もくわわって暴動をおこし、伊藤の強要をいれつづけていた李総理の邸《やしき》を焼打ちした。
伊藤は、韓国内の動きを封ずるためには統監の支配権を一層強化することが必要だと考え、第三次日韓協約を李総理との間で調印した。
外相に就任した小村は、伊藤と韓国問題について協議し、韓国を保護国とすることからさらに進めて日本に併合させることに意見の一致をみた。そして、翌四十二年三月三十日、
第一、適当ノ時機ニ於《おい》テ韓国ノ併合ヲ断行スルコト
という文章にはじまる意見書を、桂首相に提出した。
桂は賛成し、小村をともなって伊藤を訪れ意見をもとめると、伊藤にも異論はなかった。ただし、三者とも列国の非難が予想されるので、時機を慎重にえらぶべきだという結論を得た。

その直後、小村は、高熱を発して病臥《びょうが》した。胸部に激痛が起り、呼吸困難におちいった。医師の診察を乞《こ》うと、肋膜炎《ろくまくえん》であった。

明治三十四年十月、第一次桂内閣の外相に就任した直後、軽い肋膜炎にかかり、さらに講和条約成立後、ニューヨークで肺尖《はいせん》カタルにかかったかれは、その後、季節の変化に注意を怠らなかったが、外相に就任後はその余裕もなくまたも肺疾患で病臥する身になったのだ。

しかし、熱は一週間後にさがり呼吸困難も消えたので、かれは病床をはなれ、椅子《いす》にもたれて執務し、十日後には外務省に出省するようになった。医師は、小村の身を案じたが、熱も平熱近くにもどり、食欲も旺盛《おうせい》なので、それ以上病床生活を送るようすすめることはできなかった。

その年の六月、伊藤は統監を辞し、曾禰《そね》荒助《あらすけ》が第二代韓国統監に就任した。が、桂は、韓国併合の計画があることを曾禰につたえることはしなかった。

七月六日、桂は韓国の併合案を閣議にはかり、その決定により参内して天皇の裁可を得た。

韓国内の反日感情は激しく、不穏な空気が各地にひろがっていた。

十月二十六日、伊藤はハルピンにおもむいて車中でロシア蔵相ココフツェフと車中会談後、駅頭で各国領事と握手をかわし歓談した。その折、一人の男が走り寄り、突然、短銃を発射した。加害者は、統監をはじめ日韓協約に調印した韓国大臣の暗殺を同志と誓い合っていた韓国人安重根《あんじゅうこん》で、かれの発射した三発の弾丸は、第一弾が伊藤の肺臓、第二弾が胸腹、第三弾が上腹部に命中した。

伊藤は車内に運びこまれ応急手当をうけたが、第一弾が致命傷になり三十分後に絶命した。六十九歳であった。安は、ロシア官憲に捕えられて日本側に引き渡され、翌年六月、旅順で処刑された。

伊藤の死によって、日本国内に韓国同志会が結成され、韓国の李容九らにひきいられた一進会とともに、韓国を日本に併合すべきだという運動が起った。が、曾禰統監をはじめ日本の言論人たちは、韓国併合は列国の反撥《はんぱつ》をうけ、また韓国内でも大騒擾《だいそうじょう》がおこると説き、韓国併合に不同意の声が支配的であった。

桂は、ひそかに韓国併合の気運をたかめることにつとめ、時期尚早を口にする小村をはじめ閣僚、元老を説得し、一進会との連絡も一層強めた。

翌明治四十三年春、桂は、併合の機運が熟したと判断し、本格的な準備に入った。

小村は、それをうけて危惧《きぐ》されている列国の承認を得る工作にとりかかった。まず、その年の四月、第二回日露協商の折衝をおこなっていた駐露大使本野一郎に命じ、日本の韓国併合についてのロシアの意見をただささせたが、ロシア政府は異存なし、と答えた。

その意見交換がイギリス政府にもつたえられ、ロシアと同じように諒承《りょうしょう》する旨《むね》の回答を得た。また、アメリカもそれを当然のこととして認めたので、列国に対する打診は終り、桂は、実行に移った。

まず、統監の曾禰を辞任させ、陸相寺内正毅《てらうちまさたけ》を第三代統監に就任させた。そして、併合に必要な調査を徹底的におこない、正式に閣議に上程して併合を決定した。国の名称については、韓国という名称を廃することになり、逓相《ていしょう》後藤新平が韓国人の歴史的心理を考えて高麗とする案を出したが、桂と寺内が朝鮮を強く主張し、これに決定した。

寺内は、七月二十三日、統監として着任、韓国内の情勢を慎重に観察した。そして、八月十三日、小村に対して決行する旨を打電し、李完用首相を統監邸に招いて、併合をつたえた。

寺内の説明をきいた李は、すでにそれを予測し受諾する以外にないとあきらめていたので、内諾した。が、ただ国号は韓国のままとし、皇帝の尊称ものこして欲しいと要望したが、寺内はそれを拒否し、皇帝を李王殿下にするよう本国に要請してみる、と答えた。

韓国政府は、緊急閣議をひらいた。が、学部大臣李容植が頑強に反対しただけで、御前会議で日本の要求を受諾することに決定した。

交渉は急速にすすめられて条約の調印も終り、八月二十九日、日韓両国は併合条約を公布し、韓国は日本に併合され、朝鮮と名称を変えた。これについて、ロシアをはじめイギリス、ドイツ、アメリカ、フランス、イタリアの諸国も承認する声明を発した。各国は、それぞれ他国を植民地として併合していて、日本の韓国併合を不当として責めることができなかったのである。

この併合は、韓国内に衝撃をあたえ、各地に騒乱が起った。日本政府は、憲兵、警察力を駆使して鎮圧につとめたが、抵抗運動は根強く反復された。

その頃、小村は肛門《こうもん》周囲炎にかかった。肛門部が激しく痛み発熱もして入院した。炎症はおもく痔瘻《じろう》も生じて、結核菌によるものと診断された。

病院では二度手術をおこない、痛みもうすらいで退院した。

かれは、療養する間もなく、幕末にアメリカその他の国々とむすんだ条約の改正問題について各国と折衝をつづけたが、その頃から肉体の衰弱が急に目立ちはじめた。

夕刻近くになると微熱が出て、呼吸も苦しくなる。頬がこけ、眼窩《がんか》はさらにくぼんだ。

かれは、椅子に長い間坐《すわ》っていることができず、部屋にだれもいない時にはソファーに小さな体を横たえ、いつの間にか仮眠することもあった。夕刻、馬車で官邸にもどる時、かれの顔には深い疲労の色がにじみ出ていた。

夜は必ず寝汗をかき、咳《せき》こんで眼をさますことも多くなった。朝起きる時、関節がゆるんでしまっているように体が重く感じられた。

年が明け、明治四十四年一月下旬、大逆事件関係者の社会主義者幸徳秋水ら十二名の死刑が執行された。処刑は、桂内閣の社会主義者に対する強い弾圧政策を象徴するもので、事件後、社会主義関係の出版物の発売や閲覧禁止等が発令された。

四月二十一日、日韓併合の功績により桂首相は公爵《こうしゃく》、内相渡辺千秋、陸相寺内正毅が伯爵になり、小村も伯爵から侯爵になった。

大逆事件の苛酷な処置に批判的であった世論は叙爵に冷淡で、新聞には非難する長文の論説が掲載された。その論旨は主として小村に向けられたもので、小村の外交方針が諸外国に媚《こ》びる傾向が濃く、ポーツマス条約での屈辱外交は国家の恥辱であり、勲功などみじんもなくむしろその責任を追及されるべきである、ときびしい筆致で攻撃していた。

桂内閣は、財政問題でゆきづまっていた。日米関係の対立は依然として残され、そのため海軍力の強化をせまられ軍備費の捻出《ねんしゅつ》に苦しんでいた。また、韓国併合にともなう出費の増加等で、組閣以来の緊縮財政も崩壊寸前にあり、大逆事件の苛酷な処置も問題化していた。

八月二十五日、桂は内閣の総辞職をおこない、三十日に第二次西園寺内閣が成立した。

天皇は小村の留任をひそかに希望したが、病身であることから小村の辞表は受理された。

小村は、官邸を引きはらったが、妻のいる原町の家へ行くことはなく、帝国ホテルで数日間を過し、葉山村一色に年三百円の家賃で借りた家に移り住んだ。その家は、第二次桂内閣の外相に就任後借りた家で、週末に時折り訪れては休息をとっていた。

長男欣一は、平山成信《なりのぶ》の娘温子と結婚して、ロンドンの日本大使館に三等書記官として勤務し、長女文子は工学博士佐分利一嗣の弟である外交官佐分利貞男《さだお》に嫁《か》し、わずかに次男捷治が時折り訪れてくるだけであった。

家は、八畳三間、四畳半三間の梁《はり》がかたむき庇《ひさし》のゆがんだ粗末な家であった。家事は宇野弥太郎が引受け、土地の男と女が通いで働いていた。

葉山に移った小村は、気力も体力も一時に失《う》せたように、黙ったまま籐椅子《とういす》に坐っているだけであった。庭に出ることもせず、夜になると小量の葡萄酒《ぶどうしゅ》をふくみ、煙草《たばこ》をくゆらす。

一カ月後訪れてきた捷治は、小村の変化の激しさに驚いた。

小村の体はさらに痩《や》せ、一層小さくみえた。鋭く光っていたかれの眼はうつろで、陽光がまばゆいらしくしばしば弱々しげにしばたたく。口も薄く開かれ、涎《よだれ》が唇から流れ出ていたがぬぐうこともしない。そこには外相であった頃の気魄《きはく》にみちた小村の面影はなく、痴呆《ちほう》の表情すら浮んでいた。

捷治は、小村と向き合っていることが堪えきれず、宇野の部屋に入ると、

「父は、精神もすっかり抜けてしまった」

と言って、肩をふるわせて泣いた。

秋風が家のガラス戸をふるわせるようになると、午後の発熱が日常的になった。陽光が視神経を刺戟《しげき》し、籐椅子で身じろぎもせず眼を閉じていることが多かった。

結核菌が腸をおかしはじめ、食欲も失われて宇野のはこぶ料理に箸《はし》をつけることも少くなった。口を開くのも億劫《おっくう》らしく宇野が言葉をかけても返事をしない。歯刷子《ハブラシ》を使うのも手や指がだるくなってやめる。坐っていることも大儀になり、しばしば畳の

上に小さな体を横たえていた。

捷治は宇野と相談し、病状を外務省につたえた。すぐに本多熊太郎が見舞いに来たが、かれは、籐椅子にもたれた別人のような小村の姿に顔色を変えた。小村は痩せ細り、本多の見舞いの言葉にかすかにうなずくだけであった。

外相辞任後、わずか二カ月足らずのうちに激しい変化をみせている小村に、本多は不吉なものを感じ、ロンドンにいる欣一夫婦に急いで帰国するよう電報を打った。

小村は、力なく咳をし、下痢と便秘に悩まされ、長い間厠《かわや》に入っていることもあった。宇野は気遣って、小村が出てくると腕をとろうとしたが、小村はそれをこばんだ。

十月下旬になると、時に三十九度近い発熱におそわれるようになり、葉山村の医師玉井逸之が日に二度往診し、さらに東京から東京帝国大学医科大学医学部長青山胤通《たねみち》が診察し、玉井に治療の助言をした。小村の病状は末期症状にあって、絶対安静が必要であった。

しかし、小村は、朝起きると這《は》って籐椅子に行き、身を横たえる。軽い咳をしながら眼を閉じていた。食欲はさらに失せ、粥《かゆ》と牛乳を少量ずつ口にするだけになった。

十一月十一日、青山の来診があり、青山のすすめで小村はその日から病床についた。看護婦がつき、絶対安静の身になった。

二十二日、小村はにわかに激烈な頭痛におそわれ苦しげな呻《うめ》き声をあげた。翌日にはあきらかに脳膜炎初期の症状をしめし、尿の排出が不能になり、時に意識が不明瞭《ふめいりょう》になった。その夜、佐分利夫妻が駆けつけ、帰国した欣一夫妻も捷治にともなわれて横浜から葉山についた。

翌二十四日午後一時、桂についで寺内が見舞いにきた。桂が、

「小村君、わかるか」

と手をにぎると、小村は、低い声でわかると答えた。が、寺内が同じことを口にすると、わずかにうなずいただけであった。

小村は食物を口にすることもなく、食塩注射が打たれていた。午後三時の容態は、熱三十八度、脈搏《みゃくはく》九十六で、意識はしばしば混濁《こんだく》した。

その日、午後三時四十二分着の列車で天皇から侍医が派遣され、外相内田康哉《こうさい》の依頼で東京帝国大学医科大学教授入沢達吉も往診した。また、遠く故郷の飫肥《おび》から縁戚《えんせき》にあたる医師の小村良平もやってきて玉井の治療に協力した。

翌二十五日早朝から、小村は激しい呼吸困難におちいって肩をあえがせ、苦しげに呻いていた。玉井医師は重態におちいったことを告げ、各方面に近くの家の電話でその旨がつたえられた。

旧友の杉浦重剛《じゅうごう》、穂積陳重《ほづみのぶしげ》らが駆けつけ、天皇、皇后、伏見宮、有栖川宮《ありすがわのみや》からお見舞品もとどけられた。

夕刻、小村は昏睡《こんすい》状態におちいった。欣一夫妻、文子夫妻、捷治と親族が病床の傍《そば》につき、外務省からも本多熊太郎、幣原喜重郎《しではらきじゅうろう》、川越茂らが詰めていたが、妻町子の姿はなかった。町子の精神錯乱は甚《はなは》だしく、原町の家で半ば拘禁状態にあった。

夜空がかすかに青みをおびはじめた頃、小村の呼吸は次第に間遠になり、やがて絶えた。

その直後、小村の家のかたむいた庇に染料のうすれた小さな国旗が立てられた。金色の球ははずされ、喪をあらわす細長い黒布が竿《さお》につけられ垂れていた。

小村の葬儀は、青山斎場でおこなわれた。その日の朝、柩《ひつぎ》に愛読のテニソン詩集と半ば近くまですったエジプト煙草一缶《かん》がおさめられ、逗子《ずし》駅から汽車で新橋駅に送られた。そこから外務省に運ばれ、青山斎場に向い、午後二時半から葬儀が祭式でおこなわれた。会葬者は、勅使をはじめ約一千名であったが、市内に弔旗をかかげる家はなかった。

柩は青山墓地に埋葬され、遺髪が郷里の飫肥に運ばれて墓石が建てられた。

昭和十一年五月、満州鉄道総裁松岡洋右《まつおかようすけ》らが発起人となって大連に小村の銅像を建てた。椅子に坐った像で、小村が日露講和会議でウイッテと対決する姿勢をあらわしたものであった。が、終戦後取りこわされ、二十七年十月に小村の故郷飫肥に地元有志によって立像が建立《こんりゅう》された。

あとがき

終戦の年の暮に病死した父は明治二十四年生れで、夕食後などにしばしば日露戦争の折の思い出話をした。旅順戦、日本海海戦の話もしたが、繰返し口にしたのは、講和成立時に起った東京市内の騒擾《そうじょう》事件であった。講和条約の内容に憤激した市民が、内相官邸、新聞社を襲い、市内の警察署、分署、巡査派出所に次々に放火、市内は大混乱を呈した。全権として条約締結の任にあたった外相小村寿太郎《じゅたろう》は、屈辱外交をおこなったとして非難され、その後も小村は批判にさらされつづけたという。

七年前、日本に遠征してきたロシア艦隊と日本艦隊の海戦を「海の史劇」と題して小説に書いた折、日露講和条約締結のことにもふれた。参考にしたのは外務省編「小村外交史」であったが、それが決して屈辱外交の所産ではなく、妥当な条約成立であったことを知った。と同時に、戦争と民衆との係《かかわ》り合いの異様さに関心をいだき、また、講和成立が、後の太平洋戦争への起点になっていることにも気づいた。つまり、明治維新と太平洋戦争をむすぶ歴史の分水嶺《ぶんすいれい》であることを知ったのである。

私は、小村寿太郎という人物を主人公に自分なりの探求を試みたいと願い執筆準備に入った。「小村外交史」その他によって外交官としての小村の軌跡はたどれるが、家庭人としての小村について記されたものはない。伝記はいくつかあるが、それらは「小村外交史」の記述の範囲内にとどまったものが多く、わずかに長男欣一、次男捷治、長女文子、使用人宇野弥太郎の断片的な短い回想が残されているだけで、それらも小村の陽の部分を語っているが陰の部分にはふれていない。人間には陽と陰の両面があり、それを知らなければ人物像をつかむことはできない。

私は、小村の故郷である宮崎県日南《にちなん》市の飫肥《おび》町に行った。落着いた雰囲気《ふんいき》の小さな城下町であった。埋れた資料があるのではないかと期待したが、小村は悪筆を恥じていたためか書き遺《のこ》したものはなく、唯一《ゆいいつ》の係累《けいるい》である甥《おい》の子の小村寛氏の家にも目星いものはないという。が、帰途、訪れた宮崎県立図書館の黒木淳吉氏から桝本卯平著「自然の人 小村寿太郎」を見せていただき、ようやく小村の陰の部分にふれることができた。桝本氏は小村の書生をし、その後も私淑していた人で、小村の家庭生活がかなり大胆に書きとめられていた。

私には、ぜひ訪れねばならぬ地があった。講和会議のおこなわれたアメリカのニューハンプシャー州ポーツマスである。私の小説の構想は小村の伝記を書くことではなく、講和会議を書くことにあって、ポーツマスは主要な舞台なのである。私は、ポーツマス行きの準備をはじめた。

その頃、国際交流基金事業部の松村正義氏を識《し》った。氏は日露講和会議に関心をいだき、ニューヨーク総領事館に勤務していた折、ポーツマスを訪れ、印象をまとめた著書もある。氏との話の中で、私は、講和会議のおこなわれた建物がアメリカ海軍の原子力潜水艦設計場になっていて、特別な許可がなければ入れぬことを知った。

会議室を見たいと願っていた私は失望したが、新潮社出版部から園田直《すなお》外相に助力を乞《こ》うてみては、という助言があった。多忙な外相に時間をさいてもらうことは差控えねばならぬと思ったが、他にこれと言った方法もなくそのすすめに従った。やがて、出版部から外相が時間をさいて下さったという連絡があり、外務省に赴いた。外相は私の説明をきくと、担当の方に出来るだけ協力するようにと気さくに言い、私は辞した。

三月中旬、私はアメリカに発《た》った。果してポーツマスの会議場に入る許可がおりたかどうか不安であったが、ニューヨークのホテルに着いて間もなく総領事館領事河合正男氏から許可がおりているという連絡があった。東郷文彦大使のお力添えであった。

私は、空路ボストンに行き、小久保武氏に会った。氏は、ハーバード大学で日本文学を教えている板坂元氏のもとで英文の日本百科事典の編集に従事している方で、私の取材に協力してくれるという。板坂氏の御好意によるもので、会話の不得手な私は感謝の言葉もなかった。

　小久保氏の運転する車で、ポーツマス市に赴いた。清教徒が開いた地というだけに、落着いた雰囲気の町であった。町のたたずまいが講和会議がおこなわれた頃の写真そのままであることに驚いたが、日露両国全権の泊ったホテルも、七十四年前の明治三十八年（一九〇五）の頃とほとんど変化はなく、小村全権の部屋も現存していた。

　翌日、海軍工廠《こうしょう》に赴いた私たちは、おだやかな眼をした広報官に迎えられ、会議のおこなわれた建物に案内された。「小村外交史」には雑貨貯蔵庫と記されているが、煉瓦《れんが》造りの三階建の立派な建物であった。工廠では、その建物を歴史上記念すべきものとして扱っていて、入口の傍《そば》の外壁に「この建物の中で日露講和条約が締結された」という文字の浮き出た大きな銅板がうめこまれていた。

　会議のおこなわれた部屋には設計机が並び、多くの人々が仕事をしていた。その一郭に案内した広報官は、

「ここに会議のテーブルが据えられていました。小村全権の椅子《いす》があったのは、この位置です」

と、床を指さした。全権室、随員控室は当時のままであった。

会議場を見学した私は、小久保氏とともに図書館や新聞社に行って資料集めをし、市内を歩きまわった。また、講和会議を研究している郷土史家ともいうべき元大学教授トーマス・ウイルソン氏から、当時のポーツマス市民の会議に対する強い関心についてきいたりした。氏の家には、小村全権が会議で坐《すわ》った椅子が保存されていた。

帰国後、外務省外交史料館通いをつづけるかたわら、小村とポーツマスに同行した随員の遺族関係者と連絡をとり日記類を探したが、現存していないという。ただ一人、竹下勇海軍中佐（後に大将）の御子息政彦氏宅の納戸《なんど》から会議に随行した折の日記が出てきた。海軍軍人らしく気象状況も克明に記入されていて、執筆の上で貴重な資料になった。また、立花小一郎陸軍大佐、小西孝太郎外交官補の遺族関係者である立花馨、田辺一男両氏からも御教示をいただいた。

国旗についての調査は、中学校時代の友人である遠藤務氏の仲介で小林貴治、小提次男の両氏から懇切な御指示を受けた。

資料蒐集《しゅうしゅう》にあたっては、高須日出夫、吉村道雄、栗原健、田中正弘、渡部亮次郎、加藤千幸、松井巌、木村芳夫、成瀬恭、飯田達夫、湯川貞子、河野礼三郎、河野行男、猪俣昭一、早田明、三宅孝明、西塚定一、富永寿夫の諸氏をわずらわせ、新潮社出版部栗原正哉氏の御協力を得たことに感謝の意を表したい。

吉村　昭

参考資料

『小村外交史』外務省編　原書房刊
『日本外交文書』（日露戦争I〜V）外務省蔵版　日本国際連合協会発行
『日本外交年表竝主要文書』（上）原書房刊
『外務省の百年』外務省百年史編纂委員会編　原書房刊
『自然の人　小村寿太郎』桝本卯平著　洛陽堂刊
「寿太郎秘史」小村捷治記　日本評論
『小村寿太郎』黒木勇吉著　講談社刊
『ウイッテ伯回想記　日露戦争と露西亜革命』（上）原書房刊
『ポーツマス講和会議日誌』イ・ヤ・コロストウェッツ著　島野三郎訳　石書房刊
『魂の外交』本多熊太郎著　千倉書房刊
『外交五十年史』幣原喜重郎著　原書房刊
『山座円次郎伝』一又正雄編著　原書房刊
『お雇い外国人・外交』今井庄次著　鹿島出版会刊
『貢進生』唐沢富太郎著　ぎょうせい刊
『ハドソン川は静かに流れる』松村正義著　新日本教育図書刊
『日南市史』日南市史編さん委員会編　日南市役所発行

『機密日露戦史』谷寿夫著　原書房刊
『日露戦史』（第一〜十）参謀本部編纂
「金子男（爵）ノ滞米日記」金子堅太郎記
「竹下海軍中佐滞米日記」竹下勇記
「日露戦争における金子堅太郎」松村正義稿　国際法外交雑誌
「ポーツマス講和条約の元型はイェール大学で生れた」松村正義稿　外交時報
その他

解説

粕谷一希

吉村昭は昭和二年東京生れである。この事実は吉村の場合、限りなく重い事実のように思われる。戦中派であり、東京っ子である事実がその文学の世界に色濃く投影しているからである。

戦中派体験といってもさまざまだが、吉村の場合、徴兵検査後十日ほどで終戦を迎えている。それは敗戦間近に、いわば絶対的な死を要請されながら、その途端、その要請から解除されるという不思議な体験を基礎にもっていることである。それは吉田《よしだ》満《みつる》や島尾敏雄《としお》の特攻体験、特攻隊体験ほど極限の経験ではないにしても、共通の根をもっている。それは「終戦の日を境にして全く異なった二つの精神的季節を生きた」ことである。

その上、吉村の場合は、終戦直後から喀血《かっけつ》して、四年間の闘病生活を送っていることである。当時、十分な薬もなく、飢餓状態の社会のなかでの闘病生活は、死と間近に直面することであった。吉村は戦争において公的な死を、闘病において私的な死を、身近に体験したことになる。その文学が生と死、死の上の生、生のなかの死を最大のテーマとしていることは当然の道行きであろうか。

人間は、あまりに巨大な事件、深刻な体験に遭遇すると、絶句し言葉を失う。原爆体験などはその極北であろうか。吉村の戦中・戦後もまた、「人間というものは何をしでかすかわからないということへの暗い好奇心と、何をやってもタカが知れているという無常感をはらんだ徒労の意識」（磯田光一氏）を育てたことであろう。

吉村文学が独特の暗い闇《やみ》、暗い沼からの声ともいえる、低音の文学であることは、その基礎経験からきているのであろう。その意識と心熱が外科医の執刀を思わせる鮮かな対象への接近と、異常とも思える徹底した調査癖をも生み出しているのであろうか。

ただ、もう一つ、見落としてはならないのは、その東京生れ、東京育ちであろう。戦後日本の思想や文学、あるいはジャーナリズムや芸能界にいたるまで、その基本性格の多くは、大阪出身者や海外からの引揚げ者などの外来者が圧倒的多数である。彼らの場合は、東京という都市、そこでのジャーナリズムや文壇はあくまで他者であり、それに乗り込む姿勢や意気込みがちがう。かなり選択的であり戦略的である。これに対して東京人は、どこか無意識・無自覚であり、自然であり自成的である。その結果、開放的であると同時に無防備なところがある。

吉村文学がきわめて広範囲な素材や主題を自在に扱っていることは、開放的な都会人であると同時に、故郷なき文学である証左ではあるまいか。同時に、その文体や発想に、虚飾やハッタリが皆無なのは、都会人の気位とテレ性からきている気がしてならない。

＊

『ポーツマスの旗』は日露戦争を扱った点で『海の史劇』と対を成す作品であるが、後者が日本海海戦を扱ったものであるのに対して、戦争の背後にある政治と外交を扱った点で、吉村文学としては特異な作品である。吉村文学の新領域の開拓として画期性をもっている。吉村昭がそのながい文学生活において、政治やイデオロギーと無縁な位置から人間を見つめてきたことは、政治やイデオロギーのおぞましさを強く実感していたからであろう。その禁欲を破ったのがこの作品であるわけだが、小村寿太郎《じゅたろう》という人間がその禁を破るに価《あたい》する存在であったこと、その発見が吉村をして触手を動かしめたのであろう。

事実、日露戦争をめぐる外交、その焦点に位置する小村寿太郎という人間は、日本人が繰り返し記憶を新たにするに足る存在である。それは日本の近代政治史、近代外交史上の頂点にある存在といって過言ではない。早くから、そのことは日本の外務省関係者、学者・研究者の間では熟知されたことではあるが、今日、一般の読書人のために読みやすい形で刊行されている書物は不思議なことにないのである。

さらに、この日露戦争を勝利のうちに講和条約にもちこみ終結させることは、当時の日本の政治指導者たちの一致した悲願であった。それは、明治維新に始まった日本の近代国家建設が、欧米帝国主義の脅威を退け、極東に安定した国際的位置を獲得するための、最後の、最大の博奕《ばくち》でもあった。その間、日本の国家理性を体現したともいうべき存在が、日清戦争における陸奥宗光《むつむねみつ》、日露戦争における小村寿太郎であった。

同時に、小村寿太郎という外交官に表現された国家意志は、単に小村個人というよりも、当時の明治藩閥政権、伊藤博文《いとうひろぶみ》、桂太郎《かつらたろう》から金子堅太郎にいたる、うるわしくもみごとな協同作業の産物であった。藩閥政権は明らかに藩閥という色彩が濃く、講和条約ののち、日韓《にっかん》併合に向う日本は、帝国主義日本へと転回してゆくわけだが、この日露戦争における政治家、軍人、外交官の水も洩《も》らさぬ一致協力振りは、近代日本の若さと健康を象徴している。維新と文明開化、憲法制定と条約改正、四民平等と自由民権といった明治日本人の歩みは、今日から省みて涙ぐましい努力であり、多くの悲劇と矛盾を伴いながらも、「芸術作品としての国家」（ブルクハルト）ともいえる趣きをもっていたのである。

記録文学者、歴史文学者としての吉村昭がその到達点でありシムボルである小村寿太郎に文学的感興を覚えたのはさすがであり、卓越した着眼点である。そこには、歴史と文学の絶妙な接点があった。『ポーツマスの旗』は文学であり且《か》つそのまま歴史といえる作品なのである。

とくに戦中派としての吉村にとっては、太平洋戦争という無謀な戦争と対比して、無限の感慨が湧《わ》いたことであろう。日露戦争を終えてからの日本は、もはやそれまでのみごとな国家意志、国家理性を形成することなく、破局への道を歩む。民衆に石を投げられるなかで自己抑制に生きた小村と明治国家は崩壊し、松岡洋右《ようすけ》のような派手なスタンド・プレーヤーが昭和国家に出現していったことも、きわめて対照的である。それは過去のことではなく、今後の日本を見つめる貴重な視点となりうるのである。

＊

この作品の具体的発想は、明治二十四年生れの御父君の想《おも》い出《で》話から始まる。御父君はくりかえし、日露戦争とその講和条約時の、〝屈辱外交〟に対する民衆の騒擾《そうじょう》事件について語られたという。のち、『海の史劇』を書かれたころ、「戦争と民衆との係《かか》わり合いの異様さに関心をいだき、また、講和成立が、後の太平洋戦争への起点になっていることにも気づいた。つまり、明治維新と太平洋戦争をむすぶ歴史の分水嶺《ぶんすいれい》であることを知ったのである」（あとがき）。まさに至言である。

作者は、この作品のために、小村の故郷である宮崎県日南《にちなん》市飫肥《おび》町を訪れるだけでなく、おどろくべきことに、アメリカのニューハンプシャー州のポーツマス市を訪れている。作者としては恒例の徹底調査であろうが、なかなか余人のできることではない。そして、ポーツマス市にある、講和条約交渉の行われた煉瓦《れんが》造り三階建ての建物に入り、その会議場を、自らの眼でしっかりと確めている。同時に、交渉相手であったロシア側の資料を入手して、丹念に照合していることも、この作品の堅固さを物語っている。

こうした姿勢と準備が、作品のクライマックスとなる講和会議の再現に迫真力と臨場感を与えていることはいうまでもない。

――ポーツマスには蚊が出るかどうか、なんてことが気になって質問をするものですから、アメリカ人が不思議な顔をしていました。

作者はかつてこう語って笑っておられたが、吉村文学の秘密の一つはこうしたところにもあるだろう。

歴史の鍵《かぎ》となる人（key person）ともいうべき公人小村寿太郎は、作家吉村昭の手によって肉体を獲得し、人間としての陰影を与えられ、貧乏、家庭的不和、道楽、鼠《ねずみ》という仇名《あだな》、蔑称《べっしょう》など、この天才ともいうべき存在の裏側をも丹念に照らし出されている。本来、伝記という分野は、学者もまた手掛けてよい分野なのだが、残念ながら日本の歴史学者にその才のある存在が少なく、今日、作家による歴史文学花盛りの現状となっていることは一考すべき問題である。

こうした人間的陰影を描きながら、この作品の主題はあくまでポーツマスにおける日露交渉そのものにあり、その息詰る双方の駆引きと応酬は、歴史の再現として鮮かである。とくに小村の相手となったロシアの全権ウイッテが、歴史上有名な政治家であり、ロマノフ王朝末期ロシアの極東アジア外交政策に逸することのできない大物であったこと、その人物の厚味をも、この作品が描き切っていることが、この作品の重量感ともなっている。おそらくこうした外交交渉そのものを主題とした小説は、これまでの日本の小説のなかで、これが初めてではあるまいか。外交的訓練に乏しい日本人には、この書物はきびしい国際社会での死活を賭《と》した交渉の実物教育ともいえるであろう。

それだけに、交渉を無事妥結させたあと、帰国した小村を待ち受けていた受難、そしてまた、交渉に全生命を使い果し、出がらしのようになって朽ち果てる小村の姿に、読者は万感の想いを誘われる。

明治日本はこうして成ったのであり、これ以後、日本の政治的・外交的英知は、ついに再び出現しない。この『ポーツマスの旗』は、近代日本の、あるいは今日の日本の運命を考える最高のテキストといえるのである。

（昭和五十八年四月、評論家）

この作品は昭和五十四年十二月新潮社より刊行された。

ポーツマスの旗《はた》

新潮文庫　よ - 5 - 14

昭和五十八年五月二十五日　発行
平成二十五年二月二十五日　二十七刷改版
令和七年二月十五日　三十六刷

著者　吉《よし》村《むら》昭《あきら》

発行者　佐藤隆信

発行所　株式会社　新潮社

郵便番号　一六二―八七一一
東京都新宿区矢来町七一
電話　編集部(〇三)三二六六―五四四〇
読者係(〇三)三二六六―五一一一
https://www.shinchosha.co.jp

価格はカバーに表示してあります。

乱丁・落丁本は、ご面倒ですが小社読者係宛ご送付ください。送料小社負担にてお取替えいたします。

印刷・錦明印刷株式会社　製本・株式会社植木製本所

ISBN978-4-10-111714-0 C0193